Tess Tyler ist das Pseudonym der Autorin Ute Kunz. Sie wurde 1975 in Stuttgart geboren. Mit dem Schreiben von Gedichten und Kurzgeschichten begann sie schon als Kind. Die besten Romanideen kommen oft völlig unerwartet. Tess Tyler liest viel und schreibt immer irgendetwas, gern in verschiedenen Genres und am liebsten über die Vielschichtigkeit menschlicher Beziehungen. Dabei sind ihr liebevoll gezeichnete, einprägsame Charaktere und eine interessante Handlung sehr wichtig.

Tess Tyler

Liebe auf Umwegen

Ein bewegender Liebesroman voller Träume,
Geheimnisse und Neuanfänge

Überarbeitete Neuausgabe Juli 2024

Copyright © 2024 dp Verlag, ein Imprint der
dp DIGITAL PUBLISHERS GmbH
Made in Stuttgart with ♥
Alle Rechte vorbehalten

Liebe auf Umwegen

ISBN: 978-3-98998-447-9
E-Book-ISBN: 978-3-98998-303-8

Copyright © 2022, dp DIGITAL PUBLISHERS
Dies ist eine überarbeitete Neuausgabe des bereits 2022 bei
dp DIGITAL PUBLISHERS erschienenen Titels
Carolina Love (ISBN: 978-3-96817-773-1).

Covergestaltung: Fenja Wächter
Umschlaggestaltung: ARTC.ore Design
Unter Verwendung von Abbildungen von
adobe.com: © Juth@PHotographer2017
Shutterstock: © mmphotographie.de, © Sharkshock, © mapman,
© ozrimoz, © ViDI Studio
Lektorat: SL Lektorat
Satz: dp DIGITAL PUBLISHERS GmbH
Druck und Bindung: Books on Demand GmbH, Norderstedt

Das Werk darf – auch teilweise – nur mit
Genehmigung des Verlages wiedergegeben werden.

Sämtliche Personen und Ereignisse dieses Werks sind frei erfunden. Etwaige Ähnlichkeiten mit real existierenden Personen, ob lebend oder tot, wären rein zufällig.

Für Monika

Kapitel eins

Mit einem flauen Gefühl im Magen fuhr ich Anfang September in Richtung North Carolina. Neben mir saß Lynn mit ihrem schwarzgefärbten, kurzen Haar, das so steif von ihrem Kopf abstand, als hätte sie ihre Frisur aus Draht zurechtgebogen. Kristen war auf der Rückbank meines verbeulten Toyotas in sich zusammengesackt und drückte auf ihrem Handy herum. Ihr langes, glattes Haar fiel als goldener Vorhang neben ihren schmalen Wangen hinab. Ich saß am Steuer und fixierte die kerzengerade Fahrbahn, während der Schmerz in meinem Kopf mit jeder Minute an Intensität zunahm. Sehnsüchtig dachte ich an die Outer Banks, in der Hoffnung, dadurch meine Nervosität lindern zu können. Lynn hatte Recht, wenn sie immerzu behauptete, ich bliebe „das Mädchen aus North Carolina". Geboren, um an weichen Sandstränden entlangzujoggen, mit dem Geschmack von Salz auf den Lippen und Sandkörnern auf dem Laken, wenn ich abends nach einer Kajaktour erschöpft in mein Bett sank.

„Alles klar, Lisa?" Lynn legte mir ihre zierliche Hand auf das rechte Knie. Auf jedem Finger, bis auf den Daumen, war ein verschnörkelter Buchstabe tätowiert: L-O-V-E. Ich zuckte zusammen. Seit Wochen war ich übermäßig angespannt. Ein Bogen, dessen Pfeil niemals abgeschossen wurde.

„Geht schon." Ich rückte meine Sonnenbrille zurecht, obwohl es nicht nötig war.

„Wir sind an deiner Seite, okay?" Ich brauchte nicht zu Lynn hinüberzublicken, um zu wissen, dass sie lächelte. Mit diesem Gesichtsausdruck war sie mir an der University of Michigan in Ann Arbor aufgefallen, gleich am ersten Tag. Niemand konnte so lächeln wie sie. Ihre Grübchen verwandelten ihre Mundpartie in ein Wunderwerk aus feinen Schatten auf ihrer Haut. Wäre ich ein Junge gewesen, ich hätte mich sofort Hals über Kopf in Lynn verliebt. Und dass ich nicht lesbisch war, war mir spätestens nach unserer dreiwöchigen Campingtour durch den Norden von Michigan bewusst geworden. Lynn, Kristen und ich in einem Zweipersonenzelt, eingehüllt in eine Duftwolke aus süßem, billigem Parfüm und säuerlichem Schweiß. Haut an Haut im einschläfernden Rhythmus unseres Atems. Jede offen für die Sorgen der anderen, verständnisvoll, niemals urteilend. Wir hörten einander zu, wenn es nötig war, und wenn wir schwiegen, dann war es eine angenehme Stille, die sich niemals sonderbar anfühlte. Es gab keine Freundschaft, die das, was wir hatten, toppen konnte! Jetzt hatten wir unseren Bachelor-Abschluss in der Tasche, und ein neuer Lebensabschnitt würde beginnen. Sobald ich Moms Wunsch, meine Tante Dolores aufzusuchen, nachgekommen war.

„Hast du Angst?", fragte Kristen unverhofft. Ihre Stimme klang so fern, als wäre sie eben aus einer fremden Welt angereist. Was auch beinahe stimmte, denn ihr Leben spielte sich zum großen Teil auf virtuellen

Plattformen ab. Kristen war onlinesüchtig. Sie sagte, sie brauche es, um sich von ihren intensiven Gedanken abzulenken.

„Ich mache mir in die Hose", sagte ich und schluckte nach einem Räusper-Anfall mit Mühe den Kloß in meinem Hals hinunter, der sich seit Stunden unermüdlich neu bildete. „Was glaubst du denn?"

„Angst lähmt uns nur." Kristen klang wie eine steinalte, weise Wahrsagerin mit grauem Haar und einem stechenden Blick, dem man nicht entkam. So eine hatte ich mal auf einem Jahrmarkt gesehen und Kristen überredete mich, sie aufzusuchen. Sie hatte mir gesagt, ich stünde erst am Anfang eines langen, steinigen Weges.

„Hey, da vorne ist ein McDonald's, lass uns anhalten!" Lynns Stimme riss mich aus meinen Gedanken. Sie klang aufgeregt wie ein kleines Kind. „Ich habe ein Loch im Bauch."

„Meinetwegen, aber ich kann nichts essen", sagte ich und ließ meinen Fuß weiterhin schwer wie Blei auf dem Gaspedal liegen. Das Bild meiner Mutter tauchte immer wieder vor meinem inneren Auge auf, ihr blasses Gesicht zwischen schneeweißen Laken, ihre kraftlose Hand, die wie ein welkes Laubblatt auf meinem Handrücken liegt.

„Also ich könnte auch was vertragen", sagte Kristen, und somit war ich überstimmt. Zu dritt war die Sache immer einfach. Es gab nie eine Diskussion und immer eine eindeutige Mehrheit, weil jede von uns eine klare Meinung hatte.

Erst als ich auf die rechte Spur wechselte und das Tempo drosselte, merkte ich, wie erschöpft ich war.

Nicht nur die Ereignisse der letzten Zeit hatten mich geschlaucht, sondern auch die schlaflosen Nächte, in denen ich gegrübelt hatte, was ich tun sollte.

Ich nahm die Ausfahrt in Richtung des gelben M und parkte meinen Toyota schließlich weit weg von den Autos, die fast alle in der Nähe des Eingangs standen. Er war mit dem Blechschaden vorne rechts, wo der Vorbesitzer gegen ein Stoppschild gerauscht war, und den vielen Rostflecken beschädigt genug. Ich wollte keine weiteren Dellen riskieren.

Kristen rannte sofort auf die Toilette, Lynn und ich folgten ihr. Egal, wie dringend es war, Kristen vergaß nie, sich zuerst ein Stück Papier aus dem Spender abzureißen, um den Türschließer nicht direkt zu berühren. Sie machte uns immer wieder darauf aufmerksam, dass fremde Frauen den Riegel anfassten, *nachdem* sie sich unten herum abgeputzt hatten. Sie war ein Fan von Hände-Desinfektionsmitteln und Einweghandschuhen. Vielleicht liebte sie die virtuelle Welt wegen ihrer Keimfreiheit.

Während wir wenig später unschlüssig den Menüplan über dem Tresen studierten, warf uns die rundliche Dame an der vordersten Kasse einen gelangweilten Blick zu. Sie bediente uns schließlich mit einem lethargischen Lächeln. Kristen nannte es den Schnellimbiss-Blues.

Wir setzten uns an den hintersten Tisch neben einer großen Glasscheibe, die den Blick auf den Kinderspielplatz freigab. Ich erinnerte mich an all die Reisen auf die Outer Banks, bei denen Mom, Oma Amber und ich bei McDonald's gegessen hatten und die Rutsche das

Tollste gewesen war. Als Kind hatte ich in solchen Momenten alles andere vergessen können. Jetzt zwang ich mich trotz des Gefühls, mich jede Sekunde übergeben zu müssen, zu einem Milchshake. Meine Nervosität wurde immer unerträglicher, aber Süßes ging fast immer, und man sah es mir nicht einmal an. Meine Beine waren schlank, mein Bauch flach, und rein wissenschaftlich betrachtet hatte ich wahrscheinlich Untergewicht. Lynn behauptete, ich sei ein schlechter Futterverwerter und es sei nicht fair. Sie biss genüsslich in ihren Cheeseburger, während Kristen in ihrem Salat herumstocherte. Ich genoss die Kühle meines Vanille-Shakes. Seit dem Gespräch mit meiner Mutter und ihrem Tod zwei Tage später schien es mir, als hätte ich die Fähigkeit zu genießen verloren. Aber das hier tat gut. Verdammt gut.

„Hast du wirklich keine Ahnung, warum dich deine Mom kurz vor ihrem Tod gebeten hat, deine Tante zu besuchen?", fragte Lynn mit vollem Mund. Sie wischte sich mit dem Handrücken über die mit Mayonnaise verschmierten Lippen. So hatten ihr das ihre Eltern sicher nicht beigebracht!

Lynn hatte sofort begeistert zugesagt, mich auf dieser Reise zu begleiten, denn sie war der festen Überzeugung, man müsse sein Leben in die Hand nehmen. Sie stammte aus einer gutsituierten Familie aus Wisconsin und hatte schon als Teenager gewusst, dass sie an der renommierten University of Michigan in Ann Arbor studieren würde. Und dass sie niemals so langweilig werden wollte wie ihre Eltern. Mit dreißig Jahren würde sie heiraten, mit zweiunddreißig das erste Kind bekommen und zwei Jahre später das zweite und letzte.

Nur der Mann, an dessen Seite sie es aushalten würde und der ihr unerschütterliches Selbstbewusstsein ertragen konnte, war ihr noch nicht über den Weg gelaufen.

„Nein, und ich habe auch keinen Schimmer, was ich meiner Tante sagen soll", gestand ich fast tonlos und sog an dem Trinkhalm. „Habt ihr eine Idee?" Ich blickte erwartungsvoll in die Runde.

Kristen sah mich wieder an, als wäre sie eben erst aus einer fremden Welt aufgetaucht. Bei ihr wusste man nie so recht, wo sie gedanklich unterwegs war. Aber wir liebten sie trotzdem! Oder gerade deswegen.

„Wieso versuchst du es nicht einfach mit der Wahrheit?", schlug Kristen vor und zuckte mit den Schultern. Sie war in den vergangenen Monaten erschreckend dürr geworden. Ihre Schlüsselbeine stachen unter ihrer hellen Haut wie Metallstangen hervor.

„Ich weiß nicht, was die Wahrheit ist." Wieder musste ich schwer schlucken. Ein süßer Schleim steckte in meinem Hals fest, und ich hustete in meine Armbeuge. „Meine Mom war vor ihrem Tod völlig verwirrt. Sie hatte keine Kraft mehr, um ihre Andeutung genauer zu erklären. Aber es war ihr sehr wichtig, mich zu meiner Tante zu schicken."

„Genau, was ist denn überhaupt die Wahrheit?", bemerkte Lynn.

„Na, dass Lisas Mom plötzlich verstorben ist und gesagt hat, dass es wichtige Dinge in der Vergangenheit gibt, über die sie mit Tante Dolores reden soll." Kristen balancierte ein Stück Gurke auf ihrer Plastikgabel.

„Ich weiß nicht." Meine Stirn glühte, und auf einmal glaubte ich, nicht mehr länger am Steuer sitzen zu können. Meine Beine waren schwer und mein Kopfschmerz inzwischen beinahe unerträglich. Ich suchte in meiner Handtasche nach einer Tablette und spülte sie mit einem großen Schluck Milchshake hinunter. „Wir können doch nicht einfach da auftauchen und sie bitten, uns aus der Vergangenheit zu erzählen." Ich überlegte kurz. „Andererseits, wenn es da etwas so Entscheidendes gab, dann wird sie schon verstehen, warum Mom mich geschickt hat."

„Wir schaffen das schon!" Lynn hob die Augenbrauen. Das war einer ihrer vielen Ticks. Genauso wie das schnelle Wippen mit dem rechten Bein, das Kristen verrückt machte.

Wir brachten unseren Müll weg, und ich bat Lynn, das Steuer für den Rest der Reise zu übernehmen. Kristen nahm hinten links Platz, sodass ich die Rückenlehne meines Sitzes nach unten kurbeln konnte, um ein wenig die Augen zu schließen. Zumindest, bis die Tablette wirkte.

Ich musste eingenickt sein, denn als Kristen mir gegen die Schulter stupste, war mir Spucke aus dem rechten Mundwinkel gelaufen, und mein Kopfschmerz war wie weggepustet.

„Hör mal, Carolina Girl!" Ihre Stimme klang aufgeregt. Sie war nie viel gereist. Der Geldbeutel ihrer Eltern war stets dünn gewesen, und sie hatte es nur dank ihres ausgefeilten Intellekts an die renommierte University of Michigan geschafft. Sie war ein unscheinbares Mädchen aus Pennsylvania, das WLAN immer noch für Luxus hielt. Und so weit im Süden wie jetzt war sie noch nie gewesen.

Dann stöpselte mir Kristen plötzlich ihre weißen AirPods ins Ohr und drehte die Lautstärke auf *gerade noch auszuhalten*.

„In my mind I'm gone to Carolina ...", sang James Taylor. Ich liebte diesen Song, und das wusste Kristen natürlich. Ein erleichtertes Lächeln huschte über meine Lippen. Wie sehr konnte ich diese Sehnsucht nach North Carolina verstehen! Der Ort hatte für mich niemals seine enorme Anziehungskraft verloren, obwohl ich vor allem jetzt nach dem Uniabschluss mehr denn je offen für die Welt sein wollte. Vielleicht prägte die Kindheit mehr, als es einem lieb war.

Ich stellte die Rückenlehne des Beifahrersitzes wieder senkrecht und ließ meinen Blick in die Ferne gleiten. Die Müdigkeit fiel beim Anblick der vertrauten Gegend von mir ab. Nach dem Besuch bei Tante Dolores würden wir in ein Ferienhaus auf den Outer Banks fahren. Hier schlug mein Herz intensiver, und meine Sinne öffneten sich wie Blumen, die ihre Bestäuber anlocken wollen. Warum nur hatte ich meinen Herzensstaat jemals verlassen müssen? Meine Mom war mit mir nach Lansing im Mittleren Westen abgehauen, als ich zwölf gewesen war, aber mein Herz war in North Carolina geblieben. Die leicht getrübte Vorfreude auf alles, was mich empfangen würde, machte mich schwindelig. Der warme, salzige Geruch, der in der schwülen Luft hing, das Zirpen der Zikaden, das friedvoll daliegende Meer, die lauen Abende, die unendlichen Sandstrände der Outer Banks. All das bescherte mir eine Gänsehaut, während ich aus dem Fenster blickte und die Musik durch meinen Körper strömen ließ. Die Michigan-Winter waren mir von Anfang an zu eisig und lang gewesen, und ich hatte die Nähe des Atlantiks vermisst. Auch wenn man die großen Seen bis auf das Salz im Wasser als Meere verkaufen konnte – es war etwas anderes, wenn der laue Wind an der Atlantikküste unter mein Top kroch. In Michigan war mir immer kalt.

Als der letzte Takt des Lieds verklungen war, zog ich die Stöpsel aus meinen Ohren und reichte sie dankend zurück.

„Alles wird gut werden, hörst du?" Kristen hatte sich in den vergangenen Tagen bemüht, mich aufzubauen, obwohl es nicht ihre Stärke war. Während Lynn die Optimistische in unserem Trio war, verfiel Kristen leicht ins Grübeln. Das Leben ihrer geschiedenen Eltern hatte sie gelehrt, dass es keine Garantie für ein Happy End gab.

Mein Herz begann zu galoppieren. Seit über sechs Jahren war ich nicht mehr in North Carolina gewesen! Wenige Jahre nach unserem Umzug in einen Vorort von Detroit hatten meine Mom und ich fünf Tage auf den Outer Banks verbracht, um, wie sie damals behauptet hatte, ein wenig „auszuspannen". Heute fragte ich mich, was sie in der Zeit alles angestellt hatte, während ich meine sommerlich braunen Füße mit den weiß lackierten Nägeln in den Sand gesteckt und dem vertrauten Rauschen der Brandung gelauscht hatte.

„Haben wir eigentlich WLAN im Ferienhaus?", fragte Kristen plötzlich und riss mich aus meinen Gedanken.

„Bestimmt." Lynn warf mir einen ermunternden Blick zu. „Und wenn nicht, dann musst du dich halt mit uns unterhalten, Kristen."

Es kam keine Antwort von der Rückbank, und Lynn boxte mir leicht gegen die Schulter.

Ich musste erneut an meine Mom denken und an ihr Gesicht, als sie die Augen für immer geschlossen hatte. Meine brannten. *Verdammt!* Wieso nur hatte alles so kommen müssen? Ich hatte meine vermurkste Kindheit und Jugend schon beinahe in einer Schublade abgelegt und diese sorgfältig verriegelt. Aber dann war Moms Krebserkrankung wie aus dem Nichts gekommen und hatte sie in eine Person verwandelt, die nur noch in der Vergangenheit gegraben hatte. Was hatte sie auch vor sich gehabt, wenn der Tod bereits angeklopft hatte? Heute wünschte ich, sie hätte früher mit mir über diese Dinge gesprochen, mit denen ich mich jetzt unbedingt beschäftigen sollte.

Kapitel zwei

Ist es nicht sonderbar, dass die ersten drei Lebensjahre eines Menschen angeblich so bedeutsam sind, man sich aber so gut wie gar nicht an sie erinnert? Da gibt es nur die Geschichten, die einem erzählt werden. So wie die, dass ich mit zehn Monaten zu sprechen begann. Mit wenigen, für die Ohren der Erwachsenen wild zusammengewürfelten Worten, aber es war schon früh zu erkennen, dass ich mich meiner Umwelt mitteilen wollte.

Meine Kindheit in North Carolina war von meiner Großmutter Amber Burnett geprägt. Wir wohnten zunächst nicht an der Küste, sondern in einer Zweizimmerwohnung eine Stunde westlich von Elizabeth City. Ich erinnerte mich an den beigen Teppichboden mit den Löchern an den Stellen, an denen der Vormieter vermutlich seine Zigaretten ausgedrückt hatte. Ebenso an den beißenden Chlorgeruch im Treppenhaus, das der Hausmeister mit einer übertriebenen Sorgfalt zu oft reinigte. Die Wände in meinem Zuhause waren fleckig, aber das weiß ich nur von den wenigen Fotos, die es von mir gibt: Ich auf einem scheckigen Schaukelpferd, das Mom bei einem Garagen-Verkauf erstanden hatte, ich mit meiner roten Plastiktrompete auf Oma Ambers Schoß auf unserer verschlissenen Couch, ich mit einem der in Reimen geschriebenen Kinderbuch-

Klassikern von Dr. Seuss in den plumpen Händen. Oma Amber kümmerte es nicht, dass ich viel zu jung für so manche ihrer Lektüren war. Sie meinte, man müsse Kinder fordern.

Oma Amber wohnte damals in Moyock. In einer knappen halben Stunde düste sie in ihrem blauen Pickup zu uns, und das mehrmals die Woche. Oft übernachtete sie auf der ausziehbaren Couch im Wohnzimmer, vor allem, als ich in den Kindergarten kam und Mom für Vorstellungsgespräche früh aus dem Haus musste.

„Hier gibt es keine Jobs", fluchte Mom oft, während sie ihren Lippenstift mithilfe des Handspiegels nachzog. Ihre krausen Locken lagen nervös auf ihren Schultern. Ich hatte mich als Kleinkind nicht gefragt, wie Mom unseren Lebensunterhalt bestritt. Heute tat ich es. Ab und zu machte sie wochenlang nichts, saß auf der Couch, sah Serien, rauchte und stopfte sich mit einem abwesenden Blick Erdnüsse in den Mund. Als ich in die Schule kam, landete sie schließlich einen Glückstreffer bei einer Ferienhausvermittlung auf den Outer Banks. Eigentlich verdankte sie es Oma Amber, denn die hatte zu dem Zeitpunkt schon vor einiger Zeit ihren Souvenirladen in Duck eröffnet und Mom seitdem einigen ihrer Freundinnen vor- und so den Kontakt hergestellt. Zu der Zeit drängten im Sommer bereits unzählige Touristen auf die Outer Banks.

Mom behielt ihre Stelle im Vermittlungsbüro, bis ich zwölf wurde. Nach einem heftigen Streit mit meiner Großmutter drehte sie durch und beschloss binnen weniger Tage, mit mir umzuziehen, um einen neuen Lebensabschnitt zu beginnen. Ich verstand nicht genau, worum es bei der Auseinandersetzung ging. Ich klebte mit einem Ohr an der Tür, verstand nur, dass meine Oma nicht mit Moms wechselnden Freunden und ihrem angeblich fehlenden Glauben einverstanden war.

Wir mieteten ein kleines, graues Haus, das nicht auf der Meerseite lag. Alles andere wäre zu teuer gewesen. In meinem Kinderzimmer standen neben meinem rosafarbenen Bett Moms Schreibtisch und eine dunkle Kommode, auf der mein Plüsch-Einhorn Cuddles thronte. Es war sonderbar: Heutzutage erinnerte ich mich nur schleierhaft an meinen Kinderhort, aber ich sah dieses Einhorn mit dem Regenbogenschweif und den tiefschwarzen Glubschaugen vor mir und nahm bei dem Gedanken immer noch den Geruch seines Fells wahr. Ein Gemisch aus dem Zitronen-Raumduft im Zimmer, meinem süßen Speichel und Moms beißendem Zigarettenqualm.

In ihrem Souvenirladen hatte Oma Amber Angestellte und war nur selten vor Ort. Sie war nie auf die Outer Banks gezogen, sondern pendelte bei Bedarf. Wenn sie aber im Sommer zu Besuch war, holte sie mich vom Kinderhort ab. Das tat normalerweise Mom, gegen achtzehn Uhr und mit zusammengepressten Lippen. Sie sprach kein Wort mit den Erzieherinnen, aber Oma Amber kannte bald die Lebensgeschichte jeder einzelnen!

Die Oma-Amber-Zeiten waren die besten für mich. Mom kam nach Hause, nachdem meine Großmutter mir schon eine Gute-Nacht-Geschichte vorgelesen hatte, oder sogar erst, wenn ich schon schlief, aber das machte mir nichts aus. Ich vergrub gern meine Finger in Oma Ambers langem, grauem Haar, das sie meist zu einem Pferdeschwanz zusammengebunden hatte. Sie hatte diese störrische, grobe Mähne, die ältere Frauen oft kurz schneiden ließen. Aber nicht meine Oma! Ihre reichte bis zur Hüfte. Mom sagte immer, es passe nicht zu einer Frau in ihrem Alter, aber meine Großmutter sagte nur: „Papperlapapp! Es ist doch *mein* Kopf!"

Oma Amber lackierte mir die Fingernägel rosa, nähte mir ein Prinzessinnen-Kostüm für Halloween, lehrte mich, auf einem Keyboard von Walmart zu spielen und kaufte mir Klebstoff mit Glitzer. „Das ist doch unnötig", hatte Mom gemurmelt. Aber heute weiß ich, dass man sich oft an die Dinge erinnert, die eigentlich ganz klein waren.

Als Kind stellte ich den Erwachsenen viele Fragen. Doch nicht solche, die mir Auskunft über ihren Charakter oder gar ihre Vergangenheit gegeben hätten. Dafür wollte ich alles über Einhörner, die Märchen der Gebrüder Grimm, Schminktipps und das Leben der Prinzessinnen vor langer, langer Zeit wissen, und Oma Amber war eine zuverlässige Quelle. Sie befragte nicht das Internet, sondern hatte in ihrem Leben so ausgiebig gelesen, dass sie einfach viel wusste. Und wenn sie eine meiner Fragen einmal nicht beantworten konnte, dann setzte sie mich in ihr Auto, das nach Vanille roch, und fuhr mit mir zur nächsten Bücherei. Mom schüttelte nur den Kopf darüber.

Im Sommer blieb Oma Amber wochenlang bei uns. Mom und sie stritten zwar oft, weil Oma Amber sich in meine Erziehung einmischte und versuchte, das Leben meiner Mom umzukrempeln, aber unterm Strich profitierte meine Mutter von ihren Besuchen. Sie hatte mehr Freizeit und wurde bekocht, wusste mich in guten Händen, konnte den Hort pausieren und das Geld sparen.

An einem Spätsommertag, den ich niemals vergessen werde, stritten die beiden so heftig, dass ich meine Zimmertür zuknallte und mir die Ohren zuhielt, es aber trotzdem hören musste.

„Was kümmerst du dich jetzt plötzlich so um mich?" schrie Mom. Meine Augen brannten. „Früher hat es dich auch nicht gekümmert, was ich tue oder lasse!" Nie zuvor hatte ihre Stimme so geklungen. Sie war wie ein greller Schrei in der Stille. Es machte mir Angst.

„Hör auf damit!" Auch Oma Amber hatte ihre Lautstärke erhoben, obwohl sie das normalerweise niemals tat.

„Kannst du die Vergangenheit nicht einfach ruhen lassen?"

Stille. Ich spürte mein Herz im Hals pochen. Wagte es, die Hände von meinen Ohren zu nehmen. Und dann lauschte ich an der Tür. Ich fragte mich, ob sich die beiden in den Arm genommen hatten. So, wie ich es mir oft bei Mom gewünscht hätte. Aber sie nahm mich fast nie in den Arm.

„Es war immer nur Dolores hier, Dolores dort", sagte meine Mutter. Dolores war ihre zehn Jahre jüngere Schwester, die, seit ich sie kannte, ein zurückgezogenes Leben führte. Sie wohnte irgendwo in der Nähe von Charlotte.

„Kannst du dich nicht zusammenreißen, Elaine? Tu es wenigstens für Lisa."

Meine Mutter erwiderte nichts. Ich ließ mich auf mein Bett fallen, holte Cuddles und hielt ihn so lange, bis ich wieder ruhig atmen konnte. Sein weiches Fell kitzelte meine Nase und bewegte sich im Luftstrom meines Atems. Oma Amber hatte mir einmal gesagt, dass man Kontrolle über das Atmen habe und sehr viel damit bewirken könne. Also verließ ich mich darauf, weil es das Einzige war, das ich in der Lage war zu kontrollieren.

Als wir später wieder aufs Festland zogen, sahen wir Oma Amber nicht mehr so oft. Heute fragte ich mich, ob sie es aufgegeben hatte, Einfluss auf Mom zu nehmen, und ob es mein Verhältnis zu meiner Mutter nachhaltig zerstört hatte, dass wir meine Großmutter nur noch selten sahen.

Oma engagierte sich stattdessen in einem Kindergarten, kümmerte sich um geistig und körperlich behinderte Kinder und machte Ausflüge mit ihnen. Manchmal rief sie mich an und richtete mir schöne Grüße von meiner Tante Dolores aus, die sie ab und zu besuchte. Im Herbst und an Weihnachten kam sie länger zu uns. Am dreiundzwanzigsten Dezember tauchte sie mit bunten Geschenken im Kofferraum auf, und wir dekorierten zusammen den Weihnachtsbaum. Mom war schlecht gelaunt, weil ihr neuer Freund mit ihr Schluss gemacht hatte. Er war ein Trucker aus New Jersey, und der Geruch, der stets an ihm haftete, machte mich krank. Ich war damals zehn, es war also zwei Jahre vor unserem großen Umzug nach Michigan.

„Für wen macht ihr das eigentlich?", fragte Mom und lehnte sich gegen den Esstisch. Sie beäugte die Deko mit verächtlichem Blick. Ihre langen Finger mit den schwarz lackierten Nägeln strichen über die weiße

Tischdecke voller silberner Sterne, die Oma Amber mitgebracht hatte.

„Na für uns selbst und natürlich für den Weihnachtsmann!" Oma Amber und ich strahlten uns an.

„Wer glaubt schon an den Weihnachtsmann?" Mom schüttelte den Kopf und ging in die Küche, um die Tiefkühllasagne in den Ofen zu schieben.

All diese Erinnerungen hatten einen bitteren Beigeschmack. Trotzdem blieben sie für immer. Es war eine Lüge, dass sich nur die positiven Erinnerungen hielten.

Aber es gab auch Zeiten, die einfach nur schön gewesen waren. Die durchweg guten Erinnerungen entstanden in meiner Grundschulzeit, kurz nachdem wir wieder an die Küste gezogen waren. Mom zog jedes Mal um, wenn ihre neue Liebe verwelkt war, als könnte ein Ortswechsel ihren Kummer in Nichts auflösen. Oder wenn die Miete erhöht wurde oder unsere Unterkunft Mängel bekam, mit denen sie nicht leben wollte. Wir hatten defekte Wasserrohre, undichte Dächer, Ratten im Keller. Irgendwann wohnten wir in einer Erdgeschosswohnung in Strandnähe, und Oma Amber hatte mir ein blaues Fahrrad zum Geburtstag geschenkt, mit dem ich auf der Wendeplatte im Kreis fuhr. Mein blondes Haar mit Erdbeerstich, wie es Oma Amber nannte, wehte im lauen Wind, und ich vergaß alles, was sich schwer auf mein Gemüt legen wollte.

Unvergesslich waren auch die Nachmittage mit Emily – einem Mädchen, das meinem Ideal von einer Prinzessin ziemlich nahekam, denn sie wohnte in einem Schloss – und Adarsh, einem quirligen Jungen mit indischen Wurzeln. Der lebhafte Blick aus seinen großen, dunklen Augen war für immer in mein Gedächtnis eingebrannt. Wir sammelten Steine am Strand und gruben so tiefe Löcher, dass wir uns hineinstellen konnten. Nach der Abenddämmerung machten wir uns auf die Suche nach Geisterkrabben, die mit ihren flinken, gelben Füßen und wie Antennen in die Luft ragenden Augen über den samtweichen, nassen Sand flitzten, um sich blitzschnell in ihr Versteck zurückzuziehen, sobald wir uns mit unseren Taschenlampen näherten.

Wenn ich manchmal nachdenklich war, saß ich gern mit angezogenen Knien am Strand und wünschte mir, ich könnte auch einfach weglaufen und mich verstecken. Alles, was mich belastete, hinter mir lassen. Mich in einem unterirdischen Gang sicher fühlen und die Welt für eine Weile vergessen.

Meine Streitereien mit Mom fingen meist damit an, dass sie ungeduldig mit mir wurde. Noch bevor ich ein Teenager war, störte sie sich an Dingen, die in meinen Augen in Ordnung waren. Meine zeitweise Verträumtheit störte sie, meine Unordentlichkeit und mein Schwärmen für irgendwelche Rockstars, deren Namen ich mit Marker auf meine Zimmerwände schrieb. Sie mochte es nicht, dass ich ständig hautenge Leggings trug und meine Lippen schon früh schminkte.

„Du ziehst zu viel Aufmerksamkeit auf dich", bemerkte sie trocken und kniff die Augen zusammen, während sie den Blick an meinem Körper hintergleiten ließ. „Du provozierst die Jungs." Es war lächerlich, denn Mom schminkte sich selbst ausgiebig und trug viel zu kurze Röcke!

Selbst Oma Amber warnte mich einmal vor den Männern. Kurz, nachdem ich meine Periode bekommen hatte und seit Tagen das Gefühl hatte, die Welt könne jeden Augenblick untergehen.

„Als Frau musst du auf der Hut sein", sagte sie und legte mir eine Hand auf die Schulter. „Männer verhalten sich oft sonderbar."

Wenn ich nach meinem Vater fragte, wichen sowohl Mom als auch Oma Amber aus und lenkten das Gespräch schnell auf ein anderes Thema. Die Vorstellung, dass da draußen jemand herumlief, der mich gezeugt hatte, ließ mich abends oft nicht einschlafen und verfolgte mich tagelang wie ein böser Schatten. Es war nicht fair, im Dunkeln gelassen zu werden, aber vielleicht wusste meine Mom nicht einmal, wer mein Vater war. Es hatte in ihrem Leben zwar Männer gegeben, die ich kennengelernt hatte, aber keiner war lange geblieben. Manchmal fragte ich mich, was mit meiner Mutter nicht in Ordnung war. Oder war etwas an den Männern faul?

Der Sandstrand war mein Zufluchtsort. Dort schienen meine traurigen Gedanken Flügel zu bekommen, wurden leicht und entfernten sich, während sich eine wohlige Wärme in meinem Bauch ausbreitete. Wenn ich mich in den Sand legte und die Hände im Nacken verschränkte, dann war die Welt für eine Weile in Ordnung.

Je fraulicher ich wurde, desto größer wurde die Kluft zwischen Mom und mir. Sie schien das Interesse an meiner Entwicklung verloren zu haben, und ich fühlte mich alleingelassen. Als Oma Amber im Alter von gerade einmal einundsiebzig Jahren bei einem Autounfall ums Leben kam, suchten mich schwarze, bleischwere

Gefühle heim. Oma hatte mir ein wenig Geld hinterlassen und all die Erinnerungen, die jetzt wehtaten. Damals schwor ich mir, dass ich dieses verdammte Gefühl, wehrlos zu sein, bekämpfen würde. Dass ich so stark sein wollte wie meine Oma es gewesen war. Und dass ich das Verhältnis zu meiner Mutter reparieren wollte. Es gelang mir nie, und dann kam mit ihrem unerwarteten Tod der nächste Schicksalsschlag.

Kapitel drei

Tante Dolores wohnte in der Nähe von Charlotte; Mom hatte mir ihre Adresse gegeben. Es war keine gehobene Wohngegend, aber sie war in Ordnung. Die Miete hatte immer Oma Amber bezahlt, und ich fragte mich, wie Dolores jetzt über die Runden kam.

Mir war klar, dass ich eventuell unangenehme Dinge aufwühlen würde. Es war eine Gratwanderung. Wie viel von der Vergangenheit streckte die Finger bis in die Gegenwart aus, und sollten wir diese Finger nicht manchmal mit einem energischen Schlag verscheuchen? Ich glaubte fest daran, dass es am gesündesten war, im Hier und Jetzt zu leben.

Wir hatten Dolores von unterwegs angerufen und unseren Besuch angekündigt. Sie stand schon in der Haustür, als wir ankamen. Ich erschrak ein wenig. Dolores war gerade einmal neununddreißig, aber mit ihrem schmalen Gesicht und den Neurodermitis-Flecken um die Augen war sie von den Jahren gezeichnet und wirkte wie ausgetrocknet. Sie trug eines ihrer unspektakulären Hauskleider, die mir vertraut waren.

„Lisa, mein Schatz!" Sie umarmte mich auf ihre zurückhaltende Art und sah mir kurz und tief in die Augen. „Wie schön, dass du mich besuchen kommst."

Dann erblickte sie Lynn und Kristen, die nun dicht hinter mir standen. Kristen steckte ihr Handy nervös in die Hosentasche.

„Das ist meine beste Freundin Kristen Cunningham", sagte ich und lächelte in die Runde. „Und das hier ist meine andere beste Freundin, Lynn Fulton."

Lynn und Kristen begrüßten meine Tante und führten Small Talk über das schöne Wetter und ihre Freude, bald das Meer zu sehen.

„Ihr macht Urlaub am Meer?" Tante Dolores hielt uns die Windfangtür auf und bat uns, hereinzukommen. Ich bemerkte Kristens nervösen Blick, als wir den engen, von Katzenhaaren und Staubflusen gezeichneten Flur betraten.

„Wir werden Urlaub machen", sagte ich. Wir hatten das Ferienhaus auf den Outer Banks gemietet, um uns zu erholen.

Wir nahmen in dem Wohnzimmer Platz, in dem zwei Kratzbäume standen. Widerwillig ließ sich auch Kristen auf das fleckige Cord-Sofa fallen und presste die Lippen zusammen. Tante Dolores verschwand in der Küche.

„Kommen wir gleich zum Punkt?", flüsterte Lynn mir zu. „Ich meine, was ist dein Plan?"

Die Wahrheit war, dass ich mal wieder keinen hatte. Ich nahm die Dinge stets so, wie sie kamen. Mom hatte mir in der Pubertät ständig vorgeworfen, diese Unverbindlichkeit wäre zum Haareraufen.

Tante Dolores war kein leichter Mensch. Man wusste nie, ob man sie an einem guten Tag erwischte. Sie war vor drei Wochen nicht auf Moms Beerdigung erschienen, weil sie in einer ihrer Phasen gesteckt und der

Weg ihr zu lang gewesen war. Sie hatte ein imposantes Blumengesteck geschickt, auf dem auf einem seidenen Band in geschwungener Schrift *In ewiger Dankbarkeit, deine kleine Schwester Dolores* gestanden hatte. Wir hatten alle Verständnis dafür, dass Tante Dolores unter Depressionen und starken Stimmungsschwankungen litt.

„Wie geht es dir, erzähl doch ein bisschen!" Tante Dolores kam mit einem geblümten Tablett auf uns zu, auf dem ein Teller mit Keksen und drei Gläser mit giftgelber Limonade standen. Lynn machte sich über die Kekse her und leerte ihr Glas in einem Zug, Kristen hielt sich zurück. Ich nahm die Limonade, um etwas zum Festhalten zu haben und meine Hände ruhig zu halten.

„Es geht mir schon besser, danke." Ich nickte fast unmerklich, führte das Glas an die Lippen und nahm den ersten Schluck. Das Zeug war klebrig-süß.

„Es tut mir so leid, dass ich bei der Beerdigung nicht dabei sein konnte." Tante Dolores senkte beschämt den Blick. „Aber du weißt ja, dass es Phasen gibt, in denen ich das Haus nicht verlassen kann. Dann bin ich froh, wenn ich mich aus dem Bett quäle und dusche."

„Wir haben alle Verständnis dafür." Ich schenkte meiner Tante einen warmen Blick, aber sie schien es nicht zu bemerken, weil sie vor sich hinstarrte.

Ein peinliches Schweigen legte sich über unsere kleine Runde. Mom hatte immer gesagt, Tante Dolores würde jede Behandlung mit Medikamenten ablehnen. Es sei lächerlich, dabei könne man depressiven Menschen heutzutage doch helfen.

„Wir sind hier, weil wir einige Fragen haben", sagte Lynn plötzlich unerwartet. Sie sah mich fest an.

„So etwas habe ich schon immer befürchtet", sagte Tante Dolores genauso unvermittelt und begann, ihre knochigen Hände zu kneten.

„Was hast du befürchtet?" Manchmal war es nicht leicht, den Gedankengängen meiner Tante zu folgen, weil sie nur Teile ihrer Überlegungen laut aussprach. Das war für jemanden wie mich besonders schwierig, denn ich fasste normalerweise alles in Worte, was mir durch den Kopf ging.

„Dass deine Mutter Krebs bekommen könnte."

Ich verstand nichts.

„Hatte sie denn eine familiäre Vorbelastung?", fragte Lynn.

„Und ob!" Jetzt richtete Tante Dolores den Blick auf mich. Sie war immer noch eine hübsche Frau, auch wenn sie ausgemergelt wirkte. Auf ihrem Gesicht lagen ein Schleier aus Sanftmut und etwas Geheimnisvolles, das mir heute keine Angst mehr machte. Mom hatte immer gesagt, Dolores esse wie ein Spatz, und überhaupt kümmere sie sich um nichts in ihrem Leben, es sei zum Heulen.

„Deine Oma Amber hatte während der Schwangerschaft mit Elaine Krebs." Es lag ein Hauch Triumph in Dolores' Blick. Sie war immer der Liebling meiner Oma gewesen, und meine Mom hatte es zu spüren bekommen. Wer konnte es ihr also verübeln, dass ihr Verhältnis zu meiner Tante vergiftet gewesen war? Ebenso wie ihre Beziehung zu ihrer Mutter. Die komplizierte Mutter-Tochter-Beziehung zog sich wie ein roter Faden durch unsere Familie, und alles in mir sträubte sich dagegen, zu viel darüber nachzudenken. Aber jetzt waren wir nun einmal hier. Wenn man am Sterbebett eines geliebten Menschen saß und der die Vergangenheit aufwühlte, dann *musste* man handeln, oder? „Besuch Dolores", hatte Mom gesagt und müde die Augen geschlossen. Ihre Lider waren so blass und hauchdünn gewesen. Ich hasste den Tod.

„Amber hatte Krebs in der Schwangerschaft?" Lynns Worte rissen mich aus den Gedanken. „Das ist ja schrecklich."

Kristen hatte ihr Handy gezückt und sah auf das Display. Ich konnte es ihr nicht einmal übelnehmen. Manchmal war die Flucht in eine virtuelle Welt ein Segen. Und die momentane Situation war mehr als unangenehm! Was *wollte* ich überhaupt von meiner Tante?

„Deine Großmutter hatte Krebs und hat ihn besiegt", fuhr Dolores mit einem stolzen Glänzen in den Augen fort. „Sie war eine starke Frau. Die stärkste, die ich jemals habe kennen dürfen."

Da konnte ich meiner Tante nur zustimmen. An manchen Tagen vermisste ich Oma Amber immer noch schmerzlich.

„Sie hat so sehr gegen diese furchtbare Krankheit gekämpft und wurde am Ende dafür belohnt." Tante Dolores lächelte vorsichtig. „Jedenfalls hat sie mir das erzählt. Ich selbst war ja zu der Zeit noch nicht einmal auf der Welt." Ihr Blick wanderte verträumt in die Mitte des Raumes. „Geschichten über starke Frauen sind mir immer die liebsten."

Ich wusste nicht viel über Omas Vergangenheit. Sie war selten ein Thema zwischen uns gewesen, und mir war nur bekannt, dass es einen Mann namens Benedict gegeben hatte – hochgewachsen und schlank, mit dunklen Augen und einem kunstvollen Schnurrbart. Sein Foto hatte auf Oma Ambers Nachttisch gestanden. Aber es hatte nie einen Opa gegeben. Genauso wenig wie einen Vater. Die Männer in unserer Familiengeschichte schienen sich in Luft aufzulösen, und deshalb hatte ich großen Respekt vor Liebesbeziehungen. Meine Mom hatte mir vorgelebt, was es bedeutete, wechselnde Liebhaber zu haben und sie der Reihe nach wieder zu verlieren. Ich glaubte nicht an die große Liebe und hatte erst wenige, bedeutungslose Abenteuer gehabt, die ich alle in die mentale Schublade *unwichtig* gesteckt hatte.

„Kann ich euch noch etwas bringen? Einen Tee vielleicht?", fragte Tante Dolores, und ich war froh, dass sie das Thema fallenließ.

„Ein Kaffee wäre toll", murmelte Kristen, ohne von ihrem Handy aufzublicken.

„Wir sind gekommen, weil Lisas Mom es ihr nahegelegt hat", sagte Lynn. Sie wollte das Gespräch auf den Punkt bringen, aber mir ging das zu schnell, und ich warf ihr einen strafenden Blick zu. Es kümmerte sie, wie immer, nicht.

„Wir glauben …" Lynn hielt kurz inne. „Also Lisa glaubt, dass es da Dinge in ihrer Vergangenheit gibt, die ans Tageslicht gebracht werden sollten. Weil ihre Mom so unruhig war in ihren letzten Stunden."

Lynn wollte mit der Tür ins Haus fallen, aber bei meiner Tante würde das nicht funktionieren! Ich fühlte mich geradezu gedrängt, ebenfalls etwas zu sagen, auch wenn es mir sehr schwerfiel.

„Lynn und Kristen sind als meine mentalen Stützen dabei", erklärte ich also. „Sie sind seit Jahren meine allerbesten Freundinnen, und ich war nach Moms Tod ziemlich schlecht drauf."

„Verständlich", sagte Tante Dolores. „Ich bin oft ohne ersichtlichen Grund schlecht gelaunt und weiß sehr gut, wie das ist, Lisa."

Fieberhaft versuchte ich, mir die Worte zurechtzulegen. Ich fand es unfair, meiner Tante die Pistole auf die Brust zu setzen: *Los, erzähl uns alles, was du weißt! Du weißt doch mehr als wir, oder? Raus mit der Sprache!* Das war nicht meine Art. Ich mochte es, wenn sich die Menschen mir gegenüber aus freien Stücken öffneten.

„Ich mache einen Kaffee, dann bin ich wieder bei euch." Meine Tante stand auf und ging wieder in die Küche.

„Spinnst du, was drängst du meine Tante so?" Ich sah Lynn wütend an. Meine Wangen wurden heiß.

„Was denn?" Lynn zuckte mit den Schultern. „Wir können hier auch stundenlang hocken und Kekse essen und von dieser pappsüßen Limonade Bauchkrämpfe bekommen."

Ich erwiderte nichts, weil ich weiterhin überlegte, was ich Dolores fragen wollte. In der Küche schepperte es, etwas musste zu Boden gefallen sein.

„Wenn du willst, dann sage ich nichts mehr." Lynn warf mir einen leicht genervten Blick zu.

Ich schwieg, weil meine Tante zurückkehrte. Dass ich sie nur aufgesucht hatte, um ihr Informationen über früher zu entlocken, bereitete mir auf einmal Gewissensbisse.

„Warst du eigentlich in letzter Zeit auf den Outer Banks?", fragte ich, um die Situation aufzulockern.

Tante Dolores reichte Kristen eine dampfende Kaffeetasse und setzte sich neben mich. Mit einem entschuldigenden Lächeln legte Kristen ihr Handy ab und nahm das Getränk dankend entgegen.

„Ich bin schon lange nicht mehr dort gewesen, Lisa." Tante Dolores tätschelte meinen Oberschenkel. Ich kam mir vor, als wäre ich wieder ein kleines Kind. „Damals war ich noch oft im Souvenirladen, aber nicht mehr, seit dieser Chris das Geschäft übernommen hat. Es hat seinen früheren Charme verloren." Tante Dolores zog ihre Hand weg. „Deine Großmutter hat damals Kunst verkauft, aber jetzt gibt es dort nur noch Kitsch und sonderbaren Krimskrams."

„Ich verstehe." Ich lächelte meine Tante an. Sie und meine Mutter hatten den Laden nach Oma Ambers Tod verkauft, und ich war sauer gewesen, weil er mir viel bedeutet und ich die Zeit auf den Outer Banks immer genossen hatte.

„Der Laden war der Traum deiner Großmutter", sagte Tante Dolores, als könnte sie meine Gedanken lesen. „Er war aber zu viel Arbeit und zu weit weg, vor allem, nachdem Elaine und du nach Michigan gezogen seid und ich hier allein war." Ich war mir nicht sicher, ob in ihrer Äußerung ein leiser Vorwurf lag.

„Es ist so schade, dass wir damals weggezogen sind", sagte ich.

„Also für mich ist Lisa für immer das Mädchen aus North Carolina." Lynn strahlte. „So haben wir sie kennengelernt, und ich merke, dass sie hier glücklicher ist."

„Wohl wahr!" Kristen nippte an ihrem Kaffee. „Lisa ist unser Carolina Girl, und wir hoffen, dass sie wieder zu ihren Wurzeln zurückfinden wird, denn in Michigan ist es kalt, und jetzt, nach unserem Bachelorabschluss, müssen wir sowieso alle überlegen, wie es für uns weitergehen soll."

„Hier gibt es doch nichts für Lisa", sagte Tante Dolores mit einem nachdenklichen Blick. „Was einen an dem Ort hält, an dem man geboren wurde, ist doch nur die Trägheit." Sie starrte gedankenverloren vor sich hin, und ihre Augen waren auf einmal sonderbar verklärt, als sähe sie nicht in die Welt, sondern in ihr Herz hinein. Ich kannte diesen Blick von früher. „Oder die Angst, etwas Neues zu wagen", fuhr sie fort. Kristen, Lynn und ich hingen an ihren Lippen, begierig, mehr zu hören. Vielleicht etwas, das Moms Nervosität vor ihrem Tod erklärte.

„Ich bin auch nicht weit weggezogen, aber immerhin weg von der Küste. Weil es manchmal so ist, dass man die Vergangenheit nur dann hinter sich lassen kann, wenn man sich zumindest räumlich von ihr distanziert."

Da war sie wieder, die Vergangenheit! Es machte mir keine Freude, in ihr zu wühlen, aber eine leise Stimme in mir flehte danach.

„Wir waren nie eine richtige Familie." Tante Dolores' Augen wurden feucht. „Ich hoffe, das belastet dich jetzt als junge Frau nicht allzu sehr."

„Was ist schon eine richtige Familie?", fragte ich, aber eher rhetorisch. Doch meine Tante reagierte sofort.

„Eine richtige Familie besteht für mich aus einer Mutter und einem Vater und zumindest einem Kind. Und aus viel Liebe." Sie sah mich auf eine melancholische Weise an. „Weder Elaine noch ich haben jemals erfahren dürfen, was es bedeutet, sich im warmen Nest einer Familie einzukuscheln und bedingungslos wohlzufühlen. Wir hatten nie einen Vater. Deine Großmutter hatte als Kind eine liebevolle Familie, und diese Wärme hat sie später weitergegeben."

Ich wusste nicht, was ich dazu sagen sollte, denn es klang einerseits so schön, andererseits aber auch hoffnungslos, weil ich die Sehnsucht nach einer männlichen Bezugsperson nur allzu gut nachempfinden konnte. Ich mochte es nicht, wenn meine Tante so klang. Wenn überhaupt jemand so klang. Das Leben war schön, und ich wollte niemals zulassen, dass die Umstände meine Einstellung auf Dauer vermiesten. An der Uni und mit meinen Freundinnen hatte ich wieder gelernt, unbekümmert zu sein. Nachdem meine Mom mir vorgelebt hatte, dass das Leben sorgenvoll sein konnte.

„Sind Sie nicht einsam?", fragte Kristen meine Tante auf einmal. „Ich meine, wie schaffen Sie das hier so ganz allein?"

Ich war für einen Augenblick entsetzt über Kristens Taktlosigkeit.

„Ich kann das, was Sie gesagt haben, sehr gut nachvollziehen", fügte Kristen hinzu, als könnte sie dadurch ihre Frage entschärfen. „Meine Kindheit war scheiße. Ich habe gelernt, auf mich selbst achtzugeben." Sie strich sich eine blonde Strähne aus dem Gesicht und biss sich auf die Unterlippe. „Meistens schaffe ich es, die Vergangenheit auszublenden, aber manchmal holt sie mich ein."

Ich wusste, wovon Kristen sprach. Wenn sie nicht gerade online war, dann verwickelte sie mich in tiefgründige Gespräche, die meist zu keinem Ziel führten. Es waren Gedankengänge, die ich irgendwann als Qual empfand. Sie zogen mich oft runter, aber Kristen blühte in ihnen auf und schien sie zu brauchen wie die Luft zum Atmen. Es wunderte mich nicht, dass sie noch nie einen festen Freund gehabt hatte, denn man musste schon sehr tolerant sein, um Kristens gedankliche Foltertouren auszuhalten.

„Ich bin tatsächlich oft einsam." Tante Dolores warf Kristen einen dankbaren Blick zu. Da hatten sich zwei gefunden! Lynn verdrehte die Augen. „Aber ich bin schicksalsergeben."

Lynn seufzte zu laut.

„Ich habe mich mit vielen Dingen abgefunden, weil es für mich die einzige Möglichkeit war, weiterzumachen. Wäre ich nicht so gläubig wie meine Mutter, dann hätte ich mir schon längst das Leben genommen."

„Das klingt ja furchtbar!" Lynn fuhr sich mit den Fingern durch ihre schwarze Drahtfrisur. „So schlimm ist es nun auch wieder nicht."

Ich hielt mich zurück und beobachtete die absonderliche Szene. Und war unendlich dankbar, dass ich meine beiden Freundinnen, die wie Schwestern für mich waren, auf dieser Erkundungstour in meine Vergangenheit an meiner Seite hatte. Lynn hatte sogar ihren geplanten Urlaub mit einem ehemaligen Kommilitonen dafür geopfert!

„Es ist immer so, wie man es auffasst", sagte Tante Dolores auf einmal sehr nüchtern. „Es ist eine Frage der Einstellung, aber die wird einem in die Wiege gelegt."

„Ach was!" Lynn war sichtlich aufgebracht. „An seiner Einstellung kann, ja *muss* man sogar arbeiten."

Ich stimmte ihr innerlich zu.

Tante Dolores verschränkte die Arme vor der Brust und sah elend aus.

„Ich glaube, wir lassen dich jetzt in Ruhe", sagte ich, weil ich tatsächlich das Gefühl hatte, dass es eine schlechte Idee gewesen war, meine depressiv veranlagte Tante aufzusuchen. Das hier klang immer mehr wie ein Verhör. „Wir kommen gern auf dem Rückweg wieder bei dir vorbei, Tante Dolores." Ich versuchte ein Lächeln.

„Das würde mich sehr freuen, Lisa", sagte sie.

Wir erhoben uns und folgten ihr in den Flur. An der Tür angekommen, ergriff sie meinen Arm. „Es tut mir so leid, Lisa, aber ich kann wirklich nicht mehr zu Elaine und zu früher sagen. Und wenn ich ehrlich bin, möchte ich es auch nicht." Sie zog mich an sich. Ich schloss die Augen und atmete ihren vertrauten Duft ein, dieses Gemisch aus ihrem Vanilleparfüm und einfach nur Tante Dolores.

„Es ist schon in Ordnung", flüsterte ich in ihr Ohr, auch wenn ich maßlos enttäuscht war. Ich versuchte, mich auf die freien Tage auf den Outer Banks mit Kristen und Lynn zu freuen, aber es gelang mir kaum.

„Nur eines, Lisa." Tante Dolores entließ mich aus der langen, festen Umklammerung. „Wenn du wirklich mehr wissen willst, dann such nach Milton, der lebt vielleicht noch auf den Outer Banks, könnte ich mir vorstellen."

Ich sah meine Tante verwundert an.

„Frag nach einem Milton Farrell. Am besten in Nags Head." Sie nickte fast unmerklich. „Aber ich weiß nicht, welche Folgen deine Suche haben wird. Manchmal ist es besser, die Dinge so zu nehmen, wie sie jetzt sind. Die Vergangenheit ist vorbei."

Kapitel vier

Wir übernachteten in einem Motel, weil wir keine Energie mehr für weitere sechs Stunden Fahrt hatten. Die defekte Leuchtreklame vor dem Gebäude ließ rote Farbblitze durch das Zimmer zucken.

„Ich hoffe, ich kann einschlafen", murmelte ich und zog das dünne Laken bis unters Kinn. Insgeheim hatte ich gehofft, meine Tante würde dem Wunsch ihrer älteren Schwester nachkommen und mehr erzählen. Sie hatte bloß eine neue Fährte gelegt. Ich war unsicher gewesen, was ich tun sollte, aber Lynn und Kristen waren überzeugt, dass die Suche nach Milton Farrell die logische Konsequenz des Besuchs bei meiner Tante war. Jetzt war ich auf der Suche nach einem Mann auf den Outer Banks, wo ich eigentlich mit Lynn und Kristen hatte ausspannen wollen.

„Denk an was Schönes", sagte Lynn. Kristens Atem ging bereits langsam und laut.

Also dachte ich an die Sandstrände der Outer Banks, wärmende Sonnenstrahlen auf meiner Haut und an mein Kajak, das ruhig über die Wasseroberfläche gleitet. An die untergehende Sonne über dem Wasser, die ihr Licht über dem Meer ausschüttet.

Am nächsten Morgen weckte uns Lynns Handy mit einem fröhlichen Klingelton. Wir machten uns gleich auf den Weg, holten uns unterwegs einen Kaffee und ein paar Donuts.

Bald würde das Meer vor uns auftauchen, als endlos anmutendes, tiefblaues Band, das den von Schleierwolken durchzogenen Himmel küsste. Den Himmel meines Heimatstaats.

Auf den Outer Banks fuhren wir durch ein mit vereinzelten Pinien bepflanztes Wohngebiet. Stolz streckten die Bäume ihre duftenden Kronen gen Himmel. Mein Mut war auf die Größe einer Rosine zusammengeschrumpelt. Ich atmete ungewollt tief ein und lange aus und warf einen Blick auf das Navi, das auf Lynns Handy die Distanz bis zu unserem Ferienhaus südlich von Kitty Hawk anzeigte: noch zehn Minuten.

Unser Ferienhaus *Dune Retreat* war ein Stück Himmel auf Erden. Es lag eingebettet in einen Pinienwald, und der Balkon bot eine atemberaubende Aussicht auf das tiefblaue Meer. Nachdem wir unser Gepäck ausgeladen hatten, das vermuten ließ, dass wir mindestens zwei Monate hierbleiben würden, beschloss Lynn, beim nahegelegenen Food Lion die nötigen Lebensmittel einzukaufen. Wir waren vor wenigen Meilen an dem riesigen Supermarkt vorbeigefahren.

„Du bleibst hier und ruhst dich aus", verkündete sie und schulterte ihre hippe, tarnfarbene Messenger-Tasche mit Neon-Reißverschlüssen. Bestimmt ein schweineteures Modell.

„Ich habe vorhin im Auto geschlafen", bemerkte ich ein wenig genervt. Ich wollte nicht wie eine zerbrechliche Pflanze behandelt werden.

„Kristen und ich gehen einkaufen, Punkt." Lynn warf Kristen, die es sich bereits mit ihrem Handy auf der sandfarbenen Couchlandschaft bequem gemacht hatte, einen auffordernden Blick zu, aber Kristen schien nichts davon zu bemerken.

„Und ob die hier schnelles WLAN haben!", rief sie stattdessen erfreut. „Ich hatte schon Angst, dass es megalahm sein könnte."

„Komm jetzt!" Lynn schüttelte den Kopf. „Das WLAN wird nachher immer noch da sein, und ich habe einen Riesenhunger."

Ich diskutierte nicht, sondern ließ Lynn ihren Willen. Es ergab wenig Sinn, zu dritt einkaufen zu gehen, auch wenn wir sonst vieles zusammen taten. Die Vorstellung, mich auf den Balkon zu setzen und den Blick über das Meer schweifen zu lassen, war allzu verlockend. Manchmal war es schön, allein zu sein, auch wenn es bedeutete, dass einen die eigenen Gefühle und Gedanken folterten.

„Also, ich gehe jetzt!" Lynn trat auf die Treppe zu, die ins Erdgeschoss führte. Kristen erhob sich in Zeitlupe. Ihr Blick war noch immer auf ihr Handy gerichtet, auf dem irgendein YouTube-Video lief.

Kaum war die Eingangstür ins Schloss gefallen, betrat ich die offene Küche und schob die Glastür und das Mückenschutzgitter beiseite, die auf die hintere Terrasse führten. Ich nahm auf der Holzbank Platz und lehnte mich gegen die aschgraue Hauswand. Der große Balkon, den man vom Wohnzimmer aus erreichen konnte, erstreckte sich fast über zwei Seiten des Hauses. An einem Mast wehte die US-Flagge.

Die Luft war schwülwarm und duftete nach würzigem Pinienholz. Hinter den Baumkronen lag das tiefblaue Meer unter wolkenlosem Himmel, und ich hatte Lust, mich in ein Kajak zu setzen und hinauszupaddeln. Ohne Ziel und ohne schwere Gedanken im Kopf. Ich hasste schwere Gedanken. Vielleicht, weil ich sie mit Tante Dolores verband. Sie hatte mir, gefangen in ihren inneren Qualen, als Kind Angst gemacht. Oft war sie nur physisch anwesend gewesen. Mom und Oma Amber hatten keinen regen Kontakt zu ihr gehabt, und auch für mich war sie nur jemand gewesen, der in meiner Kindheit ab und zu bei Familienfeiern aufgetaucht war. Vor meinem geistigen Auge sah ich ihr ausgemergeltes Gesicht, ihre schmalen Lippen und ihre besonderen, grünen Augen mit den Goldsprenkeln in der Iris. Bei ihrem Besuch neulich waren sie mir wieder aufgefallen. Ich hatte dieselben Augen.

Mom behandelte ihre jüngere Schwester so, als mochte sie sie nicht, und mir gefiel das nicht. Oft wünschte ich mir, kein Einzelkind zu sein, denn es war auf eine sonderbare Art traurig, seine Erlebnisse in der Familie immer nur mit Erwachsenen teilen zu können. Geschwister waren in meiner Vorstellung etwas Wunderbares und sollten sich lieben. So, wie Lynn, Kristen und ich uns liebten. Sie waren für mich so etwas wie eine Ersatzfamilie.

Ich saß nachdenklich auf dem Balkon, ergriff meinen Kreuzanhänger aus Holz, der an einem schwarzen Lederband um meinen Hals hing, und ballte meine Hand zu einer Faust. Oma Amber hatte mir das Kreuz zu meiner Kommunion geschenkt. Heute noch beneidete ich sie manchmal um ihren festen Glauben. In letzter Zeit hatte ich viel darüber nachgedacht. Es war womöglich einfacher, an Gott und all das zu glauben, wenn man in einer schwierigen Lage steckte. Als ich Mom im Krankenhaus besucht hatte, hatte ich mich schrecklich leer gefühlt und innerlich danach geschrien, so gläubig sein zu können, wie meine Großmutter es gewesen war. Es hätte mir Hoffnung gegeben.

Ich hielt den Anhänger weiterhin fest, als könnte durch ihn eine mir bisher unbekannte Energie in meinen Körper fließen, schloss die Augen und konzentrierte mich auf meinen Atem. Sobald die Geheimnisse der Vergangenheit endlich gelüftet sein würden, könnte ich einen neuen Lebensabschnitt beginnen und endlich wieder ich selbst sein.

Ich sog die laue North-Carolina-Luft ein, behielt sie so lange wie möglich in meinem Bauch und entließ sie dann bewusst und langsam. Es tat so gut, sich nur auf diese einzige, eigentlich automatische Tätigkeit zu fokussieren. So saß ich eine Weile da und verfiel schließlich in eine Art Halbschlaf, weil ich seit Tagen nur noch schlecht hatte zur Ruhe finden können.

Als Autoreifen in der Einfahrt knirschten, zuckte ich zusammen, stand leicht benebelt auf und ging in die Küche, um mir ein Glas Wasser zu holen.

„Hallo-ho! Wir sind wieder da-ha!" Lynns Stimme war wie tausend helle Glocken. Ich liebte es, dass sie immer so fröhlich war, und konnte nicht begreifen, warum sie noch nie einen festen Freund gehabt hatte. Ihr Wesen tat jedem gut, das war sicher!

Jemand polterte die mit Teppich überzogene Treppe hoch, dann fiel etwas hinunter. „Scheiße!" Es war Lynn. „Diese Schrott-Griffe reißen immer."

Wenig später kam sie mit einer großen Papiertüte im Arm oben an und lächelte mit ihren tiefen Grübchen.

„Du hättest nicht so viel Schweres da reinpacken sollen." Kristen tauchte hinter ihr auf. Sie trug zwei weitere Papiertüten.

„Habt ihr für einen ganzen Monat eingekauft?" Ich war verwundert. Wir hatten das Haus nur für vier Tage gemietet, aber die Bekannte meiner Mom hatte gesagt, es wäre auch länger frei.

„Wir werden es uns gutgehen lassen!" Lynn stellte Bio-Milch und Tomatensauce auf die Kücheninsel. „Und wir werden nicht essen gehen, weil das hier unverschämt teuer ist." Dass sie bewusst mit Geld umging, obwohl sie darin schwamm, rechnete ich ihr hoch an.

„Wir dürfen nicht vergessen, warum wir hier sind", sagte Kristen, während sie Haferflocken und Kaffee auspackte und nebenher ein Video auf ihrem Handy laufen ließ. „Wir haben eine Mission." Sie klang todernst.

„Natürlich haben wir die, aber nebenher werden wir auch nicht vergessen, zu leben." Lynn zwickte mir sanft in den Oberarm. „Nicht wahr, Lisa?"

Ich lächelte zu müde, wollte nicht diejenige sein, die Trübsal blies. Aber die Sache mit meiner Mom hatte mich mehr heruntergezogen, als ich hatte zulassen wollen.

Kristen runzelte die Stirn. „Warum konnte deine Tante Dolores uns nicht einfach sagen, was los ist oder los war? Ich meine, wir sind quer durch North Carolina gegurkt und haben sie aufgesucht, um mit ihr zu reden."

Tränen brannten in meine Augen. Mit einem Seufzer setzte ich mich auf einen der Küchenhocker. „Ich habe keine Ahnung, was mit Tante Dolores los ist. Sie ist komisch, das weißt du doch."

„Sie ist mehr als komisch!" Lynn räumte Joghurts in den Kühlschrank. „Sie hat mir Angst gemacht."

Ich erwiderte nichts. Tante Dolores hatte mir schon als Kind eine Gänsehaut beschert. Manchmal war es, als stammte sie von einer anderen Welt. Oder als wüsste sie mehr als wir anderen. Etwas, das mit dem Leben im Jenseits zu tun hatte oder all die Qualen erklärte, die manche Menschen erleiden mussten. Den Schlüssel zum Glück hatte sie jedenfalls nicht gefunden. Den suchte ich aber! Wenn Tante Dolores mich ansah, dann lag in ihren Augen dieser sonderbare Glanz.

„Also ich finde, wir sollten es einfach so nehmen, wie es ist", sagte Lynn. Sie versuchte, so unbekümmert wie nur möglich zu klingen, und ich war ihr unendlich dankbar dafür. „Lisas Mom lag im Sterben. Sie hatte bestimmt keine Energie, über ernste Themen zu sprechen. Lisas Tante Dolores ist psychisch krank und vielleicht auch nicht in der Lage, die Dinge klar in Worte zu fassen. Und deshalb danken wir ihr einfach von ganzem Herzen dafür, dass sie uns den Hinweis gegeben hat, diesen Milton Farrell zu suchen."

„Amen", sagte Kristen und ließ sich auf die Couch fallen.

„Und jetzt kochen wir uns was", schlug Lynn vor.

Sie begann, Zucchini und Paprika zu schneiden, und ich setzte Nudelwasser auf. Das Ferienhaus war perfekt ausgestattet, mit vielen Töpfen und jeder Menge Kochutensilien.

Lynn bemerkte wohl an meinem abwesenden Blick, dass ich nicht bei der Sache war.

„Du solltest die Dinge auf dich zukommen lassen, Lisa", sagte sie, hielt beim Schneiden inne und sah mir fest in die Augen. Dann hob sie die Augenbrauen. „Es wird bestimmt alles gut werden."

„Genau das glaube ich inzwischen nicht mehr", sagte ich. „Mom war so unruhig vor ihrem Tod, und Tante Dolores hat immerzu von Oma Amber erzählt. Ich glaube, dass meine Vergangenheit ein einziges, riesiges Geheimnis ist." Ich schluckte schwer. „Und ich weiß nicht, ob ich wirklich bereit dazu bin, in der Vergangenheit zu wühlen."

„Klar bist du das!" Lynn lächelte mich ermutigend an und berührte kurz meinen Arm. „Es ist immer besser, die Wahrheit zu kennen. Wer will schon mit der Unwissenheit leben?"

„Aber die Wahrheit kann wehtun."

„Klar", sagte Lynn und zuckte mit den Schultern.

„Ich tue das hier nur für meine Mom", sagte ich.

Lynn sah mich mitleidig an. „Morgen früh machen wir uns auf die Suche nach diesem Milton Farrell, und dann kannst du bald wieder durchatmen. Es tut mir so leid, dass deine Mom so plötzlich gehen musste und dass sie dann auch noch so komisch war."

Ich war ein Fan von perfekten Momenten, mochte es, dass die Leute in Filmen und Büchern oft so würdevoll aus dem Leben schieden. Ihre liebsten Angehörigen saßen an ihrem Sterbebett, und die Situation war den Umständen entsprechend idyllisch. Alles, was noch gesagt werden musste, wurde gesagt. Jeder beteuerte jedem seine endlose Liebe. Man konnte sich mit seinem

Schicksal abfinden. Mein Leben war nicht so kitschig. Mein Abschiedsbesuch bei Mom im Krankenhaus war eine schreckliche Erinnerung, die mich für immer verfolgen würde. Sie war mir fremder denn je vorgekommen, unzufrieden mit sich selbst und mit der Welt. Nicht bereit, unser Verhältnis zumindest versöhnlich ausklingen zu lassen.

„Ja, morgen suchen wir Milton Farrell", sagte ich und streute Salz in das inzwischen kochende Nudelwasser. Aber meine Gelassenheit war gespielt, und ich wusste, dass Lynn sie mir keine Sekunde abnahm.

Kapitel fünf

Am Tag nach unserer Ankunft im Ferienhaus wachte ich schon um halb sieben auf und lag zunächst mit im Nacken verschränkten Händen auf dem Bett. Ich hatte das einzige Schlafzimmer im ersten Stock, die anderen befanden sich im Erdgeschoss. In der Küche hantierte jemand. Wahrscheinlich war es Lynn, denn die war eine notorische Frühaufsteherin.

Müde rieb ich mir die Augen und streckte die Arme über dem Kopf. Mein Körper fühlte sich ungewohnt steif an, und in meinem Gehirn begannen die Gedanken, sich wild zu jagen. Was wusste dieser Milton Farrell? Und was, wenn wir ihn nicht fanden? Er könnte tot sein. Oder umgezogen. Es gab kein Register, wer wo lebte, wir würden uns durchfragen müssen, um ihn ausfindig zu machen.

Etwas in der Küche schepperte. „Fuck!", schrie Lynn.

Ich setzte mich im Bett auf und ließ den Kopf kreisen. Hinter meinen Augen schmerzte es. Ich hasste es, mit Kopfweh aufzuwachen. Wahrscheinlich war die Aufregung in letzter Zeit zu viel gewesen.

Ich trottete ins Bad, um auf die Toilette zu gehen. Dort wusch ich mir die Hände und anschließend das Gesicht mit kaltem Wasser. Meine Augen waren verquollen.

„Frühstück!", rief Lynn, und ich war wieder einmal froh, dass die beiden an meiner Seite waren. Allein hätte ich in dieser sonderbaren Lage noch mehr gelitten.

Lynn war schon angezogen und sah putzmunter aus. Sie hatte vorhin einen Teller fallengelassen, die Scherben waren nur notdürftig zur Seite gefegt.

Kristen saß noch völlig zerknittert am Esstisch und starrte in ihre Kaffeetasse. Sie trug einen gelb-blau gestreiften Michigan-Pyjama. Den hatte ich ihr mal zum Geburtstag geschenkt.

„Und, hast du gut geschlafen?" Lynn lächelte mir zu. Dann biss sie beherzt in ihr Marmeladenbrot.

„Ich bin einigermaßen erholt, es hat nur ewig gedauert, bis ich endlich eingeschlafen war."

„Dieses Rufen", sagte Kristen auf einmal und hob den Blick. Ihre blauen Augen verengten sich. „Habt ihr dieses Rufen auch gehört? In Michigan habe ich mich ja an das Heulen der Kojoten gewöhnt, aber das hier war unheimlich."

„Es sind Eulen", sagte ich sachlich. Als Kind hatte mir Oma Amber von den vielen Eulenarten hier erzählt.

„Gespenstische Eulen", sagte Kristen und nahm einen großen Schluck aus ihrer Tasse. Dann prustete sie. „Willst du uns vergiften, Lynn?"

„Du hättest ja selbst aufstehen und Kaffee kochen können", sagte Lynn mit einem Augenzwinkern. „Und Brötchen aufbacken."

Der Kaffee war stark, aber ich mochte ihn so.

„Was ist der Plan?" Lynn stützte die Ellenbogen auf die Tischplatte und ihr Kinn in die Hände. Dann sah sie mich neugierig an. „*Gibt* es einen Plan?"

„Ich bin planlos, wie immer", sagte ich mit einem Schulterzucken. „Du solltest mich inzwischen kennen."

„Wir fahren zur Touristeninfo in Nags Head", schlug Kristen vor. „Und fragen nach diesem Kerl."

„Gute Idee", sagte Lynn.

Nach dem Frühstück und einer Schmerztablette stellte ich mich unter die Dusche und schloss die Augen, während das heiße Wasser meinen Körper hinunterlief. Ich musste an Mom denken. Daran, dass sie ein Loch in meinem Leben hinterlassen hatte. Eine unscharfe Stelle, an der ich Dinge vermutete, die alles in ein neues Licht rücken würden.

Lynn wollte fahren, sodass ich auf dem Beifahrersitz Platz nahm. Kristen verzog sich mit ihrem Handy auf die Rückbank.

„Du siehst nicht einmal aus dem Fenster?" Ich drehte mich nach etwa einer halben Meile zu meiner Freundin um und starrte auf den blonden Haarvorhang. „Links und rechts ist Wasser, es ist wunderschön!"

„Gleich." Kristens Daumen tanzten über das Display.

Ich blickte wieder nach vorn. Wir nahmen den Highway 12, nicht die US 158, weil es die viel schönere Strecke war.

Wir fuhren am Strand von Kill Devils Hills und an der Abzweigung zum Wright Brothers National Memorial vorbei. Als Kind war ich oft mit Oma Amber hier gewesen. An diesem historischen Ort hatte 1903 der erste kontrolliert gesteuerte motorisierte Flug stattgefunden, und das hatte mich immer mit einer stummen Ehrfurcht erfüllt, obwohl ich nichts vom Fliegen verstand. Auf meinem Bücherregal hockte immer noch das kleine Modell des Gleiters der Brüder Wright, das meine Großmutter mir in einem konventionellen Souvenirshop gekauft hatte.

Als wir uns Nags Head näherten, ragten zu unserer Rechten die Dünen von Jockey's Ridge auf. Enorme Erhebungen aus Sand, auf denen ich als Kind viel gespielt hatte. Ich war die Dünen hinuntergerannt, bis ich gestolpert war, weil meine Füße im sommerwarmen Sand versunken waren.

„Da wären wir!" Lynn parkte vor dem Besucherzentrum. Wir stiegen aus, meine Beine waren schwer wie Blei.

„Du fragst", sagte Lynn, während sie die Tür aufschob.

In dem Gebäude war die Luft, wie in fast allen öffentlichen Innenräumen auf den Outer Banks, viel zu kühl.

Im Besucherzentrum war nicht viel los. Ein Paar im Rentenalter stand vor der Auslage mit Prospekten und lächelte kurz in unsere Richtung. In der Nähe der Wand wartete ein junger Mann, der einige Flyer in der Hand hielt. Er blickte interessiert zu uns herüber. Mir gefielen sofort seine auffallend blauen Augen unter ausgeprägten Augenbrauen und sein kinnlanges, dunkelbraunes Haar. Er trug eine Jeans mit Löchern an den Knien und ein enges T-Shirt mit der Aufschrift *Life is good*, das seinen muskulösen Oberkörper betonte.

Eine Dame mit grauem Haar begrüßte uns freundlich mit ihrem Südstaatenakzent und fragte, ob sie uns helfen könne. Ich hatte fast schon vergessen, wie es war, ständig *Honey* genannt zu werden.

Weil ich mir dämlich vorkam, zögerte ich zunächst. Wie sollte ich bloß anfangen? Lynn stupste mich leicht mit dem Ellenbogen an, während sie ebenfalls den jungen Mann musterte. Ich zuckte zusammen.

„Ähm, ja", begann ich und räusperte mich. Selbst Kristen hatte ihr Handy in die Hosentasche gesteckt und lächelte den hübschen Fremden herausfordernd an. So kannte ich sie gar nicht! „Wir, also ... ich bin auf der Suche nach Milton Farrell. Und da habe ich gedacht, wir beginnen unsere Suche am besten hier."

Die grauhaarige Frau runzelte die Stirn, zwang sich dann aber zu einem Lächeln.

„Milton Farrell", wiederholte sie und ließ den Namen auf ihrer Zunge zergehen. „Jeder hier kennt Milton Farrell, nicht wahr?" Sie sah zu dem jungen Mann hinüber und zwinkerte ihm zu. War Milton etwa berühmt?

„Ich kann euch weiterhelfen", verkündete der gutaussehende Fremde plötzlich und trat auf uns zu. Er roch nach Meer und Salz und ein wenig nach Rauch. „Mein Name ist Dane Farrell."

„Welch ein Zufall!" Lynn war die Erste, die aus unserer kollektiven Trance erwachte und Dane eine Hand entgegenstreckte. „Und mein Name ist Lynn."

Bevor er sie ergriff, legte er den Kopf schräg und las Lynns Hand-Tattoo.

„Love", bemerkte er mit einem verschmitzten Lächeln auf den wohlgeformten Lippen. „Das wichtigste Gefühl überhaupt."

Kristen schüttelte ebenfalls Danes Hand, nannte rasch ihren Namen und sah dann schnell zur Seite.

Ich war als Letzte dran und empfing den angenehmen, festen Druck von Danes warmer Hand. „Ich bin Lisa." Mehr brachte ich nicht heraus. Dane verströmte einen sonderbaren Zauber, dem wir alle erlegen waren. Er war ganz klar der Typ, der Frauen die Köpfe verdrehte. Herzensbrecher vielleicht auch?

„Na dann hat das Schicksal ja perfekt mitgespielt!", verkündete die Grauhaarige fröhlich. „Und Dane, leg die Flyer einfach hin, ich verteile sie gerne für euch."

Hinter uns standen bereits eine Familie mit drei Kindern und ein Paar mittleren Alters, sodass wir uns, nachdem Dane seine Flyer abgelegt hatte, auf die Holzterrasse begaben. Die Sonne streichelte schon angenehm warm unsere Haut.

„Das ist ja mal ein Zufall", sagte ich ungewollt gekünstelt. „Ich habe nicht gedacht, dass wir so schnell ans Ziel kommen."

Aber waren wir wirklich am Ziel? Und war es okay, einem fremden Mann einfach so zu vertrauen? Alles in mir schrie Ja.

„Darf ich fragen, was euch zu Milton führt?" Dane lächelte und zeigte dabei umwerfende Grübchen.

„Wir haben ein paar Fragen an ihn." Ich musste mich räuspern und merkte an Danes verwundertem Blick, dass ich spezifischer werden musste. „Meine Tante hat ihn erwähnt. Ich bin auf einer etwas ... sagen wir sonderbaren Reise in die Vergangenheit meiner Familie."

Zu meiner Erleichterung bohrte Dane nicht weiter. „Fahrt mir einfach hinterher, dann zeige ich euch, wo Milton wohnt", sagte er stattdessen.

„Du kennst ihn?" Die Verwunderung in meiner Stimme war nicht zu überhören.

„Ja, soweit man Milton kennen kann!" Dane lachte laut auf und machte sich zielstrebig auf den Weg zu seinem Wagen. Er hatte ungewöhnlich breite Schultern und einen wohlgeformten Hintern. Mir gefiel auch seine unbekümmerte, hilfsbereite Art.

„Können wir ihm vertrauen?", flüsterte Kristen. „Ich meine, wir kennen ihn überhaupt nicht, und wer weiß, wo der uns hinlockt."

„Hör auf mit so was, Kristen!" Lynn machte einige Schritte auf das Geländer zu und betrachtete Dane, der jetzt neben seinem weißen Pick-up stand. „Also, ich gehe mit. Vor allem bei so einem Kerl. Sogar wenn er uns eventuell entführen will."

Ich musste grinsen. Unschlüssig blickte ich auf den Parkplatz und dann hinaus auf das blaue Meer. Hohe Wellen schoben ihre weißen Schaumkronen vor sich her, und der Wind blies mir ins Gesicht. Auf einmal fröstelte es mich, weil ich unausgeschlafen war. Was hatten wir schon zu verlieren? Wir waren zu dritt, und Dane war allein. Außerdem machte er nicht den Eindruck, als wollte er uns etwas antun. Er war hilfsbereit und vielleicht mein Schlüssel zur Wahrheit über meine geheimnisvolle Vergangenheit.

Lynn setzte sich wieder ans Steuer und drehte die Klimaanlage auf. Ich nahm auf dem Beifahrersitz Platz. Die kalte Luft blies gegen meine Knöchel und meinen Oberarm.

Kristen stieg ein wenig widerwillig ein.

„Ihr seid euch sicher, dass der Typ vertrauenswürdig ist?", fragte sie, während sie umständlich den Gurt anlegte. Dann desinfizierte sie ihre Hände mit einem Gel, das sie immer bei sich trug.

„Wir beschützen dich, Kristen!" sagte Lynn mit einem heiteren Unterton in der Stimme und parkte aus. Danes Pick-up stand schon an der Ausfahrt zur Straße.

Die Wohngegend, zu der Dane uns führte, lag auf der Seite der Meerenge. Wir wurden von eindrucksvollen, dicht beieinanderstehenden Kiefern begrüßt, als befänden wir uns in einem Wald. Zwischen den Häusern war viel Platz und es gab keine Zäune, aber dafür gepflegte Vorgärten mit Gräsern und ausladenden Büschen. Es war keine reiche Gegend und eine der wenigen, die nicht auf den ersten Blick vom Tourismus gezeichnet war.

Milton parkte in der offenen Doppelgarage eines grauen Holzhauses mit einer schneeweißen Veranda. Sie musste frisch gestrichen sein, so sehr leuchtete sie in der Sonne, die inzwischen hoch am Himmel stand.

Lynn stellte meinen Wagen auf der breiten Einfahrt hinter der Garage ab.

Ein großer Labradoodle kam mit wedelndem Schwanz auf uns gerannt. Er hatte ein freundliches Gesicht und ein graubraunes Fell. Voller Freude sprang er an Dane hoch, als hätte er ihn jahrelang nicht mehr gesehen.

„Na toll", murmelte Kristen, während sie zögernd ausstieg.

Das Tier wollte uns begrüßen, aber Dane rief es wieder zu sich.

„Das ist Cindy." Er fuhr dem Hund mit den Fingern durchs Fell. „Sie ist immer neugierig, wenn Besuch kommt."

Er bat uns, ihm zu folgen, während Cindy an uns schnüffelte.

Wir nahmen die wenigen Stufen, die auf die Veranda führten, und Dane öffnete die unverschlossene Windfangtür und dann die weißgetünchte Eingangstür. Im dunklen Flur roch es nach Eiern und Frühstücksspeck. Der Boden war mit grauem Teppichboden ausgelegt, und an den Wänden hingen Kunstwerke aus Holz, Steinen, Muscheln und anderen Materialien, die die Landschaft bot. Ich blieb stehen und betrachtete eine Figur, deren Haar aus Seegras geformt war und in alle Richtungen abstand. Es war ein Mädchen mit einem Rock aus kleinen Muscheln, und seine Augen waren graue Kiesel mit aufgemalten Punkten, die Lichtreflexen täuschend ähnlich sahen.

„Das sind meine bescheidenen Versuche, Figuren aus Naturmaterialien zu basteln", sagte Dane, als er meinen Blick bemerkte. Er stand dicht neben mir, und ich wurde ungewollt nervös. „Du solltest sehen, was Milton alles kann."

Als wir das Wohnzimmer betraten, verstand ich, was Dane damit meinte. Der Raum war freundlich eingerichtet, mit braunen Cord-Sesseln und einem Orientteppich, einem kleinen Esstisch in der offenen Küche und gelb-orange gestreiften, bodentiefen Vorhängen, die Dane ein Stück aufzog. Über dem Kamin hing ein enormes Stück Treibholz, an dem Figuren aus Muscheln und Steinen baumelten. An der Wand waren Rahmen mit dreidimensionalen Bildern angebracht, die ebenfalls aus Naturmaterialien gefertigt waren. Es waren kunstvolle Kompositionen, die alle die unverkennbare North-Carolina-Atmosphäre ausstrahlten.

„Die sind toll!", rief ich ein wenig zu laut und betrachtete einen Engel mit weit ausgebreiteten Flügeln aus hauchdünnem Holz, der dort an der Wand prangte, wo bei anderen ein Flachbildschirmfernseher gehangen hätte.

Ich fühlte mich wie in einem Museum. Oma Amber hatte mich oft zu kleineren Ausstellungen lokaler

Künstler mitgenommen, und ich hatte ein Faible für kreative Menschen.

Das Bild, das mich am meisten berührte, stellte ein Gewitter über dem Meer dar. Obwohl es mit wenigen Farbtönen auskam, strahlte es eine sonderbare Stimmung aus, die bedrückend und wunderschön zugleich war.

„Er klebt die Sachen auf dünne Pressspanplatten", erklärte Dane, der nun dicht neben mir stand.

„Das ist wirklich toll!" Ich drehte mich zu Dane und sah in seine ungewöhnlich blauen Augen. Ein gutaussehender Typ, der sogar noch eine künstlerische Ader hatte? Und ich stand mitten in seinem Wohnzimmer. Es war nicht möglich! „So etwas hab ich noch nie gesehen."

„Du bist also mit Milton Farrell verwandt," stellte Lynn fest und sah Dane mit zusammengekniffenen Augen an. Heute fand ich ihr tief ausgeschnittenes T-Shirt unpassend.

„Er ist mein Dad", sagte Dane und zwinkerte mir zu. Meine Haut kribbelte, und ich wusste, dass ich rot geworden war. Es passierte zu oft.

„Und dein Dad ist ein berühmter Künstler?", fragte Kristen und betrachtete Dane auf eine Art, die mir nicht behagte. Ich konnte es kaum erwarten, nachher mit meinen beiden Freundinnen über diesen Mann, der uns zufällig in der Touristeninformation über den Weg gelaufen war, zu reden!

„Berühmt ist er nicht." Dane lächelte und zeigte verdammt süße Grübchen. Sie gaben seinem Lächeln einen frechen und zugleich zerbrechlichen Touch. War ich dabei, mich Hals über Kopf zu verlieben? Das war mir bisher erst einmal im Leben passiert. In der achten Klasse, aber mein Schwarm war drei Jahre älter als ich und ich zu schüchtern gewesen, um ihn anzusprechen. Heute war ich zum Glück selbstbewusster.

„Aber in Nags Head kennt man ihn?" Kristen erwiderte Danes Lächeln. Mir wäre es in diesem Moment lieber gewesen, sie hätte sich mit ihrem Handy beschäftigt.

„Hier ist er bekannt wie ein bunter Hund, klar." Dane verlagerte das Gewicht auf sein rechtes Bein. Er trug Nike Sneakers, die einmal weiß gewesen sein mussten. „Auch wenn er es nicht wahrhaben will. Manchmal fahre ich mit ihm zu irgendwelchen Künstlermärkten, aber er fühlt sich hier auf den Outer Banks am wohlsten und hat eigentlich kein Interesse daran, bekannter zu werden."

„Kann ich gut verstehen", murmelte ich mehr für mich und war nicht in der Lage, den Blick von Dane zu wenden. Was war nur los mit mir?

„Und wo ist dein Dad?" Lynn hob herausfordernd die Augenbrauen.

„Erzähl ich euch gleich." Wieder dieses verschmitzte Lächeln! „Darf ich euch etwas zum Trinken anbieten?" Dane deutete mit einer lässigen Bewegung auf die Polstermöbel. „Und setzt euch doch bitte!"

Wir nahmen also Platz, und Kristen legte die Beine übereinander. Sie trug schwarze Leggings, die ihre tolle Figur zur Geltung brachten, und ein längeres, weißes T-Shirt. Ihr BH zeichnete sich darunter ab, und ich fragte mich, ob es Dane aufgefallen war. Gleichzeitig machten mich meine Gedanken nervös.

Während Dane in der Küche hantierte, saßen wir schweigend da. Das hier war interessant und ließ mich für eine Weile beinahe vergessen, auf welcher Mission wir unterwegs waren. Bisher hatte es noch nie einen Kerl gegeben, der Lynn, Kristen und mir gefallen hatte.

„So, hier sind eure Getränke!" Mit einem fröhlichen Lächeln stellte Dane ein Holztablett mit drei Gläsern und einigen Softdrink-Flaschen auf dem Beistelltisch ab. „Oder mögt ihr lieber Wasser?"

„Wasser wäre toll", sagte Kristen mit einem Augenzwinkern, und Dane machte sich sofort wieder auf den Weg.

Ich goss mir Cola ein, Lynn sich ein Mountain Dew, und Dane setzte sich auf den einzig freien Platz auf der Couch – neben Lynn. Eine kindische Eifersucht brodelte in meinem Bauch. Ich wollte mit ihm allein sein, über Milton Farrell reden und herausfinden, warum Tante Dolores mich hierhergeschickt hatte. Aber das war natürlich nicht möglich und wäre auch nicht fair gewesen, schließlich hatten Lynn und Kristen ihre Hilfe angeboten und ich sie dankbar angenommen. Wer hätte schon gedacht, dass uns bei unserer Suche ein so auffallend attraktiver Mann begegnen würde? Es war fast wie in einem Film.

„Was führt euch hierher und wie kommt es, dass ihr ausgerechnet nach meinem Vater fragt?" Dane blickte neugierig in die Runde. Er war also ein männliches Gegenstück zu Lynn, jemand, der zielstrebig vorging und sagte, was ihm in den Sinn kam. Das tat ich zwar auch, aber ich war viel unorganisierter als Lynn. Außerdem wollte ich mich hüten, meine Gefühle zu schnell preiszugeben. Oft war es besser, sie zuerst sacken zu lassen.

„Meine Mutter ist vor wenigen Wochen an Krebs gestorben", begann ich, denn ich hatte das Gefühl, dass ich diejenige sein musste, die den Mund aufmachte. Das hier war *meine* Mission, selbst wenn sie mir zunehmend Angst machte.

„Das tut mir sehr leid", sagte Dane sofort und sah mich fest an. In seinem ernsten Blick las ich Mitgefühl, das mir guttat, auch wenn es von einem Fremden kam.

„Danke." Ich lächelte ihn vorsichtig an und faltete die Hände in meinem Schoß. Mein Herz pochte wild. Das hatte mir gerade noch gefehlt, dass ich nicht mehr geradeaus denken konnte! Normalerweise war ich die Schlagfertige, die Offene, aber trotzdem ein wenig Unnahbare, vor der die Männer Respekt hatten. Das Spiel mit ihnen hatte ich zu beherrschen geglaubt, aber jetzt war es anders. Ich kam mir vor wie ein Teenager, der erst lernen musste, seine Gefühle zuzulassen. Ich riss mich zusammen. „Jedenfalls haben wir nach dem Tod meiner Mutter meine Tante in North Carolina besucht, weil mich meine Mom darum gebeten hat. Offenbar gibt es Dinge in meiner Vergangenheit, die ich wissen sollte." Ich schluckte. Es war seltsam, den Tod meiner Mutter zu thematisieren, und das vor einem Wildfremden. Ein Teil von mir hatte die Situation noch lange nicht verarbeitet und wollte Harmonie, und ein anderer wollte alles einfach nur vergessen. Die beiden Extreme schrien sich seit Moms Tod ständig an, sobald ich allein war und nachdachte.

„Dinge in der Vergangenheit?" Danes Blick war immer noch fest und einfühlsam. Er schien aufrichtig interessiert und gleichzeitig völlig verwirrt zu sein.

„Ja, die wir jetzt mit detektivischem Gespür aufdecken sollen", sagte Lynn, und ich fragte mich, warum sie immer etwas hinzufügen musste. Wollte sie Dane damit imponieren?

„Und ihr seid das Detektivinnen-Dreier-Team?" Dane grinste leicht, aber nicht herablassend, sondern belustigt.

„Lynn und Kristen waren so nett, mich auf meiner Reise zu begleiten, denn wir kommen eigentlich aus Michigan."

„Na ja, also Lisa ist eigentlich ein Carolina Girl", sagte Kristen sofort, und ich musste trotz der todernsten Lage lächeln.

Dane betrachtete mich auf eine Weise, die ich nicht deuten konnte. Ich hoffte, es würde ihm gefallen, dass ich ein Mädchen aus dem Süden war.

„Wir haben alle drei an der University of Michigan in Ann Arbor studiert", erklärte ich. „Haben uns dort kennengelernt und sind beste Freundinnen geworden."

„Das ist schön." Dane sah mich weiterhin neugierig an, und mir wurde immer heißer. Meine Handflächen waren feucht, und am liebsten wäre ich geflüchtet, weil das hier nach zusätzlichen Problemen roch.

„Also, Lisas Tante Dolores hat uns den Namen deines Vaters genannt", sagte Lynn. Ich saß steif da, vergessen im Augenblick, in Gedanken bei Dane und daran, wer er wohl war. Nie zuvor hatte ich einen Mann so sehr kennenlernen wollen. Die Fassade wirkte perfekt, aber was war dahinter?

Wir nahmen alle fast gleichzeitig einige Schlucke aus unseren Gläsern, als hätten wir uns abgesprochen – kollektive Peinlichkeit.

Lynn war die Erste, die das Thema weiter vertiefte: „Eigentlich wollten wir nach dem Besuch bei Lisas Tante noch Urlaub hier machen, aber dann kam diese neue Spur, die wundersamerweise auf die Outer Banks führte." Sie zuckte mit den Schultern und riss die Augen theatralisch auf. „Ein perfekter Zufall sozusagen!"

„Und deine Tante heißt wie?" Dane hatte meinen Blick eingefangen, und ich freute mich, dass er seine Frage nicht an Lynn richtete.

„Sie heißt Dolores Burnett und ist die jüngere Schwester meiner Mutter."

Dane schwieg eine Weile und schien nachzudenken. „Zu dem Namen fällt mir überhaupt nichts ein, tut mir leid", sagte er schließlich.

„Aber wir können deinen Dad fragen!" Meine Stimme klang ungewollt hoffungsvoll.

„Wo ist er denn überhaupt?" Lynn wippte mit dem rechten Bein, hielt dann aber inne, als sie Danes Blick bemerkte.

„Auf Reisen." Dane zuckte entschuldigend mit den Schultern.

„Das hättest du uns auch gleich sagen können!" Kristens Tonfall war scharf. Sie zog ihr Handy aus der Tasche.

„Tut mir leid", entschuldigte ich mich für meine Freundin.

Es entstand ein peinliches Schweigen.

„Ich habe noch nie drei Mädchen auf einmal abgeschleppt", scherzte Dane und stupste Lynn kumpelhaft gegen den Arm, was mir gar nicht gefiel. „Ihr wart mir sofort sympathisch, und da habe ich gedacht, wir könnten uns näher kennenlernen."

„Wir lassen uns auch nicht abschleppen!" Kristen stand auf. Manchmal waren ihre Stimmungsschwankungen so extrem wie Wetterumschwünge im April.

„Es war ein Scherz, okay?" Dane warf mir einen Blick zu, der mich tief in meinem Innersten berührte. Er sagte: *Du gefällst mir. Geh bitte noch nicht. Ich möchte dich näher kennenlernen und dir auf deiner Reise in die Vergangenheit helfen.* Oder bildete ich mir das bloß ein?

Anscheinend war zumindest der letzte Teil reines Wunschdenken, denn Dane sagte: „Also ich bin der Falsche, wenn es darum geht, in der Vergangenheit zu wühlen. Das ist so gar nicht mein Ding. Aber ihr könnt gerne wiederkommen. Dad wollte eigentlich schon gestern zurück sein." Wieder dieser Blick, der so tief ging. „Er besucht einen alten Freund in South Carolina, der eines seiner Werke gekauft hat."

„Und du meinst, dein Dad kann uns weiterhelfen?" Lynn legte Dane kurz ihre Hand auf den Unterarm, und ich hasste sie einen Augenblick lang dafür. Seit wann war sie so draufgängerisch?

„Ich habe keine Ahnung", sagte Dane und stand auf.

Auch Lynn und ich erhoben uns – es war wohl an der Zeit zu gehen.

Ich leerte noch schnell meine Cola und folgte den anderen in den Flur, aber nicht, ohne noch einmal einen Blick auf das tolle Sturmbild zu werfen. Dane bemerkte mein Interesse und erklärte, es wäre eines der neuesten Werke.

Während wir im Flur standen, umkreiste Cindy uns schwanzwedelnd.

„Es war nett, euch kennenzulernen", sagte Dane und hielt mit seinem muskulösen Arm die störrische Windfangtür auf.

„Es war ganz reizend, *dich* kennengelernt zu haben!" Lynn lächelte auf eine sexy Art, die neu war.

„Wird das jetzt eine Abschiedsszene mit Tränen?" Kristen verdrehte die Augen. „Wir sehen uns doch wieder, oder?"

„Klar sehen wir uns wieder." Dane zeigte seine Grübchen. „Ich kann mich melden, wenn mein Vater wieder aufgetaucht ist."

Ich zückte mein Handy schneller als Lynn und tauschte meine Nummer mit Dane aus. Dabei konnte ich mir ein schelmisches Lächeln nicht verkneifen.

„Was war *das* denn?", fragte Lynn, als wir wieder in meinem Wagen saßen. Diesmal fuhr ich.

„Das war alles einfach nur megapeinlich", sagte Kristen und tauchte anschließend auf dem Rücksitz in eine virtuelle Welt ab, in der wahrscheinlich keine sexy Männer mit verführerischen Grübchen herumliefen.

„Jetzt tu doch nicht so", sagte Lynn und seufzte. „Du fandest Dane doch auch toll."

Kristen erwiderte nichts, und ich fuhr schweigend rückwärts die Einfahrt hinab.

„Warum hat er uns überhaupt mitgenommen, wenn sein Dad nicht zu Hause war?" Ich spürte Lynns bohrenden Blick von der Seite.

„Keine Ahnung", murmelte ich nur und bog ein wenig zu rasant ab. Dann versuchte ich, meine Gedanken zu ordnen, während wir wieder zu unserem *Dune Retreat* unterwegs waren.

Wir waren nicht wirklich weitergekommen, aber wir mussten uns jetzt nur noch ein wenig gedulden. Immerhin hatten wir diesen Milton Farrell ohne Mühe fast gefunden. Und seinen charmanten Sohn Dane kennengelernt, der, so machte es jedenfalls den Anschein, keine große Hilfe auf meiner Mission sein würde. Eher eine große Ablenkung. Er hatte etwas mit mir angestellt, das mir jetzt noch eine Gänsehaut bescherte. Er war genau der Typ Mann, der mir gefiel, und ich wusste, dass ich ihn unbedingt wiedersehen wollte.

Kapitel sechs

Nachdenklich saß ich am Steuer und starrte auf die kerzengerade Straße. Nach dem Besuch bei Dane hatten wir beschlossen, einen Ausflug zu machen. Wir fuhren also ein Stück weiter in Richtung Süden zur Cape Hatteras National Seashore, einem unbebauten Küstengebiet mit traumhaften Sandstränden. Auf dem mir vertrauten Parkplatz, von dem aus ein Holzsteg zum Coquina Beach führte, hielt ich energisch an.

„Was denn?" Lynn boxte mir freundschaftlich gegen den Oberarm, während ich Süßigkeitenpapier im Fußraum einsammelte. „Schlecht gelaunt?"

„Was erwartest du?" Ich öffnete die Fahrertür. Ich hatte keine Lust auf tiefgründige Gespräche, sondern wollte mich ans Meer setzen und mit geschlossenen Augen dem Rauschen der Wellen lauschen. So wie damals als Kind. Warum nur hatte Mom mit mir so weit wegziehen müssen?

Ich warf die Verpackungen in einen Mülleimer, und wir nahmen den Bohlenweg zum Strand. Kaum waren wir angekommen, faltete Lynn die gestreifte Decke auseinander, die sie auch immer bei dem Sommerfest in Ann Arbor dabeigehabt hatte. In unserer Uni-Stadt gab es jede Menge Open Air Shows, bei denen die Leute auf ihren Picknickdecken auf den Rasenflächen im

Stadtpark hockten. Auch das würde ich vermissen. Ich war hin und her gerissen: Einerseits wollte ich weiterziehen, aber andererseits zerriss es mich an manchen Tagen, dass das Leben aus Etappen bestand, in denen man schöne Dinge von früher begraben musste, um nach vorn blicken zu können.

„Gab es schon Reaktionen auf eure Bewerbungen?", fragte Lynn, als könnte sie meine Gedanken erraten.

Sie kämpfte mit ihrer Decke gegen den Wind. Kristen und ich schnappten uns je eine Ecke und platzierten unsere Sneakers darauf. Dann stopften wir unsere Socken in unsere Schuhe, setzten uns und ließen den feinen Sand zwischen unseren Zehen hindurchrieseln. Lynns Beine waren so blass wie meine, ihre Fußnägel sonnengelb lackiert, und ich musste daran denken, dass auch sie sich wahrscheinlich in Dane verguckt hatte.

„Ich habe noch nichts gehört", sagte Kristen fast tonlos. Sie lehnte den Kopf zurück und schloss die Augen. Ihr hellblondes Haar war wunderschön. Keine Lust auf Reden, das kannte ich von ihr. Wenn sie sprach, dann musste es tief gehen und Bedeutung haben. Aber manchmal wollte sie in Ruhe gelassen werden. So war das mit Kristen.

„Ich habe zwei Absagen bekommen", antwortete ich mit Verzögerung auf Lynns Frage. Im Grunde genommen wollte ich nicht darüber nachdenken, wie es in meinem Leben weitergehen sollte, zumindest nicht jetzt. Nicht hier auf den Outer Banks, wo ich nur im Augenblick leben wollte.

„Ich habe mich auf zehn Stellen beworben!" Lynn drehte sich zu mir, aber ich konnte den Ausdruck in ihren Augen durch die verspiegelten Sonnenbrillengläser nicht erkennen. Sie fuhr sich mit den Fingern durch das kurze, schwarze Haar.

Ich erwiderte zunächst nichts, sondern blickte hinaus aufs Meer.

Nach unserem Bachelorabschluss waren wir alle in ein kleines Loch gefallen. Eigentlich wussten wir, dass wir weiterstudieren sollten, weil wir dann bessere Chancen auf einen guten Job hätten. Aber gleichzeitig war die Luft raus und wir wollten nicht mehr lernen, sondern etwas anderes tun. Aber was? Wir hatten uns eine WG in Ann Arbor gesucht und gejobbt. Dort gibt es so viele Cafés und Restaurants, dass es nicht schwer war, etwas zu finden, vor allem nicht, wenn man eine junge, attraktive Frau war.

„Meine Eltern wollen, dass ich endlich in die Gänge komme", sagte Lynn und kramte in ihrem Rucksack.

„Du bist erwachsen", sagte ich.

„Ich weiß." Lynn zog Sonnenspray hervor und sprühte ihre Beine ein. „Aber meine Eltern wollen trotzdem mitreden." Ihre Augenbraue hob und senkte sich. Es wirkte nervös. „Das wird immer so bleiben, und es kotzt mich manchmal an."

Ich verstand sie gut und wusste, dass ihre Eltern unbedingt Geld in ihre weitere Ausbildung investieren wollten. Es war ein unterschwelliger Zwang.

„Ich steige für eine Weile aus", sagte Kristen plötzlich und lieh sich das Sonnenspray. „Ich kaufe mir einen schrottigen Van und male ihn bunt an." Sie lächelte bei dem Gedanken. „Und dann fahre ich durch die Gegend."

„Du wirst kein WLAN haben", neckte Lynn. „Also nicht immer."

„Das ist mir egal." Kristen gab ein wenig Sonnenschutz auf ihre Handfläche und verteilte ihn auf ihrem Gesicht. „Ich meine, ist es wirklich so schlimm mit mir?"

„Ja!", riefen Lynn und ich unisono und brachen anschließend in Gelächter aus.

„War ja nur so eine Idee." Kristen lachte nicht mit, sondern legte sich auf den Rücken und verschränkte die Arme im Nacken.

„Lasst uns vergessen, dass wir unsere Zukunft planen müssen", hörte ich mich plötzlich sagen. Meine Gedanken wollten raus, und in der Gegenwart meiner besten Freundinnen war es leicht, es zuzulassen. „Wir genießen die freien Tage und versuchen zu vergessen, dass wir auf der Suche nach einer Wahrheit sind, von der ich anscheinend nichts weiß." Auch ich legte mich auf den Rücken und schloss die Augen. „Und von der ich vielleicht gar nichts wissen will." Meine Lider wurden warm. „Ich tue es nur für meine Mom." Rote und orangene Flecke tanzten in meinem Kopf. Wenn ich die Augen zusammenkniff, veränderten sich die Farben und sprühten Muster wie ein Kaleidoskop. Als Kind hatte ich mich oft mit diesem Spiel beschäftigt.

„Wir genießen die Sonne und unsere Freundschaft." Ich lächelte. „Wir gehen schwimmen und kochen ausgiebig. Wir gucken Liebesfilme mit Happy End und schlafen aus. Wie wäre das?"

„Klingt gut", sagte Kristen für meinen Geschmack zu trocken.

„Und wir träumen davon, in Danes Armen zu liegen", fügte Lynn hinzu, obwohl es das Letzte war, was ich hören wollte. Ich verscheuchte den Gedanken, weil er mich nervös machte. Bestimmt hatte Dane eine feste Freundin. Ein Kerl wie er konnte kein Single sein! Oder doch? Der Wunsch kribbelte in meinem Bauch, den die Sonnenstrahlen allmählich mit einer besänftigenden Wärme durchtränkten.

„Er hat es dir angetan, was?", fragte Kristen.

Ich öffnete die Augen.

Lynn legte sich auf den Rücken und stützte sich auf ihre Unterarme, um auf das Wasser hinaussehen zu können. Sie sah cool aus mit ihrer Sonnenbrille.

„Ich find ihn verboten attraktiv", sagte sie schließlich, blickte aber nicht in unsere Richtung.

Während wir schwiegen, dachte ich an die Männer, die Lynn mit in unsere WG gebracht hatte, und daran, dass ich sie nie ein zweites Mal gesehen hatte.

„Hast du eigentlich Beziehungsangst?", wollte Kristen plötzlich wissen, sah Lynn an und drehte sich auf die Seite. Ich setzte mich wieder aufrecht, zog die Knie an und umklammerte sie. Meine Haut brannte schon ein wenig, ich sollte mich eincremen.

„Ich?" Lynn wandte sich uns zu. Dann schob sie die Sonnenbrille nach oben und blinzelte uns an. „Warum fragst du?"

„Weil du nie einen festen Freund gehabt hast." Kristen wickelte eine ihrer Haarsträhnen um den Zeigefinger. Dasselbe hätte ich sie fragen können.

„Vielleicht ist mir der Richtige noch nicht über den Weg gelaufen." Lynn hob die Augenbrauen. Sie war nicht beleidigt. Ich kannte sie gut genug, um das beurteilen zu können. Trotzdem schwang etwas in ihrer Stimme mit, das ich bisher nicht gekannt hatte. Vielleicht Enttäuschung?

„Der wird bestimmt noch kommen, der Richtige!" Ich lächelte Lynn an.

„Er hat ja noch Zeit, du kennst ja meine Planung." Sie zuckte mit den Schultern, und ich überlegte, ob ihre Unbekümmertheit mit dem Älterwerden nachlassen würde. „Und was ist mit dir?", fragte ich Kristen.

„Ich glaube, ich bin asexuell", sagte Kristen mit einem Grinsen im Gesicht. „Naja, also bis heute habe ich das gedacht."

Ich musste lachen. „Wir werden uns jetzt aber nicht um diesen Dane streiten, oder?" Wir drei stritten uns im Grunde genommen nie. Als gäbe es eine stille Vereinbarung, dass jede die anderen so akzeptiert, wie sie nun einmal waren. Das war das Besondere an unserer Freundschaft. Wir neckten uns vielleicht, aber wir nahmen es uns gegenseitig nicht übel. Alles zwischen uns war unbeschwert, und ich wollte von Herzen, dass es so blieb.

„Also mir wird's zu warm", sagte Lynn unverhofft und sprang auf.

„Es ist die Hitze der Gedanken an Dane", kommentierte Kristen und erhob sich ebenfalls.

Die beiden legten ihre Kleidung ab. Sie trugen, so wie ich, bereits ihre Bikinis. Kristens war gepunktet und wirkte vom Schnitt her etwas altmodisch, Lynns war neonpink und bedeckte nur das Nötigste. Sie rannte in

Richtung des Wassers, und ich bewunderte ihren perfekten Körper. Die Figuren anderer Frauen erschienen mir oft makelloser als meine eigene, obwohl ich mich nicht beschweren konnte.

Kristen legte ihre Jeans-Shorts zusammen und blieb vor mir stehen. „Kommst du nicht mit?"

„Doch." Ich stand etwas benebelt auf. Die vergangenen Wochen hatten mich gefordert, und jetzt, da ich endlich ausspannen wollte, beschlich mich diese Trägheit. Es war oft so, dass mir mein Körper in Phasen der Ruhe eindeutige Zeichen sendete, dass es in letzter Zeit zu viel gewesen war.

Kristen und ich lieferten uns ein Wettrennen bis zum Meer, und ich gewann. Nicht umsonst hatte ich ein Lauf-Stipendium bekommen! Und obwohl Kurzstrecke nicht meine beste Disziplin war, konnte ich die meisten locker abhängen.

Das Wasser war angenehm auf der Haut. Lynn hatte sich bereits kopfüber in eine Welle gestürzt und schwamm in eleganten Kraulzügen die Küste entlang. Kristen und ich haderten ein wenig, bevor auch wir unsere Oberkörper in das salzige Nass tauchten und weniger elegant die Wellenwand durchbrachen. Anfang September war eine tolle Zeit hier, denn die Massen der Touristen hatten sich schon verzogen, und das Meer war noch relativ warm vom Hochsommer.

„Hey, ihr drei!", rief jemand, und ich zuckte zusammen. Die Stimme kam mir bekannt vor. Sie hatte sich in meinem Innersten verankert.

Nervös drehte ich mich zum Strand um und erkannte ihn sofort. Dane kam mit einem bunten Wellenbrett unter dem Arm auf uns zu.

„Was macht der denn hier?" Kristen warf mir einen entgeisterten Blick zu.

„Keine Ahnung." Ich zog unwillkürlich den nicht vorhandenen Bauch ein.

Dann winkten wir wie zwei schüchterne Schulmädchen und schwammen weiter, um ja nicht den Eindruck zu erwecken, als hätte uns Danes Ankunft aus dem Konzept gebracht.

Es entging mir nicht, dass auch Lynn ihn bemerkt hatte. Sie trieb draußen im Meer und sah eindeutig in seine Richtung. So wie Kristen und ich und auch einige andere, die am Strand saßen. Dane hatte sich bis auf seine neongelbe Schwimm-Shorts ausgezogen und stürzte sich in die Wellen. Gekonnt und geschmeidig bewegte er sich auf dem Brett. Er lag auf dem Bauch und ruderte mit den Armen. Die Gischt peitschte in sein Gesicht.

„Was will der jetzt hier?", flüsterte mir Kristen erneut ins Ohr, obwohl es nicht nötig war, leise zu sprechen.

„Woher soll ich das wissen? Spaß haben vielleicht."

„Sieht ganz so aus." Sie schüttelte den Kopf und schwamm auf den Strand zu.

Wenig später standen wir um unsere Picknickdecke herum, Kristen bibbernd und in ein Handtuch gehüllt, denn ihr war immer kalt, Lynn mit zusammengekniffenen Augen und einer leichten Gänsehaut, die der Wind auf ihren Körper gezaubert hatte, und ich mit einem Handtuch um die Hüfte.

„Eine Augenweide!", bemerkte Lynn mehr zu sich selbst, während sie Dane bei seiner Wasser-Akrobatik beobachtete. Inzwischen stand er auf dem Brett und fiel kein einziges Mal herunter.

Nachdem er sich auf seinem Wellenspielplatz ausgetobt hatte, kam er lächelnd auf uns zu. Sein Haar klebte in nassen Strähnen an seinem Kopf, und ich konnte den Blick nicht von seinem durchtrainierten Körper wenden. Es war einer jener Körper, die nicht im Fitnessstudio, sondern im echten Leben geformt worden waren. Genau die Art von Muskeln, die ich sexy fand.

„Hey ihr drei!" Er gesellte sich zu uns. „Ich habe eure Rostlaube auf dem Parkplatz gesehen und mir gedacht, ich gehe heute auch an diesen Strand."

Er legte sein Surfbrett in den Sand, setzte sich im Schneidersitz darauf und blickte erwartungsvoll in die Runde.

„Wie schön!" Lynn ließ sich auf die Decke fallen. „Ist toll hier, wenn der Strand so leer ist, nicht wahr?"

„Ja, es ist ein Traum." Dane schielte in meine Richtung. Für den Bruchteil einer Sekunde bildete ich mir ein, dass er mich genauso anziehend fand wie ich ihn, und der Gedanke ließ mich erröten. Ich spürte es am Kribbeln meiner Wangen.

„Hast du immer frei?", fragte Kristen, während sie erneut Sonnenspray auftrug. Der inzwischen stärkere Wind trug den Sprühnebel direkt in Danes Gesicht.

„Entschuldige bitte!" Kristen stellte sich ein Stück weiter weg, und Lynn fragte sofort: „Soll ich deinen Rücken eincremen, Dane?"

Ich hasste ihre Frage und fand sie dämlich, wir waren doch keine kleinen Kinder mehr!

„Nicht nötig, danke." Dane sah erst Lynn an, dann mich. Auffallend lange. „Ich wollte nur hallo sagen." Ein geheimnisvolles Lächeln umspielte seine Lippen. „Cindy hat bestimmt schon Hunger, außerdem muss ich heute auch noch arbeiten." Er stand auf und klemmte sich das Surfbrett lässig unter den Arm. „Ich fahre dann mal."

„Wo arbeitest du?", wollte Lynn wissen, und ich ärgerte mich, dass ich selbst den Mund nicht aufbekam. Geschah so etwas, wenn man sich Hals über Kopf verliebte?

„Momentan in einem Burger-Restaurant." Dane kratzte sich an der Schläfe. Dort klebte nasser Sand an seiner goldgebräunten Haut. „Ich jobbe ein bisschen hier und dort. Nichts Festes."

„Das kennen wir", sagte ich in einem ungewollt melancholischen Tonfall.

„Ja, der Job ist nichts auf Dauer." Dane sah mir fest in die Augen. „Es ist nur so, dass ich meinen Dad nicht alleine lassen kann. Also jedenfalls rede ich mir das ein. Vielleicht ist es auch nur eine Ausflucht, damit ich mein Leben nicht in die Hände nehmen muss."

„Wie alt bist du eigentlich?", wollte Lynn wissen.

„Ich bin neunundzwanzig. Zu alt, um keinen Plan zu haben."

„Wer sagt das?" Kristen witterte wohl eine Diskussion über ein tiefgründiges Thema.

„Die meisten, denke ich." Jetzt sah Dane zu Kristen hinüber, und ich starrte ihn weiterhin an. Was war nur los mit mir?

„Die meisten *Erwachsenen*", sagte Kristen herausfordernd. Jetzt war sie in ihrem Element. „Weil sie vergessen haben, wie es ist, jung zu sein." Sie hatte Danes volle Aufmerksamkeit. „Und weil sie in einer anderen Zeit aufgewachsen sind. Also ich finde es okay, wenn man sein Leben nicht minutiös plant."

„Ich nicht." Natürlich musste Lynn dem etwas entgegensetzen.

„Klar, du weißt ja sogar, wann du heiraten und Kinder bekommen wirst." Kristen machte sich ab und zu über Lynns in Stein gemeißelte Lebensplanung lustig, und im Normalfall prallte es an Lynn ab. Aber jetzt, in Danes Gegenwart, war es anders, denn sie warf Kristen einen bösen Blick zu. Es war fast wie ein Balzgehabe vor Dane, das ich peinlich fand.

„Das bleibt doch jedem selbst überlassen", sagte ich, um dem Ganzen die Schärfe zu nehmen.

„So sehe ich das auch." Dane lächelte mich an. „Aber es gibt Tage, an denen würde ich gern meinen Koffer packen und einfach losfahren." Er blickte in die Ferne. „Einfach mal was Neues sehen. Frei sein."

„Aber hier bist du doch frei?" Ich verstand nicht, warum er sich so gebunden fühlte.

„Ich bin es meinem Dad schuldig, dass ich bei ihm bleibe", sagte er nur, und es klang so überzeugend, dass keine von uns sich traute, weitere Fragen zu stellen.

Dane verabschiedete sich wenig später, und ich sah im lange Zeit nach. Es war das erste Mal, dass so etwas wie Melancholie von ihm ausgegangen war.

Kapitel sieben

Es macht sonderbare Dinge mit einem, wenn ein Mensch, dessen Existenz man immer als selbstverständlich betrachtet hat, plötzlich nicht mehr da ist. Am nächsten Tag saß ich stundenlang auf dem Balkon unseres Ferienhauses, und Lynn und Kristen begriffen sofort, dass ich Zeit für mich brauchte. Sie ließen mich in Ruhe und stellten keine Fragen. Meine Motivation, weiter in der Vergangenheit zu stöbern, war so gut wie auf null gesunken, obwohl mein Verstand mir sagte, dass es wichtig war zu erfahren, was meine Mutter mir hatte sagen wollen.

Seit Moms Tod hatte sich vor meinem geistigen Auge ein bestimmtes Bild von ihr verewigt. Vielleicht, weil ich sie nicht in ihrem sterilen Krankenbett sehen wollte, sondern so, wie sie früher gewesen war.

Am besten erinnerte ich mich an sie an ihrem vierzigsten Geburtstag. Sie hatte ein rot-blau gestreiftes Kleid getragen, das ihrer schlanken Figur schmeichelte. Wir waren damals neu in Michigan und feierten in einem für unsere Verhältnisse exklusiven Restaurant. Oma Amber hatte Mom einen Scheck für die Rechnung geschickt, war aber nicht aus North Carolina angereist. Heute denke ich, dass sie und Mom sich kurz zuvor gestritten hatten. Zwischen den einzelnen Gängen ging

Mom nervös vor die Tür, um zu rauchen. Es gab nur wenige Tage, an denen sie Ruhe ausstrahlte. Meine Großmutter hingegen hatte sie gepachtet. Mit ihrer Lesebrille auf der kantigen Nase, den hellgrünen Augen und den gezupften Augenbrauen, die sie mit einem dunklen Augenbrauenstift nachgezogen hatte, saß sie damals stundenlang in ihrem Ohrensessel und las ihre Bücher oder aber mir vor. Sie sog die Worte in sich auf wie ein Schwamm, ging mit ihren eigenen aber sehr sparsam um. „Es wird zu viel geredet", sagte sie immerzu, wenn meine Mutter versuchte, sie aus der Reserve zu locken.

Seit Moms Tod versuchte ich, die Dinge von damals zu ordnen. Es gab Bilder, die in meinen Träumen wiederkehrten. So zum Beispiel das von Oma Amber und mir, wie wir am letzten Schultag vor den Sommerferien zu *Dairy Queen* fuhren, um ein Eis zu essen. Oma Amber liebte solche Rituale. Sie sagte, der Mensch brauche sie, um zu überleben. Mom hasste Wiederholungen. Sie betonte immerzu, ihr Leben in North Carolina sei langweilig und einengend, und sie sehne sich nach etwas Neuem.

Oma Amber war es wichtig, jeden Sonntag die Messe zu besuchen. Manchmal nahm sie mich mit, aber Mom weigerte sich, sogar an Ostern und Weihnachten. Ich mochte es, mich für den Gottesdienst schick zu machen, und ich liebte den würzigen Duft des Weihrauchs. Ich genoss die Gesellschaft freundlicher Menschen, die nach der Messe auf Oma Amber und mich zukamen, um mit uns zu reden. Ich mochte es, dass es bei meiner Oma am Sonntag selbstgebackenen Kuchen gab und wir *Sorry* spielten. Mom machte keinen Hehl daraus, dass sie mit der altbackenen Lebensart meiner Großmutter nicht viel anfangen konnte. Und Oma Amber sagte offen, Moms unsteter Lebensstil mit wechselnden Liebschaften sei nicht gut für mich.

Mein Handy vibrierte in meiner Hosentasche und riss mich aus meinen Gedanken. Ich holte es neugierig hervor.

Lust zu grillen?

Es war Dane. Auf meine Lippen legte sich ein Lächeln. Ich wollte, dass ich es mir nicht nur einbildete, dass er vor allem an mir Gefallen gefunden hatte.

Klar

schrieb ich zurück und wartete gespannt.

Gegen sieben bei mir?

kam sofort, und ich sagte zu. Im nächsten Augenblick fiel mir ein, dass ich Lynn und Kristen nicht gefragt hatte, aber sie würden bestimmt nichts dagegen haben. Insgeheim wünschte ich mir, ich könnte allein hingehen.

Auf der Fahrt zu Dane hielten wir an, um Knabbersachen und Wein zu kaufen. Auf meine Nachfrage, ob wir etwas mitbringen sollen, hatte er geantwortet, er besorge alles, es sei gar kein Problem. Ich fühlte mich geschmeichelt und war voller Vorfreude auf dieses unerwartete Treffen.

Lynn trug einen verboten kurzen Jeansrock, ein ärmelloses Top und dazu weiße Sneakers. Kristen hatte ihr XS-Michigan-T-Shirt an, das ihr immer noch zu groß war, und eine hautenge, dunkle Jeans. Ich hatte ratlos vor meinem Koffer gestanden und mich nach einer größeren Garderobenauswahl gesehnt. Machten sich die beiden auch so viele Gedanken? Oder war nur ich in Dane verschossen? Schließlich zog ich ein schlichtes, weißes Top und meine Chino-Shorts an, dazu meine knallpinken Flip-Flops. Ich liebte Flip-Flops, und wenn ich am Steuer saß, zog ich sie aus.

„Vielleicht weiß er doch etwas, das uns weiterhilft", bemerkte Lynn, während wir die Straße in Richtung Süden entlangfuhren. Sie begutachtete ihre frisch lackierten Fingernägel.

„Wohl kaum", kam es von der Rückbank. Kristen hatte es sich dort mal wieder mit dem Handy bequem gemacht.

„Ich habe keine Ahnung", sagte ich und setzte den Blinker. „Lassen wir uns überraschen."

Bei dem Gedanken an Dane wurde ich leicht nervös, obwohl es nicht zu mir passte. Ich war vor einem Date noch nie aufgeregt gewesen, und das hier war nicht einmal ein Date! Oder?

Als ich die Einfahrt nahm, kam Cindy schwanzwedelnd aus dem Haus gerannt. Dane saß im Schaukelstuhl auf der Veranda und stand auf, sobald er uns bemerkte.

„Das war doch nicht nötig", sagte er, als wir ihm die Flaschen und Chipstüten vor die Nase hielten. „Ihr seid verrückt!"

Er hatte den Grill auf dem Rasen hinter dem Haus aufgestellt und den Tisch schon gedeckt.

„Wow!", sagte Lynn und bewunderte die bunten Servietten.

„Ich lade gerne Leute ein", sagte Dane und füllte vier Gläser mit Wein. „Wenn mein Dad hier ist, dann sind wir eher unter uns."

„Ich verstehe." Lynn nahm ein Glas entgegen und schenkte Dane ein süßes Lächeln.

Ich hasste mich dafür, dass ich so einsilbig war.

„Die blühen aber schön! Um diese Zeit?" Kristen stand mit ihrem Weinglas am Zaun im hinteren Teil des Gartens, wo sich die kleinen, zartgelben Blüten der Nachtkerzen entfaltet hatten. Wie kleine Sterne zauberten sie eine traumhafte Kulisse für unser Treffen. Ich betrachtete sie. „Das sind meine Lieblingsblumen."

Dane stellte sich neben Kristen. „Die Blüten entfalten sich erst in der Dämmerung und bleiben über Nacht geöffnet. Sie sind ein bisschen wie ich." Er lachte und warf mir einen raschen Blick zu. Seine Augen leuchteten.

„Cool!" Kristen beugte sich nach vorn. „Sieh mal, man kann es sogar beobachten!"

„Und was machst du so?", wollte Lynn wissen, als wir wenig später mit unseren Steaks am Tisch saßen. Mein Platz lag Dane gegenüber, und ich zog die Füße an, weil ich seine nicht berühren wollte. Oder weil ich es unbedingt wollte, mich aber nicht traute.

„Ach, wie schon gesagt, mal dies, mal das." Dane bediente sich am grünen Salat. Es gab auch einen Krautsalat und ein sündhaft leckeres Kräuterbaguette, das er auf den Grill gelegt hatte.

Ich trank den kalifornischen Wein wie Wasser und spürte, dass meine Wangen glühten.

„Ich jobbe, weil ich mich nicht entscheiden kann, was ich den Rest meines Lebens tun will." Dane nahm einen großen Schluck aus seinem Weinglas. „Wer will schon so eine Verpflichtung eingehen? Außerdem helfe ich meinem Dad mit seiner Kunst."

„Hier gibt es doch so viele Souvenirläden", sagte ich. „Da kann er bestimmt was verkaufen, oder?"

„Er ist zu scheu." Dane verdrehte die Augen. „Er hat keine Lust, Werbung zu machen. Deswegen mache ich das für ihn. Schließlich ist es schade, wenn niemand seine Werke sieht."

„Definitiv." Ich lächelte Dane an. „Der Sturm ist toll, das würde ich sofort nehmen."

„Apropos, was man den Rest seines Lebens tun will." Kristen sah mich an. „Heute Morgen kam eine Nachricht von einer Internet-Firma in Michigan, bei der ich mich beworben habe. Die wollen mich in vier Tagen sehen."

Ich schluckte. Natürlich gingen die Leben meiner Freundinnen weiter, ich konnte sie nicht ewig auf der Suche nach der Wahrheit in der Vergangenheit meiner Familie gefangen halten.

„Wie lange hattet ihr denn vor, hier auf den Outer Banks zu bleiben?", wollte Dane wissen.

„Nur ein paar Tage." Lynns Augenbraue zuckte. „Wir haben uns das so vorgestellt: Wir fahren hierher, finden Milton Farrell, und er klärt uns über all das in Lisas Vergangenheit auf, worüber bisher geschwiegen wurde."

„Ich warne euch", Dane sah mich fest an. Er hatte diese unglaublich blauen Augen, die ich immer für fake gehalten hatte, aber es gab sie wirklich! „Mein Dad ist ein Einsiedler. Er wird erst einmal überrumpelt sein, wenn drei hübsche junge Frauen ihn besuchen, um ihn auszufragen."

„Wir wollen ihn ja nicht ausfragen", sagte ich, auch wenn es vermutlich haargenau so sein würde. „Aber vielleicht sagt er von selbst etwas, wenn ich meine Tante Dolores erwähne."

„Keine Ahnung." Dane zuckte mit den Schultern. „Mein Dad ist niemand, der viel erzählt. Deswegen genieße ich eure Gesellschaft umso mehr." Er hob sein Glas und prostete uns der Reihe nach zu. „Auf einen schönen Abend!"

Und ob wir einen schönen Abend hatten! Aus den Außenlautsprechern ertönte bald Musik von John Mellencamp, und wir grillten uns zum Nachtisch Marshmallow-Keks-Sandwiches. Immer wieder trafen sich Danes und meine Blicke, aber es war nicht so intim, wie ich es mir gewünscht hätte. Wir erzählten von unserem Studium an der U of M und Lynn von ihren spießigen Eltern. Sogar Kristen schien zu vergessen, dass es auch eine virtuelle Welt gab. Alles war perfekt: der laue Spätsommerabend, die gelben Blüten, die uns dabei zusahen, wie wir uns näher kennenlernten, der liebliche Wein, Danes Nähe und das sanfte Licht der Kerzen, die er aufgestellt hatte. Als ich mein Handy zückte, um nach der Uhrzeit zu sehen, traute ich meinen Augen kaum: Es war schon nach Mitternacht, und die Erkenntnis, dass ich nach all dem Wein nicht mehr Auto fahren sollte, durchzuckte mich wie ein Blitz.

„Nachtbaden?", fragte Dane auf einmal, und ich ließ den Gedanken daran, wie wir zum Ferienhaus zurückkommen würden, sofort fallen. „Es ist ein perfekter Abend dafür." Er sah zum Himmel, und wir taten es ihm wie auf Kommando gleich. Unzählige Sterne funkelten im tiefdunklen Blau über unseren Köpfen, und ich fühlte mich wie verzaubert. Als hätte jemand all meine Sorgen von mir genommen, wenn auch nur für eine Nacht.

Wie wildgewordene Pferde rannten wir in Richtung der Straße, die wir barfüßig überquerten. Der Asphalt strahlte noch die Hitze des Tages aus und fühlte sich angenehm an. Ich eilte voraus, obwohl ich nicht die Erste sein wollte. Wir nahmen den Holzsteg, der auf den Sandstrand hinausführte, und Lynn riss sich bereits die Kleider vom Leib. Nur der Vollmond würde uns beim Nacktbaden zusehen.

Wir liefen lachend und mit freudig in der Luft fuchtelnden Armen ins Wasser. Uns dreien merkte man an, dass wir zu viel Wein getrunken hatten; Dane wirkte dagegen auffallend normal.

„Also wenn ihr wollt, dann habe ich heute das erste Mal in meinem Leben Gruppensex!", sagte Lynn so laut, dass es mir trotz des Alkohols unangenehm war.

„Vergiss es!" Kristen spritzte Wasser in Lynns Richtung, dann in meine und schließlich in Danes, der direkt neben mir im Wasser stand.

„Ich habe nichts dagegen", sagte er, und ich hoffte inständig, dass es ein Scherz war.

Ich breitete die Arme aus, legte den Kopf in den Nacken und schloss die Augen. Was war Dane für ein Kerl? Alles an ihm war so gut, dass es mir ein wenig

Angst machte. Ich mochte seine aufmerksame Art, wie er von seinem Dad redete, seine Kunst förderte und uns wie selbstverständlich zu sich eingeladen hatte. Er wirkte auf mich wie jemand, dem man voll und ganz vertrauen konnte. Es war zu schön, um wahr zu sein. Alle Männer, mit denen ich bisher zu tun gehabt hatte, hatten gehörige Macken gehabt. Was war hier nur los? Befand ich mich in einem Traum? Und warum machte ich mir selbst nach so vielen Gläsern Wein noch solche umständlichen Gedanken?

Dane schwamm mit athletischen Kraulbewegungen nach draußen, und wir sahen ihm hinterher.

„Spinnst du eigentlich?", fragte ich Lynn und stupste sie an der Schulter an.

„Wieso?" Sie wandte sich mir zu, aber das Licht war zu schwach, als dass ich ihren Blick hätte deuten können. „Der will Sex, was sonst?"

„Nicht alle Kerle sind so." Ich klang energischer als gewollt.

Kristen lachte laut auf und ließ sich auf dem Rücken treiben.

„Wir sollten gehen", sagte ich fast tonlos, meinte es genau so und zugleich auch nicht, und ich fragte mich, was in mich gefahren war. Wahrscheinlich wollte ich das perfekte Bild von Dane nicht in Scherben sehen.

„Keine von uns kann noch Auto fahren", bemerkte Lynn sachlich.

„Wir werden schon nicht kontrolliert." Kristen trieb wie ein Seerosenblatt auf der Wasseroberfläche.

„Also ich fahre lieber nicht." Ich wollte es nicht riskieren und zudem weiterhin in Danes Nähe bleiben.

Lynn machte sich auf den Weg zum Strand. Nachdenklich blickte ich ihr hinterher. Ihr Körper war perfekt, und es war das erste Mal, dass ich für einen Augenblick so etwas wie Neid empfand.

Bald schon standen wir da, im zärtlichen Schein des Mondes und splitterfasernackt. Unsere Kleidung war überall am Strand verstreut. Ich wusste, dass mir das alles in einem nüchternen Zustand unsäglich peinlich gewesen wäre.

„Bereit?" Dane beugte sich vor und wuschelte sich mit den Händen durchs Haar, sodass Wasser in meine Richtung spritzte. Dann rannte er los, und wir verstanden, dass er auf ein Wettrennen aus war.

Lynn nahm sofort die Verfolgung auf, aber Kristen sortierte nur ihre Kleidung.

„Komm schon, mir ist sowieso schon kalt", sagte ich, doch sie schüttelte den Kopf. „Keine Lust." Sie ließ sich in den Sand plumpsen.

Ich blieb bei ihr und suchte ebenfalls meine Klamotten zusammen. Ab und zu drehte ich mich um und sah Lynn und Dane hinterher, deren Gestalten immer kleiner wurden. Was, wenn es zwischen den beiden funken würde?

Allmählich fröstelte ich immer mehr.

„Sag mal, wie findest du Dane?", fragte ich und setzte mich zu Kristen in den Sand. Wir lehnten unsere Rücken aneinander, um uns gegenseitig zu wärmen.

„Er ist ein heißer Typ", sagte sie mit wenig Elan. „Aber ich bin gerade nicht in der Laune für einen Flirt."

„Lynn nervt ein bisschen." Ich knetete meine Hände. „Mir ist vorher gar nicht aufgefallen, dass sie so draufgängerisch ist."

„Pff", sagte Kristen nur, und dann sah ich, dass Lynn und Dane zurückkehrten, Dane immer noch an der Spitze. Sie hatte ihn nicht einholen können. Für mich wäre es ein Leichtes gewesen.

Während sich Lynn gespielt langsam anzog, entging mir nicht, dass Dane sie genau beobachtete. Er war bereits in seine Kleidung geschlüpft und stand neben mir.

„Ein Rennen zurück zum Haus?", fragte er und stupste mich mit dem Ellenbogen an. „Und wer zuerst da ist, darf heute Nacht in meinem Bett schlafen. Auf die Plätze, fertig, los!"

Weil mich der Gedanke, Lynn könnte die Gewinnerin sein, augenblicklich unruhig machte, rannte ich gleichzeitig mit ihr und Dane los. Dane ging zunächst in Führung; Lynn und ich rannten mit ausladenden Armbewegungen hinter ihm her. Kristen hatte wohl beschlossen, wieder nicht mitzumachen.

Als Lynn und ich die Straße erreichten, hatte Dane sie schon überquert. Ein Auto kam von rechts und ich griff nach Lynns Arm, aber sie riss sich los und legte einen unglaublichen Sprint hin. Ich blieb stehen und ließ das Fahrzeug passieren. Mein Herz galoppierte.

Danes Haus lag in der vierten oder fünften Reihe hinter der Straße, ich war mir nicht mehr ganz sicher. Entschlossen bewegte ich meine Arme für mehr Schwung. Die Anstrengung fiel mir schwer nach all dem Wein, der mich meistens müde machte, und ich fragte mich, wie Lynn so fit sein konnte.

Kaum war ich in die erste Straße der Wohngegend abgebogen, sah ich sie an der nächsten Abzweigung. Ich kannte den Weg definitiv nicht mehr. Die Fassaden der

Häuser und die vereinzelten Pinien verschwammen zu einem unscharfen Einerlei.

Mit allerletzten Kräften beschleunigte ich noch einmal meine Schritte, als Lynn plötzlich umknickte, sich wieder fing, aber danach an Geschwindigkeit einbüßte.

„Alles okay?", fragte ich, als ich neben ihr angekommen war. Sie fuhr sich mit der Hand durch ihr kurzes Haar.

„Bin umgeknickt. Tut höllisch weh."

„Dann beenden wir das Rennen", schlug ich vor.

„Gute Idee." Lynn lächelte mich an.

Da tauchte Kristen hinter uns auf, das Handy in der Hand, auf dem sie sich vermutlich den Weg zu Danes Haus anzeigen ließ.

„Was ist los mit euch?" Sie blieb neben uns stehen.

„Wir kommen alle gleichzeitig an, dann ist die Sache gegessen." Lynn setzte sich wieder in Bewegung.

Kristen und ich schlossen zu beiden Seiten auf.

„Dann schlafen wir womöglich alle drei mit ihm im Bett." Kristen klang besorgt.

„Er hat nie gesagt, dass wir mit ihm zusammen in seinem Bett schlafen", bemerkte Lynn und klang auf einmal ernüchtert. „Vielleicht hat er nur gemeint, dass die Siegerin den bequemsten Platz in seinem Bett bekommt. Er als Gentleman nimmt doch bestimmt sowieso die Couch, oder?"

„Die haben doch sicherlich mehr als nur ein Bett." Kristen ließ das Handy sinken, da wir unser Ziel erreicht hatten. Cindys aufgeregtes Bellen erklang.

„Das Haus ist nicht riesig, und ins Bett seines Vaters wird er uns wohl kaum lassen", konterte Lynn.

In der Einfahrt sahen wir Dane im Schein der Außenlampen, um die Stechmücken schwirrten wie kleine Wolken. Er winkte uns zu. Kaum hatten wir ihn erreicht, wedelte er mit seinem Handy. „Er kommt schon übermorgen zurück! Es kam eben eine Nachricht."

Ich fühlte mich mit einem Mal nüchtern.

„Das hat er dir jetzt geschrieben, mitten in der Nacht?" Lynn runzelte ungläubig die Stirn.

„Er ist eine Nachteule, genauso wie ich." Dane lächelte mich an. Die meisten Blicke schenkte er definitiv mir.

Kristen gähnte hinter vorgehaltener Hand.

„Okay, die Betten sind schnell gemacht", verkündete Dane und schob die Haustür auf. Wir betraten die Küche, und er schenkte uns allen Wasser ein. In der Spüle stapelte sich noch unser dreckiges Geschirr.

„Wir fahren, oder?", wollte Kristen wissen.

„Definitiv nein." Dane klang bestimmend. „Es ist drei Uhr morgens, und ihr seid im Urlaub. Wo ist das Problem?"

„Also ich bin jetzt wirklich hundemüde." Lynn musste ebenfalls gähnen. „Und mein Knöchel tut weh. Ich hätte nichts gegen eine Mütze Schlaf."

„Ich habe Schlafsäcke und Matratzen, und im Hobbyraum unten ist jede Menge Platz." Dane leerte sein Wasserglas. „Wenn euch Körbe voller Steine, Muscheln und Äste nicht stören." Er grinste. „Und eine von euch darf nach wie vor mit mir in meinem Bett schlafen."

Mein Herz schlug schneller. Also doch *mit* ihm.

„Lose!" sagte Dane aufgeregt und holte einen Einkaufsblock, einen Stift und eine Müslischale hervor. Dann kritzelte er etwas auf den Zettel und zerriss ihn in drei Teile, die er sorgsam zusammenfaltete. „Du ziehst!" Er hielt mir grinsend die Schüssel unter die Nase. Meine Hand war eisig kalt, als ich eines der Papierstücke herausnahm und auffaltete. Darauf stand mein Name.

„Also dann!" Dane stellte die Schale auf die Kücheninsel und schenkte mir ein erneutes Lächeln.

„Wo muss ich hin? Ich falle nämlich gleich vor Müdigkeit um." Kristen gähnte ausgiebig und steckte mich damit an.

„Kommt mit." Dane ging zu einer Tür, die wohl ins Untergeschoss führte. Lynn rieb ihren Knöchel, blickte zu mir herüber, hob kurz die Augenbrauen und folgte schließlich Dane und Lynn.

Neugierig zog ich die Schüssel zu mir heran und nahm die restlichen zwei Papierstücke. Während Dane meinen beiden Freundinnen unten ihre Nachtlager bereitete, entfaltete ich den zweiten Zettel und spürte ein Kribbeln im Bauch. Darauf stand ebenfalls *Lisa*. Aufgeregt öffnete ich das letzte Los. Eine wohlige Wärme durchströmte meinen Körper, und ich vergaß für einen Moment, zu atmen. Auf dem dritten Zettel stand auch mein Name.

Kapitel acht

Mit weit aufgerissenen Augen lag ich auf dem Rücken in Danes Bett, während er im Badezimmer war. Ich lauschte dem Rauschen des Wassers in der Dusche und versuchte, mich zu beruhigen, denn meine innere Unruhe hatte bewirkt, dass ich wieder hellwach war. Nervös versuchte ich, meine Gedanken zur Ruhe kommen zu lassen. Das hatte ich als Jugendliche oft getan, wenn mir Moms unstete Art zu viel geworden war. Dann versuchte ich, mich im Gesamtbild des Universums zu sehen, als winzigen Punkt mit banalen Sorgen, die beim Betrachten der universellen, großen Probleme der Welt verschwindend klein waren. Nicht unbedeutend, denn wir waren nun einmal alle in unserer Welt gefangen, aber sie waren relativ gesehen alltäglich und lösbar. Doch egal, wie banal meine Aufregung war, als ich im Bett eines Mannes lag, den ich kaum kannte, in den ich aber verknallt war – sie war trotzdem real.

Auf Danes Nachttisch brannte eine kleine Leselampe. Da ich keine Schlafsachen dabeihatte, hatte mir Dane eine Zahnbürste und ein Rip Curl T-Shirt von sich gegeben. Weil ich meinen Schlüpfer nach unserem Nacht- und Nacktbade-Abenteuer sofort angezogen hatte und er noch nicht trocken war, trug ich dazu lediglich Danes karierte Boxershorts, die mir viel zu weit waren.

Während ich darüber nachdachte, wie ich mich verhalten sollte, kam ich mir auf einmal verletzlich vor. Was tat ich hier bloß? Ich war in eine Falle gegangen, die vielleicht zuschnappen würde. Gleichzeitig wusste ich, dass es, egal, wie es zwischen Dane und mir weiterging, wehtun würde. Seine Liebe nicht zu gewinnen, wäre genauso schwer, wie ihm näherzukommen und ihn dann zurücklassen zu müssen. Die Sache mit Dane hatte alles durcheinandergebracht. Eigentlich war ich auf der Suche nach in der Vergangenheit verschütteten Wahrheiten, aber nun lag ich im Bett des attraktivsten jungen Mannes, der mir je über den Weg gelaufen war, und malte mir allen Ernstes aus, wie es sein würde, etwas mit ihm anzufangen. Es war verrückt, fühlte sich richtig und gleichzeitig völlig falsch an.

Als die Badezimmertür geöffnet wurde, zuckte ich zusammen.

Was sollte ich nur tun? Mich schlafend stellen? Alles in mir sehnte sich nach Danes Berührungen, aber ich war zum Glück nicht mehr so angeheitert, dass ich nicht klar hätte denken können. Das war mir an der Uni genau einmal passiert, und ich hatte es für immer bereut, weil sich der Kerl als Ekel entpuppt hatte.

„Noch wach?" Dane hob die Bettdecke an und schlüpfte darunter. Ich lag stocksteif da, wie ein Soldat, mit kerzengeraden Beinen. Es fehlte nur noch, dass ich salutierte.

„Nein, hellwach." Ich drehte mich auf die Seite, sodass wir uns gegenüberlagen, und sah Dane an. Er war mir so nah, wie ich es mir gewünscht hatte, und doch war es mir peinlich. Die Klimaanlage surrte, und kühle Luft strömte aus dem Schacht hinter mir.

„Hast du keine Angst?", fragte Dane auf einmal und strich sich eine Haarsträhne aus dem Gesicht.

„Wovor?"

„Davor, in der Vergangenheit zu bohren."

„Ich dachte schon vor dir!" Ich lächelte. „Doch, das auch ein bisschen." Ich war froh, dass es mich von meinen anderen Gedanken ablenkte. Von denen, die sich hektisch um das eine Thema drehten: Was sollte heute Nacht zwischen uns passieren? Sollte überhaupt etwas geschehen? Und warum nur dachte ich panisch darüber nach, wenn es doch etwas sein sollte, das sich einfach so ergab? In meinen Wunschträumen jedenfalls.

„Wie schon gesagt, mach dir keine allzu großen Hoffnungen, was meinen Dad angeht." Danes Gesichtsausdruck war ernst. „Wir sind beide der Ansicht, dass es am besten ist, die Vergangenheit in Ruhe zu lassen. Er hat einige Enttäuschungen in seinem Leben gehabt, und ich glaube, irgendwann lernt man, dass es besser ist, nach vorn zu blicken."

„Ich verstehe", sagte ich leiser als gewollt. Draußen rief eine Eule, und der Laut ließ all meine Kindheitserinnerungen wieder aufblühen. „Ich liebe es hier", sagte ich, weil ich das Bedürfnis hatte, meine Gefühle mit Dane zu teilen. „Alles hier erinnert mich an früher, und ich kann es einfach nicht abschütteln. Ich hätte nie wegziehen sollen." Mein Hals wurde eng.

„Warum hast du es dann getan?"

„Weil meine Mutter es so gewollt hat. Ihr hat es hier nie gefallen. Außerdem kam sie nicht gut mit meiner Oma klar. Für mich war Oma Amber alles, das hat die Sache für meine Mutter wahrscheinlich noch unerträglicher gemacht. Welche Mutter möchte schon das Gefühl haben, die zweite Geige zu spielen? Und dann gab es da noch meine Tante Dolores, das ewige Sorgenkind der Familie." Ich hielt inne und betrachtete Danes Gesicht. Ich mochte den sanften Schwung seiner Augenbrauen, seine besonderen, etwas mandelförmigen Augen, seine vollen Lippen. Es sah fast aus, als hätte er einen asiatischen Touch, und das mit blauen Augen. Es war faszinierend.

„Kann ich gut verstehen, dass es dir hier gefällt." Er berührte meine Schläfe und streifte mein Haar sachte nach hinten. Dann zog er seine Hand leider zurück. „Ich bin nicht allzu viel gereist, aber ich würde gern mehr von den USA und der Welt sehen. Trotzdem ist North Carolina mein Zuhause. Vor allem die Outer Banks machen mich glücklich, und es kann gut sein, dass es mich immer wieder hierher zurückziehen wird."

„So geht es mir auch", sagte ich. „Eigentlich bist du also nur wegen deines Dads noch hier?" Ich war neugierig geworden, und die Tatsache, dass sich Dane um seinen Vater kümmern wollte, berührte mich. Es gab zu wenige Menschen, die sich darum sorgten, wie es anderen ging. Die meisten, mit denen ich zu tun gehabt hatte, interessierten sich am Ende nur für sich selbst und den eigenen Vorteil. Dane schien anders zu sein.

„Vielleicht bilde ich es mir auch nur ein, dass es wichtig für ihn ist." Danes Blick war warm und einfühlsam. „Ich sage mir immer, dass er mich braucht, aber vielleicht würde er auch gut allein zurechtkommen. Es tut mir nur so leid für ihn, dass er nie die Frau fürs Leben gefunden hat."

Die Frage, was aus Danes Mutter geworden war, lag mir auf der Zunge, aber ich hatte nicht den Mut, dieses heikle Thema anzuschneiden. Bei all den Andeutungen, die Dane darüber gemacht hatte, man sollte die Vergangenheit ruhen lassen, hatte ich Angst, einen wunden Punkt zu berühren. Dafür war es zwischen uns eindeutig zu früh. Ich hatte das bestimmte Gefühl, dass er nicht darüber sprechen wollte. Außerdem malte ich mir Danes Vergangenheit auf meine Weise aus. Er schien seinem Vater nahezustehen. Ich kannte es von meiner Mom und Oma Amber, dass sich Partner aus dem Staub machten; das war nichts Ungewöhnliches. Warum sollte nicht auch eine Mutter beschließen, zu gehen?

„Glaubst du, es gibt den einen Partner fürs Leben?", fragte Dane plötzlich und legte seine Fingerkuppen wieder vorsichtig an meine Schläfe. Dann strich er eine meiner Haarsträhnen hinter mein Ohr und zog seine Hand langsam zurück, aber ich spürte seine weiche Berührung immer noch auf meiner Haut. Meine Mutter hatte mich nur selten zärtlich angefasst.

„Den *einen* Partner, wie im Märchen? Nein." Ich glaubte tatsächlich nicht daran, dafür war ich nicht romantisch genug. Auch wenn ich es in Momenten wie diesem gern geglaubt hätte. „Das wäre ja schrecklich. Stell dir vor, wir laufen der einen Person nie über den Weg."

„Das stimmt." Danes Blick war zärtlich, und ich war versucht, ihn ebenfalls zu berühren, hielt mich aber zurück, weil etwas in mir *Nein* flüsterte. Weil es der falsche Zeitpunkt in meinem Leben für eine Affäre oder gar eine Beziehung war, und weil ich mit zu vielen anderen Dingen beschäftigt war. Trotzdem war da etwas, das mich auf magische Weise zu Dane hinzog, als gäbe es ein unsichtbares Band zwischen uns, das schon immer dagewesen war. Eine Art Vertrautheit, die ich mir nicht erklären konnte. Außerdem wollte ich Dane näher kennenlernen, bevor ich mich in etwas stürzte, das ich womöglich bereuen würde.

„Du und deine Mom", sagte Dane. „Wie war das mit euch?"

Ich war dankbar, dass er diese Frage stellte. Bisher hatte mich niemand außer Lynn und Kristen nach dem Verhältnis zu meiner Mutter gefragt.

„Es war nicht so, wie es hätte sein sollen." Mein Hals wurde immer trockener, und ich schluckte schwer. Ich hasste es, darüber zu reden, auch wenn es am Ende oft befreiend war. Es war wie ein Knoten, den man nur mit Mühe und Geduld wieder lösen konnte, und bei dessen Entwirrung man am liebsten schon nach wenigen Versuchen aufgegeben hätte. Doch letztlich freute man sich über den Erfolg.

„Wir waren nie so eng, wie es zwischen Mutter und Tochter sein sollte." Ich zuckte aus Verlegenheit mit den Schultern. „Also in meiner Vorstellung vom perfekten Leben."

Dane sah mich an, als verstehe er nicht ganz.

„Ich habe meine Fantasie von magischen Momenten", erklärte ich weiter. Darüber hatte ich bisher nur mit Lynn und Kristen gesprochen. „Ich sehne mich nach ihnen. Ich hangele mich von einem zu nächsten, und wenn sie zu lange ausbleiben, dann bin ich unzufrieden. In meiner Kindheit gab es viele davon, und dann wurden es immer weniger, bis ich an die Uni kam. Da gab es sie wieder öfter, vor allem mit Lynn und Kristen."

„Die beiden sind toll", sagte Dane, ohne weiter auf meine perfekten Momente einzugehen. Vielleicht war es eine Vorstellung, die nur ich verinnerlicht hatte.

„Ja, das sind sie."

Wir schwiegen eine Weile, und Dane schien nachzudenken. Sein Blick wurde leer. „Kann sein, dass ihr einfach zu verschieden wart, deine Mom und du."

„Kann sein." Ich sah an Dane vorbei zu einem Foto an der Wand neben seinem Einbauschrank, auf dem er als Teenager mit seinem Dad abgebildet war. Auf einem Segelboot und mit einem dicken Fisch an der Angel.

„Du und dein Dad, ihr seid euch ziemlich nah, was?", fragte ich.

„Oh ja, und wir sind beide eher speziell."

Ich musste lächeln. Meine Arme und Beine waren inzwischen bleischwer vor Müdigkeit geworden.

„Gute Nacht, Dane", sagte ich und umklammerte mein Kopfkissen. Empfand er es als Niederlage, dass ich nicht auf seine Berührung reagiert hatte? War es töricht von mir, nichts mit ihm anzufangen? Ich konnte es nicht sagen.

„Bist du enttäuscht?", fragte ich, obwohl es jeden Rest von Romantik ausradierte, so offen über die Situation zu reden. Aber das tat ich oft, weil ich gern aussprach, was in mir vorging. Auch wenn es so manchen perfekten Moment zerstören konnte.

„Warum sollte ich enttäuscht sein?"

„Weil ich mich wie ein kleines Mädchen benehme."

„Tust du nicht." Danes Lächeln war bezaubernd.

„Ein bisschen schon. Ich hätte dich küssen können." Ich beschloss, nicht weiter zu überlegen, und stellte eine Frage, die ich mir schon bei unserem ersten Treffen gestellt hatte: „Hast du eine Freundin, Dane?"

Er sagte eine Weile nichts, sondern sah mich nur fest an. „Was glaubst du?"

„Ich denke nicht, denn sonst würdest du mich vielleicht nicht in deinem Bett übernachten lassen."

„Genau so ist es." Dane umarmte ebenfalls sein Kopfkissen, während sein Blick immer noch auf mir ruhte. „Und was ist mit dir, Carolina Girl?"

„Ich habe kein Glück in der Liebe", sagte ich. „Scheint in meiner Familie zu liegen."

Dane hob den Kopf und drückte mir einen langen Kuss auf die Stirn. Er fühlte sich sonderbar freundschaftlich an, und ich fragte mich, ob er jemals etwas von mir gewollt hatte. Ernüchterung machte sich in mir breit.

„Gute Nacht, Lisa."

Dane knipste seine Leselampe aus, und ich drehte mich erneut auf den Rücken. Meine Gedanken waren plötzlich hellwach. Während ich Danes Atem lauschte, der immer ruhiger wurde, dachte ich an Mom. Es musste für sie schrecklich gewesen sein, immer ohne Partner und allein mit all ihren Entscheidungen, die auch mich betrafen, gewesen zu sein. An ihrem Sterbebett hatten wir beteuert, dass wir uns liebten, doch jetzt fragte ich mich, wie viel Gehalt unsere Worte gehabt hatten. Es war nicht unüblich, dass Menschen über Liebe sprachen, auch wenn sie es nicht meinten. Es gehörte fast zur Mode, mit den drei Worten um sich zu werfen, und es widerte mich oft genug an. Zu einem Mann hatte ich noch niemals *Ich liebe dich* gesagt.

Nachdenklich drehte ich mich wieder auf die Seite. Dane hatte mir den Rücken zugewandt. Seine Schulter hob und senkte sich im gleichmäßigen Rhythmus seines Atems; er musste schon eingeschlafen sein. Ich legte eine Hand behutsam auf seinen Oberarm und ließ sie lange Zeit dort ruhen, aber er reagierte nicht.

„Und du bist nicht speziell", flüsterte ich. „Eher perfekt."

Kapitel neun

„Und, wie war's?" Wir standen in der Küche unseres Ferienhauses und waren damit beschäftigt, Sandwiches zu belegen. Lynns und Kristens fragende Blicke waren mir nicht entgangen; natürlich warteten sie darauf, meinen Bericht bezüglich der Nacht mit Dane zu hören.

Nach dem Frühstück bei ihm hatten wir uns gegen elf Uhr verabschiedet. Den Rest des Vormittags hatten wir träge im Ferienhaus gesessen, jede mit ihrem Handy beschäftigt und mit schweren Augenlidern. Vermutlich hatte keine von uns gut geschlafen. Jetzt war es bereits Nachmittag, und wir wollten das perfekte Wetter für einen Ausflug zum Leuchtturm und zum Strand von Cape Hatteras nutzen.

Lynn trug ein sexy Strandkleid und sah hellwach aus, während Kristen mit müden Bewegungen Margarine auf die Brotscheiben strich. Wir arbeiteten wie am Fließband: Erst war Kristen dran, dann legte Lynn Schinken und Käse oben drauf, und zuletzt ich Essiggurkenscheiben. Anschließend steckte ich die Sandwiches in unsere mitgebrachten Vorratsdosen. Kristen und ich hatten es Lynn abgewöhnt, Einweg-Plastiktüten zu verwenden.

„Erzähl schon! Du machst mich ganz verrückt!" Lynn sah kurz zu mir auf, und die maßlose Neugierde war ihr ins Gesicht geschrieben.

„Es gibt nichts zu erzählen", sagte ich. Im Nachhinein ärgerte es mich, dass es so war. Aber hatte Dane tatsächlich Interesse an einer Beziehung mit mir? Wollte *ich* mir das antun, in meiner momentanen Lage? War es nicht besser, den Verstand einzuschalten? Es fiel mir schwer, Danes Absichten zu deuten, und ich wollte nichts zwischen uns kaputtmachen.

„Das nehme ich dir nicht ab." Lynn stupste mich vorsichtig am Arm. „Du verbringst die Nacht neben einem supersexy Kerl, und es passiert nichts?"

„Wir haben geredet." Ich legte die letzte Toastscheibe obenauf, drückte sie fest und schnitt das Sandwich diagonal in zwei Hälften.

„Du erzählst uns doch sonst immer alles", beschwerte sich Lynn. Ich wurde das Gefühl nicht los, dass sie ihre Chancen bei Dane ausloten wollte und deshalb nicht lockerließ.

„Lass sie doch in Ruhe." Kristen setzte sich mit ihrem Handy an den Esstisch und tippte darauf herum. „Er ist übrigens auch bei Insta. Dane Farrell. Über zehntausend Follower und jede Menge Fotos von diesen komischen Bildern aus Naturmaterialien."

„Also ich finde seine Kunst toll." Lynn schob mir das letzte Sandwich zu. Ich nahm es energischer als nötig an mich.

„Eigentlich will ich Klarheit haben", sagte sie plötzlich und sah mir fest in die Augen. „Ich finde Dane eher toll als die Bilder, und ich habe Interesse an ihm."

Mein Herz begann zu galoppieren.

Kristen verdrehte die Augen.

„Wir sind doch immer offen und ehrlich miteinander umgegangen, und daran soll sich nie etwas ändern, richtig?" Lynn sah Kristen an, bis sie den Kopf hob.

„Wer findet Dane unwiderstehlich?", fragte Lynn und ließ sofort ihre Hand in die Höhe schießen wie eine übereifrige Schülerin. Weil ich wirklich kein Geheimnis daraus machen wollte, hielt auch ich meine Hand nach oben, und zuletzt signalisierte selbst Kristen mit einem schrägen Lächeln ihr Interesse. Na toll. Ich wollte nicht erwähnen, dass ich mich Hals über Kopf in Dane verliebt hatte. Dass ich nie zuvor so etwas empfunden hatte und es unpassend fand, auf dieser Reise eine Beziehung anzufangen.

„Dann sind wir jetzt Rivalinnen?" Kristen ließ den Arm wieder sinken und sah zuerst mich, dann Lynn niedergeschlagen an. „Das fände ich dumm. Ich dachte immer, wir stehen auf ganz unterschiedliche Typen. Ich auf die schmächtigen, leisen, Lynn auf die umwerfend charmanten Angeber und Lisa auf die netten, einfühlsamen." Sie hielt inne. „Also auf solche wie Dane."

Ich schwieg. Kristen hatte nur selten einen Kerl nach Hause gebracht, und jedes Mal war nach wenigen Tagen Schluss gewesen – und sie hatte nie besonders glücklich ausgesehen. Lynn hatte alle Chancen der Welt bei Männern, aber sie war sehr wählerisch. Alles musste bei ihr stimmen, und bei der kleinsten Abweichung von ihren Vorstellungen setzte sie den Kerl vor die Tür. Ich war eher kompromissbereit, aber trotzdem hatte ich noch nie das Glück einer längeren, harmonischen Beziehung genießen dürfen. Insgeheim führte ich es auf meine Vergangenheit mit lauter Frauen, die ihr Liebesglück nicht gefunden hatten, zurück. Womöglich lag ein böser Fluch auf unserer Familie.

„Ich finde, wir sollten morgen diesen Milton Farrell treffen und dann abreisen", schlug ich so sachlich wie möglich vor. „Bis dahin genießen wir die North-Carolina-Sonne und das Meer."

„Und Dane?" Lynn zwinkerte mir zu.

„Wir lassen Dane in Ruhe", sagte ich. „Es würde alles nur noch komplizierter machen."

„Seit wann bist du so vernünftig?" Kristen legte ihr Handy beiseite.

„Seit heute." Ich lächelte, aber meine Gesichtsmuskeln waren so verspannt, dass es sicher jämmerlich aussah.

„Auf nach Cape Hatteras!", sagte Lynn und stopfte unsere Brote, Trinkflaschen und Sonnenmilch in einen Rucksack.

Während der Fahrt sprach niemand. Wir stellten den Wagen ab und schlenderten in Richtung Wasser. Die unbebaute Küstenlandschaft vor der Kulisse des berühmten Backstein-Leuchtturms, der aussah wie eine schwarz-weiß geringelte Zuckerstange, war paradiesisch. Wir hockten in unseren knappen Bikinis auf unserer Picknickdecke und lauschten dem Rauschen des Meeres, sahen den Kajakfahrern zu und ließen den heute relativ lauen Wind unsere Haut streicheln. Alles war perfekt, und ich wollte diesen Augenblick für immer festhalten. Es gelang mir eine Weile, bis meine Gedanken zu rasen begannen. Ich hatte große Angst vor dem Treffen mit Danes Vater und davor, was er wusste. Darüber hinaus wollte ich eigentlich nicht abreisen.

Ich könnte mir einen Job beim Kajakverleih oder in einem Surfladen suchen und einfach hierbleiben. War es nicht das Privileg unseres Alters, dass wir ungebunden und noch nicht festgefahren waren? Ein Teil von mir verstand, warum meine Mom damals etwas Neues hatte anfangen wollen. Zu einem Zeitpunkt, an dem ihr der Gedanke, ihr Leben könne für immer in derselben Bahn verlaufen, Angst machte. Nur leider hatte sie mich mit- und heraus aus dem Staat gerissen, dem mein Herz gehörte. Und in dem der Mann lebte, dem ich es gern bedingungslos geschenkt hätte.

„Ich gehe schwimmen." Kristen erhob sich und rannte auf das Wasser zu. Lynn und ich sahen uns kurz an und folgten ihr. Zahlreiche flinke Strandläufer flüchteten vor uns, kurz bevor wir vor Freude kreischend in die erste Welle eintauchten. Das kühle Wasser auf der Haut, die wärmenden Sonnenstrahlen auf dem Gesicht, der salzige Geruch, der in der Luft lag, all das machte etwas mit mir, das Michigan nie geschafft hatte, und die Sehnsucht, hierzubleiben, steigerte sich ins Unermessliche. Sie schmerzte beinahe, während ich mich wie schwerelos auf dem Wasser treiben ließ. Im nächsten Augenblick musste ich daran denken, dass ich nicht hier war, um Urlaub zu machen, sondern weil ich nach der Wahrheit suchte. Es war mir ein Anliegen, den letzten Wunsch meiner Mutter zu erfüllen. In erster Linie tat ich es nicht für mich, sondern für sie.

Meine Handteller waren feucht vor Nervosität, als wir am Abend des nächsten Tages die Auffahrt zu Danes Haus nahmen.

Er erschien sofort an der Tür und begrüßte uns mit einer innigen Umarmung. Es kam mir so vor, als hielte er mich länger im Arm als meine beiden Freundinnen. Ich schloss ungewollt die Augen und atmete seinen Duft ein, dieses Gemisch aus seinem Aftershave, Salz und einfach nur Dane.

„Kommt rein, ich habe Dad schon von euch erzählt." Er hielt uns die Tür auf und lächelte. „Wir sitzen gerade im Garten und schauen den Blumen zu, wie sie eine nach der anderen aufgehen."

Zunächst sah ich nur Miltons Hinterkopf, wo sein schon stark ergrautes Haar zu einem dünnen Zopf geflochten war. Er drehte sich nicht sofort um, sondern erst, als Dane fröhlich unsere Ankunft verkündete. Ich fasste mir ungewollt ins Haar, konnte meine Nervosität nicht unterdrücken.

Das war also Milton Farrell. Ein Mann Ende Fünfzig, in dessen braungebranntem Gesicht die aufmerksamen, blauen Augen eines Künstlers leuchteten, der seine Umwelt sehr genau wahrnahm. Er erhob sich langsam und trat auf uns zu. Zu seiner grauen, verschlissenen Jeanshose trug er ein T-Shirt mit einem Surf-Logo, dessen Bündchen am Halsausschnitt schon etwas ausgeleiert war und sein stark gekräuseltes Brusthaar hervorblitzen ließ. Er war barfuß, was mir gefiel. Ich liebte das Gefühl von Gras, Sand oder Kieselsteinen an meinen Fußsohlen. Jeder Schuh war einengend.

„Hallo ihr drei." Milton sah uns der Reihe nach an, und ich hatte den Eindruck, dass er mich ein bisschen eindringlicher musterte als meine Freundinnen. Nichts an seinem Äußeren erinnerte mich an Dane, aber er musste ein sehr gutaussehender junger Mann gewesen sein, denn er hatte immer noch äußerst markante Gesichtszüge.

Wir nahmen am Tisch Platz, und Dane servierte uns Softdrinks. Ich war froh, dass er uns keinen Alkohol anbot, denn ich wollte unbedingt einen klaren Kopf bewahren. Vor Milton standen zwei leere Bierdosen, und er nahm eine dritte dankend von seinem Sohn an.

Zunächst tranken wir alle schweigend, als wartete jeder darauf, dass ein anderer etwas sagte.

„Wie ist euer Urlaub?", fragte Dane schließlich, um die Situation aufzulockern.

„Er ist toll." Lynn warf Dane einen schmachtenden Blick zu, der jedem auffallen musste. „Wir sind schon total entspannt und braungebrannt." Sie streckte einen Arm aus und fuhr mit den Fingern der anderen Hand über ihre makellose, goldbraune Haut.

„Ich bin leider nicht so ganz entspannt", sagte ich, um das Gespräch von Lynns perfektem Teint abzulenken. Milton sah mich neugierig an. „Das hier ist zwar mein Heimatstaat, den ich über alles liebe, aber im Grunde bin ich nicht hier, um Urlaub zu machen." Ich erwiderte Miltons festen Blick. Er hatte etwas Stechendes, als könnte er tief in mein Innerstes blicken.

„Dane hat das bereits erwähnt", sagte er, und ich fragte mich, wie viel Milton schon wusste.

„Meine Mom ist verstorben und hat mir zu verstehen gegeben, dass es Dinge in meiner Vergangenheit gibt, von denen ich nichts weiß", sagte ich. Milton hob die Bierdose an seinen Mund und nahm einen großen Schluck, ohne wegzusehen. „Aber leider hatte sie nicht mehr die Kraft, mir Genaueres zu sagen." Ich machte eine kleine Pause. „Oder sie hat es mir nicht sagen wollen."

„Manche Dinge müssen nicht ausgesprochen werden." Milton stellte sein Bier wieder ab, und ich musste an Danes Vorwarnung denken, dass sein Vater nicht gern über Vergangenes redete. Womöglich war das eine weise Entscheidung.

„Meine Tante, also die Schwester meiner Mutter, hat in diesem Zusammenhang Ihren Namen erwähnt", sagte ich an Milton gewandt, „und da sind wir hierhergereist, um Sie zu finden."

„Das ist euch gelungen", stellte er fest.

„Und dann hat uns das Schicksal direkt in Danes Arme laufen lassen!" Lynn klang hellauf begeistert, und ich fand ihr fröhliches Gezwitscher unpassend. „Gleich bei unserem ersten Besuch bei der Touristeninformation."

„Das war Schicksal, auf jeden Fall." Kristens Stimme klang gedämpft, als machte ihr diese Erkenntnis Angst.

„Wir alle haben unser Schicksal." Milton starrte auf einmal in die Ferne. Es hörte sich an wie etwas, das meine Tante Dolores hätte sagen können.

„Worauf wir hinauswollen ist, dass Sie vielleicht etwas über Lisas Vergangenheit wissen", erklärte Lynn, obwohl ich diejenige sein wollte, die das Thema weiter ausführte – was ich ihr mit einem Blick zu verstehen gab.

„Ich glaube nicht, dass ich weiterhelfen kann." Milton begann, seine Finger im Schoß zu kneten. Erst jetzt fielen mir seine langen Fingernägel und die vielen Schürf- und Risswunden an seinen Handrücken und Unterarmen auf.

„Wir sind den ganzen Weg von Michigan hierhergefahren, um herauszufinden, was Lisas Mom ihr sagen wollte", sagte Lynn und sprach das aus, was ich eben gedacht hatte.

„Es ist wirklich sehr wichtig." Ich versuchte, so viel Nachdruck wie möglich in meine Worte zu legen, wollte aber gleichzeitig nicht wie ein hilfloses Kind wirken. „Ich habe keine Ahnung, was mir meine Mom kurz vor ihrem Tod sagen wollte, aber es muss irgendetwas mit Ihnen zu tun gehabt haben."

Milton nahm erneut einen langen Schluck aus seiner Bierdose und runzelte die Stirn. „Ich habe doch gesagt, dass ich dazu nichts sagen kann."

„Sie *wollen* nicht, oder?" Lynns Blick wanderte von Milton zu mir, dann zu Dane, als könnte der etwas ausrichten.

„Lass gut sein, Lynn", sagte ich mit gedämpfter Stimme. Heimlich hoffte ich, dass Milton uns doch noch helfen würde.

Dane sah zu mir herüber, presste die Lippen aufeinander und zuckte fast unmerklich mit den Schultern.

Kristen holte ihr Handy hervor und tauchte in die virtuelle Welt ab, sichtlich resigniert. Anfangs hatte es mich enorm gestört, aber inzwischen war ich es gewohnt, auch wenn es manchmal unhöflich war.

„Möchte jemand einen Wein?", fragte Dane gespielt locker. Wir verneinten und nippten an unseren Sodas. Milton sagte nichts weiter, sondern legte die Beine übereinander und wippte mit dem Fuß, als könnte er es kaum erwarten, dass wir endlich gingen.

„Ich liebe Ihre Bilder", sagte ich schließlich, weil ich hoffte, dass er auf dieses Thema anspringen würde.

Doch als Reaktion kam lediglich ein trockenes *Danke*.

Also redeten Lynn und ich mit Dane und erzählten von unserem Ausflug zum Cape Hatteras und davon, dass Lynn und ich wahrscheinlich in zwei Wochen Vorstellungsgespräche in Chicago hatten.

„In Chicago, seid ihr verrückt?" Dane sah mich lange und fest an, als könnte sein Blick in mich eindringen. Er löste eine Wärme in meinem Körper aus und eine Sehnsucht, die ich mir nicht erklären konnte. „Da wirst du erfrieren, Lisa."

Wahrscheinlich hatte er recht.

Milton war weiterhin auffallend schweigsam und musterte mich ab und zu. Doch jedes Mal, wenn ich es bemerkte, sah er zur Seite.

Es musste irgendeine Verbindung zwischen meiner Familie und Milton geben, warum sonst hätte Tante Dolores mir seinen Namen genannt? Vermutlich war es nichts Gutes, denn sonst hätte Milton sich uns gegenüber geöffnet. Ich hatte nur noch eine Idee, wie ich ihn eventuell aus der Reserve locken könnte. Also wartete ich auf den passenden Augenblick, der aber nicht kam. Auf seine Kunst war er nicht eingegangen, und in mir wuchs die Wut. Warum würde man einer verzweifelten jungen Frau nicht helfen? Oder es wenigstens versuchen?

„Ich bin müde", sagte Milton unverhofft, und es war klar, dass er uns loswerden wollte. Es war erst halb zehn.

„Bist du sicher, dass dir der Name Lisa Burnett nichts sagt?", fragte Dane und legte seine Hand auf den Unterarm seines Vaters. Der zuckte zusammen. Ich war Dane dankbar dafür, dass er mir zu helfen versuchte.

„Haben Sie vielleicht mal Ihre Kunst im Laden meiner Großmutter verkauft?" Ich hoffte inständig, Milton würde sich endlich erinnern wollen. „Sie hieß Amber Burnett und hatte einen Souvenirladen in Duck, das *Tiny Treasures*. Dort, wo jetzt der Steg mit all den Geschäften ist."

Miltons Gesicht zeigte keinerlei Regung, und in meine inzwischen lodernde Wut mischte sich bodenlose Enttäuschung. Ich wollte nicht wahrhaben, dass meine Suche nach der Wahrheit ein zielloses Unterfangen war und zudem unseren Urlaub zerstörte.

„Der Name sagt mir nichts." Milton stand auf und strich über seine Oberschenkel. War er auch so nervös wie ich und hatte feuchte Hände? Hier war etwas faul, aber ich konnte diesen Mann schlecht zwingen, mit mir zu reden.

Ohne weiter auf das Thema einzugehen, ging Milton ins Haus und blieb im Flur stehen, während Dane uns zur Tür brachte.

„Tut mir leid", sagte er und legte eine Hand auf meinen Arm. Seine Berührung jagte mir einen angenehmen Schauer den Rücken hinunter. „Aber ich habe dich ja gewarnt."

Wir umarmten uns, und Dane drückte mir einen unerwarteten, schnellen Kuss auf die Wange.

Milton war uns bis zur Haustür gefolgt und sah auf einmal sehr müde aus. „Kommt morgen Abend wieder", sagte er plötzlich und durchbohrte mich erneut mit seinem stechenden Blick. „Ich brauche ein bisschen Zeit zum Nachdenken."

Kapitel zehn

„Dieser Milton ist der unsympathischste Mensch, den ich je kennengelernt habe." Kristen sagte es beiläufig, während sie bäuchlings auf dem Sofa lag und ihre Daumen über das Handydisplay tanzten. Sie hatte die schnellsten Daumen der Welt.

„Also ich finde ihn nicht so schlimm." Ich wunderte mich, dass ich das Bedürfnis hatte, Danes Vater zu verteidigen. Er kam mir wie jemand vor, der nicht aus sich herausgehen konnte. Es gab Menschen, die es nicht wollten, und solche, die dazu nicht in der Lage waren. Ich selbst hatte im Normalfall nie Probleme damit, meine Gefühle zum Ausdruck zu bringen. In Danes Gegenwart war ich trotzdem wie gelähmt. Bei Milton hatte ich den Eindruck, unser Besuch hätte ihn unangenehm berührt. Diese Tatsache machte mir Angst, weil sie mir zuflüsterte, dass da viel, viel mehr in meiner Vergangenheit war, als ich mir jemals ausgemalt hatte.

„Er ist halt ein Künstler." Lynn war dabei, Wasser für die Frühstückseier aufzukochen, während ich den Tisch deckte. Es war abgemacht, dass Kristen abräumen würde. Sie brauchte gerade dringend Zeit für Instagram, weil ihre Lieblingsgamerin etwas Neues gepostet hatte. Kristen steckte sich soeben ihre AirPods in ihre Ohren.

„Ich fand ihn auch nicht besonders sympathisch." Lynn reichte mir einen Stapel gepunkteter Servietten. Mein Blick fiel auf ihr LOVE-Tattoo, und ich musste schon wieder an Dane denken. „Aber wir brauchen ihn, und ich habe das Gefühl, dass er sehr wohl etwas weiß."

„Auf jeden Fall." Ich verteilte die Servietten neben den Tellern und sehnte mich nach einem Kaffee. Die Maschine röchelte, während der braune Zaubertrank in die Glaskanne tropfte. „Heute wird er es uns sagen, da bin ich mir ganz sicher."

Wir nahmen am Tisch Platz, und ich spielte mit meiner Serviette. Die Unruhe, die seit Moms Tod in mir gediehen war wie Unkraut, machte mir jeden Tag mehr Sorgen. Meine Grundeinstellung, im Hier und Jetzt zu leben, war erschüttert worden. Der Drang, die Lösung meiner Probleme zu finden, indem ich die Vergangenheit unter dem Mikroskop sezierte, wuchs mit jedem Atemzug.

„Stell dir vor, Milton Farrell wäre dein Schwiegervater." Lynn sagte es so ernst, dass es klang, als rechnete sie sich tatsächlich Chancen bei Dane aus. Dabei war er, wenn überhaupt, an mir interessiert. Seine drei Zettel mit meinem Namen hatten es bewiesen. Meine Wangen wurden heiß. Aber vielleicht hatte er einfach nur eine unbeschwerte Zeit mit uns genießen wollen, weil er die staubtrockene Gegenwart seines Vaters leid war.

„Wäre das ein Ausschluss-Kriterium?" Ich wollte es wirklich wissen, weil mich der Gedanke, Lynn könne etwas mit Dane anfangen, beunruhigte.

„Ich würde mich trotzdem Dane an den Hals werfen." Lynn lächelte mich an, und ich war mir nicht sicher, ob sie mit mir spielte oder nicht. Sie stupste mich unter dem Tisch leicht mit ihrem Fuß an. „Du bist verknallt, oder?"

„Ich habe mich noch nie verliebt", sagte ich wahrheitsgemäß. Dass ich meine Mom dafür verantwortlich machte, ließ ich unerwähnt.

„Bis jetzt", beendete Lynn meinen Satz so, wie ich ihn auch beendet hätte.

„Es ist nicht zu übersehen, was?" Ich lächelte zurück. Meine beste Freundin würde mir doch nicht einen Kerl wegschnappen, oder?

„Nicht wirklich." Lynn stand auf und holte Eierbecher. Ich würde niemals unsere Freundschaft opfern, für keinen Mann dieser Welt, und doch hatte ich Angst vor einem Konflikt. Dabei war es lächerlich; wir würden in wenigen Tagen abreisen. Kristen hatte ihr Job-Interview verschoben. Dane würde bald Geschichte sein. Vielleicht.

„Frühstück, du Dauerzockerin!", rief Lynn. Dann stellte sie die Schüssel mit den Eiern ab.

Kristen hörte sie nicht einmal.

„Ich weiß echt nicht, wie man so viel Zeit online verbringen kann", sagte Lynn, holte den Kaffee und goss uns ein. „Ich glaube, wenn die Welt untergeht, gäbe es eine nicht zu unterschätzende Chance, dass Kristen es nicht einmal mitbekommt."

Ich kippte ein wenig Milch in meinen Kaffee, führte die dampfende Tasse an meinen Mund und schloss die Augen. Meine Lider zitterten, und ich konnte sie nicht beruhigen. Die Anspannung in mir war seit dem Treffen mit Milton ins Unermessliche gestiegen, und ich wusste, dass sich heute Abend irgendein Knoten lösen musste. Einer, vor dem ich Angst hatte.

Während ich nach dem Frühstück mit Dane hin und her getextet hatte, hatten wir uns auf den frühen Abend gegen sechs Uhr geeinigt. Wir beschlossen, wieder Wein mitzunehmen, auch wenn mir nicht nach Alkohol war.

Milton schien sehr wohl danach zu sein, denn als wir ankamen, saß er bereits mit einer halbleeren Flasche Rotwein am gedeckten Tisch im Garten und lächelte uns breit entgegen.
„Willkommen!" Dane umarmte uns der Reihe nach. Er sah leicht müde aus und verschwand in der Küche, um wenig später mit einem gigantischen Topf Spaghetti mit Tomatensoße und Fleischbällchen zurückzukehren.
„Das war aber nicht so ausgemacht", protestierte ich, aber Dane winkte ab.
„Ich mache das gern, weißt du doch." Er stellte das Essen ab, und da war wieder dieses Lächeln, als er mich ansah.
Milton begann augenblicklich, sich einen Berg Nudeln mit Soße auf den Teller zu schöpfen und zu essen. Ich beobachtete ihn, als wäre er ein exotisches Tier, von dem die Welt kaum etwas wusste. Vielleicht war er das sogar. Vielleicht waren wir das alle, weil wir nie jemanden ganz kennen konnten, höchstens uns selbst. Die Gewissheit, dass ich meine eigene Mutter nie wirklich

gekannt hatte, durchzuckte mich wie ein stechender Schmerz.

Dane nahm neben mir Platz, und als er seinen Stuhl zurechtrückte, berührten sich unsere Ellenbogen. Zwar nur für einen Augenblick, aber der ließ mich erschaudern. Ich war nicht nur wegen Milton nervös. Verdammt, wieso machte Danes Gegenwart das bloß mit mir? War das so, wenn man verliebt war?

„Dad hat Hunger, entschuldigt ihn bitte." Dane lud unsere Teller voll. „Außerdem ist er Besuch nicht gewöhnt."

„Rede nicht so." Milton sprach mit vollem Mund und warf seinem Sohn einen strafenden Blick zu. „Nicht jeder kann so sozial sein wie du."

Dane zuckte mit den Schultern und füllte zuletzt auch seinen Teller. Dann aßen wir, und über sorgfältig auf Gabeln aufgewickelte Spaghetti hinweg wechselte ich immer wieder fragende Blicke mit meinen Freundinnen. Was sollte ich tun? Weitere Fragen stellen oder aber warten, bis Milton seine Ankündigung vom Vorabend wahrwerden ließ? Denn es war doch eine Art Versprechen gewesen, oder? Dass er Zeit brauchte, um seine Gedanken und Gefühle zu sortieren, und dass er heute in der Lage sein würde, uns den entscheidenden Schlüssel zur Tür der Wahrheit zu reichen. Wie sehr ich mich ein Leben lang gefürchtet hatte, hinter die Kulissen zu blicken!

„Ich habe viel nachgedacht", sagte Milton plötzlich, als könnte er meine Gedanken lesen. Dann sah er mich erneut auf eine sonderbar eindringliche Weise an, die ich nicht einordnen konnte. „Ich habe letzte Nacht kaum geschlafen, trotz meiner Melatonin-Pille."

Ich atmete ungewollt tief ein und sehr geräuschvoll aus und umklammerte die Serviette auf meinem Schoß. Warum musste er es so spannend machen? Wahrscheinlich war ich zu jung, um begreifen zu können, was die Zeit mit einem anstellte. Bestimmt gehörte es zum Älterwerden, dass man lernen musste, mit der Vergangenheit umzugehen. Ebenso mit den vielen Erinnerungen, die man im Leben sammelte.

„Willst du vielleicht mit Lisa allein sprechen?", fragte Dane. Ich empfand seinen Vorschlag als sehr taktvoll.

„Es liegt an ihr", sagte Milton, und es war sonderbar, dass er in der dritten Person über mich sprach, obwohl ich am selben Tisch saß. „Ob es ihr etwas ausmacht, wenn ihre Freundinnen und du mithören."

„Es macht mir nichts aus." Es kam wie aus der Pistole geschossen, weil mich die Vorstellung lähmte, mit Milton allein sein zu müssen. Vielleicht hatte Kristen recht und er war ein unheimlicher Typ, auch wenn er Danes Vater war.

„Na dann." Milton goss sich noch einmal Wein nach und nahm einen großen Schluck. Er hatte einen sehr ausgeprägten Adamsapfel, der sich wie ein kleiner Aufzug unter seiner Haut hoch und runter bewegte. Ihm haftete etwas sehr Männliches an, das ich mein Leben lang vermisst hatte. Immer war ich von Frauen umgeben gewesen und immer hatte ich mir eingeredet, dass es gut so war. Insgeheim hatte ich mich ständig nach einer Vaterfigur gesehnt und beneidete Dane auf einmal darum, dass er einen Vater hatte. Dafür hatte er aber keine Mutter. Jedenfalls keine, die ihm nahestand. Ich schüttelte die lästigen Gedanken ab. Was wusste ich schon über Dane, außer, dass er verführerisch, schlau, nett und fürsorglich war. Alle um mich herum kamen mir seit Moms Tod wie Fremde vor. Ich fragte mich, ob ich jemals einem Menschen bedingungslos vertraut hatte. Es war zum Verrücktwerden!

„Ich habe euch angelogen." Miltons Worte rissen mich aus meinen Gedanken, und ich war froh darüber. „Ich habe die Burnetts sehr gut gekannt." Er nahm noch einige große Schlucke, sodass sein Glas bald leer war.

Mein Atem stockte. Deshalb hatte er gestern so sonderbar reagiert, als ich den Namen erwähnt hatte!

„Ich habe auch den Laden deiner Großmutter gekannt." Miltons Blick wurde immer fester und unendlich traurig. In mir wuchs die Angst, die Wahrheit könnte eine sein, die ertragen werden musste und nichts Schönes an sich hatte. Ich sah in Miltons blaue Augen und las in ihnen unendlichen Schmerz. Mein Mund wurde trocken.

„Ich wollte meine Kunstwerke dort verkaufen."

Ich horchte auf. Miltons Bilder hätten perfekt ins *Tiny Treasures* gepasst!

„Und, wie hat sie reagiert?" In mir erwachte eine kindliche Begeisterung, gepaart mit all meinen wunderschönen Erinnerungen an lange Sommer auf den Outer Banks. „Hat sie Ihre Kunstwerke in ihrem Laden angeboten?"

„Ach was." Milton winkte ab und legte dann seine Hände auf den Tisch. Unter seinen Nägeln war es schwarz und seine Haut an vielen Stellen wund. „Die Hexe wollte natürlich nichts von mir."

Ich vergaß für eine Weile zu atmen. Nie zuvor hatte jemand so über meine Großmutter gesprochen! Es wäre mir nicht einmal im Traum eingefallen, dass es

Menschen geben könnte, die schlecht über Oma Amber dachten. Für mich war sie die Gelassenheit und Liebe in Person gewesen. Kinder sahen in den Menschen oft nur das Gute, weil sie von Natur aus vertrauen wollten. War ich jetzt an einem Punkt angelangt, an dem ich Misstrauen lernen musste?

Am liebsten hätte ich nichts weiter gehört, denn der Gedanke, Milton könnte das Bild meiner geliebten Oma durch den Dreck ziehen, war unerträglich.

Kristen und Lynn hingen ebenfalls mit weit aufgerissenen Augen an seinen Lippen. Nur Dane saß entspannt auf seinem Stuhl, als könnte ihn nichts auf dieser Welt erschüttern.

„Amber Burnett war die engstirnigste Frau, die ich jemals kennengelernt habe", fuhr Milton fort. „Gezeichnet von ihrem Krebsleiden, voller Angst, dass es jede Sekunde zu Ende gehen könnte, und doch nicht in der Lage, den Augenblick zu genießen."

Ich verstand nicht, worauf Milton hinauswollte, beschloss aber, den Mund zu halten, obwohl tausend Proteste und Fragen auf meiner Zunge brannten.

„Vielleicht hat es auch genügt, dass ich ein Mann war." Milton hob die Hände, als müsste er sich ergeben. „Wäre ich eine Frau gewesen, hätte sie meine Werke bestimmt genommen."

Wir schwiegen und warteten auf das, was Milton noch zu sagen hatte. Ich konnte mir nicht vorstellen, dass er seine Beschuldigungen so im Raum stehenlassen wollte. Das wäre schwach gewesen.

„Sie hat mich sozusagen fortgejagt. Mich und meine Bilder." Miltons Blick wurde finster. „Ich habe nicht in ihr Weltbild gepasst mit meiner lockeren Art, meinem planlosen, wenig ehrgeizigen Leben. Vielleicht hat sie auch gespürt, dass in meiner Vorstellung kein Platz für einen Gott war."

Ich schwieg betreten. Dass Oma Amber ihren Glauben an erster Stelle gesehen hatte, das hatte ich gewusst, aber dass sie deshalb jemanden diskriminiert hatte, das wollte ich nicht wahrhaben.

„Heute kann ich mir gut vorstellen, dass es da oben etwas gibt, das unsere Vorstellungskraft übersteigt." Milton verhakte seine Finger im Nacken, spreizte seine Ellenbogen zur Seite und lehnte sich leicht zurück. Erst jetzt fiel mir der Anhänger an seinem Hals auf, ein schlichter Naturstein an einem schwarzen Lederband, der die Form eines Herzens hatte. Bei unserem ersten Treffen hatte er ihn definitiv nicht getragen.

„Aber damals, da war ich ein junger Mann, der einfach nur sein Leben genießen wollte. Ich hatte keinen Cent in der Tasche und später das Glück, dieses Haus zu erben."

Ich konnte ihm immer noch nicht ganz folgen. Wollte er mir sagen, dass es meine Oma so sehr gekümmert hatte, welche Menschen ihre Arbeiten bei ihr anboten? War das nicht unwichtig? Es ging doch um die Kunst.

Da Milton eine Weile schwieg, hakte ich nach.

„Wieso war es so wichtig, dass Sie ihrem Weltbild entsprachen?", fragte ich vorsichtig.

„Weil sich ihre Tochter Hals über Kopf in mich verliebt hatte, darum." Milton sagte es beinahe triumphierend.

Mein Kopf glühte inzwischen. Darum ging es also. Um Liebe.

Betretenes Schweigen. Ich lauschte unseren Atemgeräuschen. Hoffte, Milton würde weiterreden, aber vergeblich. Stattdessen schenkte er sich Wein nach und trank das Glas beinahe in einem Zug leer.

„Davon hast du mir nie etwas erzählt." Dane wirkte betroffen. Ich fragte mich, was er noch alles nicht wusste. Es musste schwer sein mit einem so verschlossenen Menschen als Vater. Ähnelten sich unsere Schicksale? Hüllten sich die Menschen, die uns am nächsten standen, in Schweigen?

„Es gibt Dinge, die muss man nicht erzählen." Milton fuhr sich mit dem Handrücken über die Lippen. „Dinge zwischen zwei Menschen, die sowieso niemand begreifen würde." Jetzt wurden seinen Augen glasig, und ich empfand so etwas wie Mitleid mit ihm. „Sie hat mich geliebt wie niemand zuvor. Und bis heute hat mich niemand so geliebt, so leid es mir tut, das sagen zu müssen." Milton sah mich fest an. „Wenn ich eine Sache weiß, dann dass es die große Liebe gibt." Er machte eine bedeutungsvolle Pause. „Sie war die Liebe meines Lebens, und diese Hexe hat mich verscheucht, als wäre ich ein räudiger Hund."

Tief in meinem Inneren schämte ich mich dafür, dass Oma Amber so etwas getan hatte. Aber stimmte das wirklich? Oder war es nur die subjektive Sicht eines alten Mannes, der von der Liebe enttäuscht worden war? Und warum hatte mir meine Mutter nie erzählt, dass sie sich auf den Outer Banks verliebt hatte? War sie deshalb mit mir geflohen?

„Und jetzt bin ich müde." Milton erhob sich träge. „Ihr entschuldigt mich." Mit diesen Worten ging er ins Haus.

Zunächst saßen wir eine Weile betreten und schweigend da.

„Das war's?" Kristen sah ungläubig in die Runde.

„Das bringt uns nicht viel weiter." Lynns Stimme klang traurig.

„Es tut mir so leid, Lisa." Dane berührte meinen Arm. „Er ist nun einmal, wie er ist. Ein herzensguter Mensch, aber eben sonderbar."

„Lasst es mich zusammenfassen!" Lynn war die Erste, die wieder klar denken konnte. „Milton Farrell, ein mittelloser Künstler auf den Outer Banks, hatte eine Affäre mit Lisas Mutter, die aber deren Mutter, Amber Burnett, missfiel. Deshalb hat Amber Milton zum Teufel gejagt. Milton ist bis heute gekränkt, weil Elaine die Liebe seines Lebens war."

Niemand sagte etwas. Die Zahnräder in meinem Hirn ratterten.

Warum hatte sich Oma Amber derart eingemischt? Warum hatte es solch ein Drama geben müssen? Hatte sie Angst gehabt? Wollte sie ihre Tochter vor einer großen Enttäuschung bewahren? Wäre Milton nicht der Richtige gewesen?

„Lasst uns gehen", schlug Kristen vor, leerte ihr Glas und stand auf.

„Ihr könnt gerne noch bleiben!" Dane war sichtlich verwirrt.

Doch auch Lynn und ich standen auf, bedankten uns für das Essen und gingen, gefolgt von einem Dane mit hängendem Kopf, zur Haustür.

„Nehmt es ihm bitte nicht übel". Dane berührte meinen Arm, zog seine Hand aber sofort wieder zurück. Ich fühlte mich wie in Trance, weil mich diese Enthüllung auf eine mir unbekannte Art schockiert hatte. Auch wenn es bei der Geschichte um Liebe ging, tauchte sie meine Großmutter in ein neues Licht, das mir nicht gefiel.

„Ist schon gut", sagte ich, bevor wir auf die Veranda traten und Dane im Türrahmen stehenblieb. Als ich wenig später auf der Rückbank saß und erst bei unserer Ankunft am Ferienhaus bemerkte, dass ich vergessen hatte, meinen Sicherheitsgurt anzulegen, dämmerte es mir, dass die Vergangenheit uns zu den Menschen machte, die wir heute waren, und dass ich mich jahrelang dagegen aufzulehnen versucht hatte.

Kapitel elf

"Das hätten wir uns denken können, dass das Geheimnis deiner Mom etwas mit Liebe zu tun hat", sagte Lynn und sah mich mitfühlend an. Wir saßen auf der Couch in unserem Ferienhaus, und ich hatte seit unserer Rückkehr kein Wort gesagt. Nur Lynn versuchte, die weitere Vorgehensweise zu planen. Für mich ergab nichts mehr wirklich Sinn. Warum um Himmels willen hatte meine Mom vor ihrem Tod überhaupt diese Andeutungen machen müssen? Wenn ich ehrlich war, sehnte ich mich nach meinem unbeschwerten Leben in Michigan zurück. Dass es jemals so weit kommen würde, hätte ich nie gedacht!

"Hör zu, Lisa." Kristen ließ ihr Handy in den Schoß sinken und warf mir ebenfalls einen mitleidigen Blick zu. "Du und Lynn, ihr könnt noch ein bisschen hier im Paradies bleiben. Du versuchst, aus diesem Milton schlau zu werden und endlich zu erfahren, was genau dir deine Mom vor ihrem Tod sagen wollte. Ich fahre morgen per Anhalter zurück in Richtung Michigan. Das Job-Interview möchte ich echt nicht noch einmal verschieben. Es ist wirklich kein Problem."

Kristen meinte es ernst, das spürte ich. Sie konnte sich in meine Lage versetzen.

War es tatsächlich so, dass ich Milton noch mehr Puzzlestücke würde entlocken können? Es hatte ihn schon sichtliche Überwindung gekostet, seine Liebelei preiszugeben. Oder sollte ich Tante Dolores noch einmal aufsuchen? Der Gedanke, schon am nächsten Tag abzureisen und Dane vielleicht nie wiederzusehen, bereitete mir Bauchschmerzen, und ich wünschte mir, er wäre nicht Teil dieser verwirrenden Gleichung.

„Die Idee finde ich gut." Lynn berührte meinen Unterarm. „Du nimmst dir alle Zeit der Welt, um hier weiterzukommen."

„Und du krallst dir Dane", sagte Kristen und lächelte gespielt süß.

„Tu doch nicht so!" Lynn wehrte sich nicht einmal gegen Kristens Aussage, und das machte mich wütend. „Du findest ihn doch auch toll."

Kristen senkte den Blick und tippte auf ihrem Handy herum. Wie immer, wenn sie von der echten Welt nichts wissen wollte.

„Ist doch so, oder Kristen?", bohrte Lynn weiter. „Wieso sprichst du nur dann mit uns, wenn es um tiefgreifende psychologische Probleme geht? Es gibt auch ganz normale Dinge, über die man reden kann, und die manchmal auch wichtig sind."

Es war wirklich so, dass Kristen nur bei tiefschürfenden Themen verbal abging. Es hatte mich nie gestört, weil sie mich an den Tagen stützte, an denen ich schwermütig wurde wie Tante Dolores. Das geschah nicht allzu oft, aber wenn es so war, dann war Kristen eine große Hilfe. Und wenn ich überschwänglich wurde und mit dem Kopf durch die Wand wollte, dann zügelte sie meinen Ehrgeiz. Lynn hingegen war eine ungebremste Optimistin und Planerin. Wir waren ein perfektes Trio. Niemand, nicht einmal Dane, durfte uns jemals auseinanderbringen!

„Soll ich euch was sagen?" Kristen sah zuerst Lynn, dann mich an. „Ihr geht mir mit diesem Dane langsam aber sicher auf die Nerven."

Lynn und ich tauschten überraschte Blicke aus.

„Er ist eine Augenweide, das schon. Wenn ich auf Männer stehen würde, hätte ich mich ihm schon längst an den Hals geworfen." Kristen fuhr sich unruhig mit den Fingern durch ihr langes, goldenes Haar.

„Ich verstehe gar nichts", sagte Lynn ein wenig zögerlich. „Soll das heißen, du stehst nicht auf Männer?"

„So ist es wohl. Dass mich Dane relativ kalt lässt, hat mir gezeigt, dass es definitiv so sein muss." Kristens Blick wurde finster. Sie stellte die Füße auf die Sitzfläche und umklammerte ihre Knie. „Jetzt ist es gesagt, damit ihr endlich Ruhe gebt."

Dieses Geheimnis hatte sie die ganze Zeit mit sich herumgetragen? Hatte hier jeder außer mir Geheimnisse? Ich musste an die Zeit denken, die wir gemeinsam verbracht hatten und in der ich nie etwas davon geahnt hatte.

„Ich hoffe, ihr kippt jetzt nicht aus den Latschen." Kristens Stirn glättete sich. „Es war an der Zeit, es euch zu sagen. Schließlich merke ich gerade, wie nervig es ist, wenn jemand den Mund nicht aufmacht. So wie dieser Milton."

„Stehst du auf Frauen?", fragte Lynn neugierig. „Ich meine, es könnte ja auch sein, dass du auf gar niemanden stehst. Das soll es geben."

„Ich glaube, ich stehe auf Frauen." Kristen zuckte mit den Schultern. „Aber ich bin mir noch nicht ganz sicher."

Wir schwiegen eine Weile.

„Es ist auch egal", sagte Kristen locker. „Ich wollte eigentlich nur sagen, dass ihr zwei euch um Dane streiten könnt. Ich bin da raus und fahre morgen früh los." Mit diesen Worten stand sie auf. „Gute Nacht", sagte sie, „ich bin ziemlich müde." Dann nahm sie die Treppe nach unten.

Erstaunt saßen Lynn und ich eine Weile schweigend da.

„Wow!" Lynn starrte vor sich hin. „Aber süß von ihr, dass sie es uns sagt."

„Da hätten wir sie mit Karen verkuppeln sollen, weißt du noch, unserer netten Yogalehrerin an der Uni", sagte ich und massierte meinen verspannten Nacken.

„Ach, ich mache mir keine Sorgen um Kristen. Sie wird schon noch die große Liebe finden."

„Du unverbesserliche Optimistin!" Ich lächelte Lynn an.

„Mit Dane haben wir Kristen auf jeden Fall gehörig genervt." Lynn wippte mit dem Knie. „Am Anfang hatte ich den Eindruck, dass sie ihn auch attraktiv findet. Vielleicht sind wir extrem Dane-fixiert." Lynn hielt kurz inne, als müsste sie angestrengt nachdenken. „Aber es ist doch so, dass man einem Kerl wie Dane nicht jeden Tag begegnet, oder?" Sie sah mich erwartungsvoll an, war definitiv genauso verknallt wie ich.

„Dane ist toll", sagte ich leise und überlegte, ob ich noch einmal betonen sollte, dass ich keinen Streit wegen ihm wollte, entschied mich aber dagegen. Lynn wusste genauso gut wie ich, dass unsere Freundschaft sehr viel wert war, und am Ende musste Dane selbst entscheiden, zu wem er sich hingezogen fühlte.

„Wie dem auch sei, ich gehe jetzt auch ins Bett." Lynn stand auf. „Wer fährt Kristen morgen früh zum Highway, damit sie eine Mitfahrgelegenheit findet?"

„Ich", sagte ich sofort. Kristen hatte mich auf meiner Suche nach dem Geheimnis meiner Mutter begleitet, jetzt würde auch ich ihr helfen, wo immer es mir möglich war.

Wenig später lag ich hellwach in meinem Bett und bewegte meine Füße unter dem dünnen Laken hin und her, um den weichen Stoff an meinen Zehen zu spüren. Die Vorstellung, dass es damals ein Liebesdrama gegeben hatte, erschien mir seltsam. Vielleicht hatte ich Oma Amber und meine Mom mein Leben lang völlig falsch eingeschätzt. Es kam mir so vor, als würde mir das Schicksal allerlei Offenbarungen vor die Füße werfen. Als schreie es mich an: *Sieh her, du naives Mädchen! Es ist an der Zeit, erwachsen zu werden! Die Dinge sind nicht rosarot und in Ordnung. Jeder hat seine Sorgen, aber nicht jeder spricht es aus.*

Ich drehte mich auf die Seite und schloss die Augen. Draußen rief eine Eule. Wieso hatte ich mich Dane nicht genähert, als ich in seinem Bett geschlafen hatte? Wieso hatte er nichts unternommen? Hatten wir beide Angst, dass der andere es nicht wollte? Nie zuvor hatte ich in einer Beziehung zu einem Mann so gehadert wie jetzt. Es war eine neue Erfahrung, die gerade jetzt nicht in mein Leben passte. Doch wer konnte sich schon aussuchen, wann die Liebe wie ein Blitz einschlug?

Mein Handy surrte.

Noch wach?

schrieb Dane. Es war ein wunderbares Gefühl, genau dann eine Nachricht von ihm zu erhalten, wenn ich an ihn dachte.

Ich wurde nervös und schrieb sofort zurück:

Ja, zu aufgewühlt.

Und was machst du jetzt?

schrieb Dane.

Ich hoffe, wir sehen uns noch einmal.

Eine angenehme Wärme durchflutete meinen Körper. Nichts wünschte ich mir sehnlicher! Und diesmal würde ich zeigen, was ich für ihn empfand! Ich wusste, dass mein Umgang mit Männern zu sehr von meinen Erfahrungen beeinflusst war. Es gefiel mir nicht, aber ich zeigte jetzt mit dem Finger auf Mom. Alles, was ich als Kind mitbekommen hatte, war für mein Liebesleben nicht gerade förderlich gewesen. Außerdem hatte Miltons unglückliche Liebesgeschichte etwas in mir bewegt, und mir kam jeder Augenblick zu kostbar vor, um Dinge aufzuschieben. Wenn ich in Dane verliebt war, dann musste ich es ihm zeigen. Jetzt.

Ich möchte dich unbedingt noch einmal sehen!

Jetzt gleich?

wollte Dane wissen.
Ich war verdutzt.

Wir treffen uns in Duck. Nur du und ich

schlug er vor.
Alles in mir begann vor Aufregung zu kribbeln.

Muss mich nur schnell anziehen.

Auf dem Holzsteg bei den Shops

kam sofort zurück.

Ich warte dort auf dich.

Ich sprang aus dem Bett, schlüpfte schnell in meine hautenge Jeans, die auf einem Stuhl neben meinem Bett lag, und ein weißes T-Shirt. Mein Herz pochte. Was tat ich nur? War ich zu unvernünftig? Aber es war doch ein eindeutiges Zeichen, dass er mich allein sehen wollte, oder? Ich konnte ohnehin nicht einschlafen und würde am nächsten Morgen nur mit Kristen bis zum Highway fahren müssen. Eine schlaflose Nacht mehr, was machte das schon für einen Unterschied?

Leise wie eine Einbrecherin verließ ich das Haus, in der Hoffnung, Lynn und Kristen würden mich nicht hören. Und wenn schon! Warum machte ich mir so einen Kopf? Ein sonderbares, fremdes Gefühl, Lynn zu hintergehen, nagte an mir. In Gedanken versunken, stieg ich in den Wagen, startete den Motor und legte den Rückwärtsgang ein. Mein Herz und mein Verstand lieferten sich einen erbitterten Kampf. Trotz meiner Verliebtheit durfte ich mich nicht mit Dane einlassen. Ich erwartete von Lynn, dass sie ihn aus Rücksicht auf unsere Freundschaft in Ruhe ließ, da konnte ich doch für mich selbst keine neue Moral etablieren!

Die Umrisse der Bäume waren Schatten vor einem tiefblauen, von Sternen gesprenkeltem Nachthimmel. In Duck parkte ich direkt vor den Läden und blieb kurz im Wagen sitzen. Hier hatte Oma Amber auch das *Tiny Treasures* betrieben. Wie oft war ich als Kind zu Besuch gewesen! Jetzt war nichts los, und die nur spärlich beleuchteten, grauen Holzdielen wirkten verlassen. Nervös stieg ich schließlich aus, verriegelte mein Auto und steuerte auf den Holzsteg zu, der all die kleinen Souvenirläden miteinander verband. Meine Beine waren leicht, so als schwebte ich. Wollte mir Dane vielleicht noch etwas sagen? Wollte er mich nur deswegen mitten in der Nacht treffen? Hatte sein Dad ihm noch mehr verraten?

Ich erkannte ihn von Weitem, wie er lässig am Holzgeländer lehnte. Er drehte sofort den Kopf in meine Richtung, und als ich dicht neben ihm stand, umarmte er mich lang und innig. Ich sog seinen Duft ein und hätte nichts lieber getan als ihn geküsst. Aber etwas hielt mich zurück, wie damals in seinem Bett.

„Schön, dass du für mich mitten in der Nacht noch mal aufgestanden bist", sagte er und ließ mich los.

„Hast du noch einmal mit deinem Dad geredet?" Ich bereute meine Worte sofort, denn es klang so, als wäre ich nur deshalb gekommen. Dabei ging es mir lediglich darum, mit Dane allein zu sein.

„Er hat nichts mehr gesagt." Dane streckte eine Hand aus und strich wieder eine meiner Haarsträhnen hinter mein Ohr. „Er war schweigsamer denn je und schlecht gelaunt."

„Das tut mir leid."

„Es ist nicht deine Schuld."

„Na ja, irgendwie schon." Ich ließ meinen Blick über die glatte, dunkle Meeresoberfläche gleiten und wünschte mir, ich hätte Dane unter anderen Umständen kennengelernt. Wieso konnte nicht einmal alles perfekt sein? Dann sah ich ihm tief in die Augen. War es möglich, das hier aufzuhalten? War es gut, es zu tun?

„Du kannst nichts dafür, dass mein Dad ein komischer Kauz ist."

„Aber ich habe ihn ausgefragt und unwillkommene Erinnerungen in ihm erweckt."

„Schön gesagt." Dane lächelte.

„Ich hatte lange Heimweh nach North Carolina", sagte ich, um das Thema zu wechseln. Ich hatte das Bedürfnis, mit Dane über mich zu sprechen. Die Sache mit seinem Dad für eine Weile auszublenden. „Hier ist es so idyllisch. Mit den kleinen Strandgemeinden, der unberührten Natur, den Wildpferden in Corolla. Als Kind habe ich ihnen stundenlang zugesehen." Auch ich lächelte Und stützte mich mit einer Hand auf dem Geländer ab.

„Ja, hier ist es ein bisschen wie im Paradies." Dane legte seine Hand auf meine. „Bleib doch hier."

„Ich kann nicht." Es kam wie aus der Pistole geschossen, weil ich wusste, dass es so war. „Ich muss jetzt erwachsen werden, du weißt schon." Ich genoss seine Wärme auf meiner Haut. Mein Atem ging plötzlich schneller. „Muss mir einen Job suchen. Hier gibt es nur welche im Tourismus."

„Du könntest Surf-Lehrerin werden", schlug Dane vor.

„Ich bin nicht so gut. Dann schon eher Kajak-Lehrerin. Aber auch das ist nur ein saisonaler Job. Ich brauche einen richtigen." Ich erschrak, denn es klang wie etwas, das Lynns Mom gesagt hätte.

Eine Weile sahen wir uns einfach nur an. Der schwache Schein der Laterne an der Hauswand hinter uns beleuchtete Danes Gesicht, und ich meinte, eine gewisse Traurigkeit in seinem Blick zu lesen. Ich suchte nach Worten, um den baldigen Abschied leichter zu machen, aber es gab Momente, in denen war es besser, zu schweigen. Es war von Anfang an klar gewesen, dass ich nicht hierbleiben würde, und heute spürte ich mehr denn je, dass auch die Vergangenheit daran schuld war. Egal, wie schön es auf den Outer Banks war, ich wollte nicht wieder herziehen. Ich war kein Kind mehr, das die Tage am Meer unbeschwert genießen konnte. Die Tatsache, dass ich mich zu einem mir eigentlich fremden Mann hingezogen fühlte, war kein guter Grund dafür, auf die Outer Banks zu ziehen. Und eine Fernbeziehung wollte ich nicht. Falls uns überhaupt noch Zeit blieb, uns näherzukommen.

Wir wandten uns dem Meer zu und ließen unsere Blicke schweifen. Es war eine meiner liebsten Beschäftigungen. Das Wasser war heute Abend ungewöhnlich ruhig, lag da wie ein riesengroßer Spiegel. Ich hätte gern gewusst, was Dane gerade dachte.

Morgen würde ich mich auf den Weg zu Tante Dolores machen, während Lynn noch ein paar Tage blieb.

Jetzt, da ich einige Informationen von Milton bekommen hatte, wollte ich noch einmal mit meiner Tante sprechen. Vielleicht war es einfacher, wenn ich danach nicht mehr auf die Outer Banks zurückkehrte, sondern Lynn auf dem Festland traf, um mit ihr nach Michigan zurückzufahren. Ich hasste in die Länge gezogene Abschiede. Hier hatte ich alles erledigt. Kaum hatte ich diesen Gedanken gefasst, trat Dane auf mich zu, legte seine Hände an meine Wangen und näherte sein Gesicht dem meinen. Er strich über meinen Hals und den Kreuzanhänger aus Holz. Mein Herz galoppierte, als er mich sanft an sich zog und sein Mund meine Lippen berührte. Jeder erste Kuss hatte etwas Magisches, und auch diesen würde ich niemals vergessen. Ich schloss die Augen und öffnete meine Lippen leicht, damit sich unsere Zungen treffen konnten. Sein Kuss war zärtlich und lang, und ich vergaß alles um uns herum. Wir waren in eine unsichtbare Blase gehüllt, in der uns niemand etwas anhaben konnte.

In einem Taumel aus intensiven Glücksgefühlen hielten wir uns schließlich in den Armen. Als wir nach einer kleinen Ewigkeit voneinander abließen und wieder nebeneinander am Geländer standen und auf das Wasser hinaussahen, war mein Hals wie zugeschnürt, weil ich Lynn gegenüber ein schlechtes Gewissen hatte.

„Und jetzt?" Dane streichelte meine Wange. „Jetzt machen wir den Abschied nur noch schlimmer, was?"

„Auf jeden Fall." Auch ich legte meine Hand an sein Gesicht und strich ihm über das lange Haar. Ich liebte ihn so sehr, wie ich noch nie zuvor einen Mann geliebt hatte. Aber ich traute mich nicht, es ihm zu sagen.

Wenn ich ehrlich war, machten mir meine Gefühle auf unerklärliche Weise Angst.

„Ich habe noch was für dich." Dane zog etwas aus der Gesäßtasche seiner Jeans und hielt es mir entgegen. Es war einer der klassischen, weißen, ovalen Aufkleber mit der Aufschrift OBX, der Abkürzung für die Outer Banks. „Ich finde, das fehlt definitiv auf deinem Auto." Er lächelte.

„Danke." Ich steckte den Sticker in meine Tasche und nahm Danes Hand.

„Was hast du jetzt vor?" Er zog mich erneut an sich, und ich legte meinen Kopf an seine Schulter.

„Ich werde morgen zu meiner Tante Dolores fahren, weil ich glaube, dass sie wichtige Details über mich kennt. Sonst hätte meine Mutter mich kaum zu ihr geschickt. Ich werde noch einmal versuchen, sie zum Reden zu bringen, auch wenn sie eine genauso harte Nuss ist wie dein Dad. Vielleicht hätten die beiden gut zueinander gepasst!"

Dane verengte die Augen, als müsse er angestrengt nachdenken. Im selben Augenblick durchzuckte auch mich ein Gedanke: Ich war immer davon ausgegangen, dass meine Mutter Miltons große Liebe gewesen war. Was, wenn es Dolores gewesen war? Es wäre viel besser nachvollziehbar, denn sie war zehn Jahre jünger als meine Mom und viel eher schutzbedürftig. Das hätte auch die Einmischung meiner Oma gerechtfertigt.

„Könnte es sein, dass mein Dad in deine Tante Dolores verliebt war?" Dane schien meine Gedanken zu lesen.

„Es würde viel mehr Sinn ergeben." Wieder geriet mein Bild eines Menschen, den ich zu kennen geglaubt hatte, ins Wanken. „Meine Mom musste zu der Zeit schon viel zu alt gewesen sein, als dass sich meine Oma Amber eingemischt hätte."

„Hm", war alles, was Dane sagte, bevor er mich wieder an sich zog und küsste.

Meine Lippen fühlten sich vom vielen Küssen wund an, als ich am nächsten Morgen um halb neun mit Kristen in meinem Wagen saß. Lynn schlief noch. Ich hoffte, dass Kristen mir nichts anmerkte. Sie trug hellgraue Leggings und ein gelbes Tanktop und war in ein Spiel versunken, als ich bei einer Tankstelle am Highway hielt. „Noch zwei Minuten!", sagte sie, während sie auf dem Display herumdrückte.

Mit einem unwillkürlichen Seufzer lehnte ich mich zurück und schloss die Augen. In der vergangenen Nacht hatte ich kaum geschlafen, und noch immer musste ich ständig an Dane denken. Ich hatte ihm versprochen, mich zu melden, sobald ich von Tante Dolores etwas Neues erfahren hatte. Und ich solle es mir überlegen, ob ich nicht doch noch einmal für eine Weile auf die Outer Banks kommen wolle, bevor ich mich für einen Job weit weg entschied. Der Gedanke war zugegebenermaßen reizvoll. Gestern war ich mir nicht sicher gewesen, ob Dane auf mehr aus war als nur Küsse, jetzt gab er mir das schöne Gefühl, unsere Beziehung vertiefen zu wollen.

„Fertig und gewonnen!" Kristens Ausruf riss mich aus meinen Gedanken. „Danke fürs Fahren." Mit diesen Worten stieg sie aus und holte ihre Tasche aus dem Kofferraum. Ihre Lockerheit schien mir gespielt zu sein.

Auch ich verließ den Wagen und nahm Kristen in den Arm. Es war ein sonderbares Gefühl, nicht zu wissen, wann ich sie das nächste Mal sehen würde, denn bisher hatte sie ganz selbstverständlich zu meinem Leben gehört. Ich drückte sie noch ein wenig fester. „Pass gut auf dich auf, ja?"

„Klar." Kristen presste die Lippen aufeinander und nickte. „Ich komm schon zurecht. Bin ein großes Mädchen."

Ich sah meiner Freundin lange hinterher, wie sie mit ihren schlaksigen Bewegungen zur Straße ging, stehenblieb und den Daumen in die Luft streckte. Sie war schon immer eine begeisterte Anhalterin gewesen – sie sagte, so lerne man die interessantesten Menschen kennen. Angst hatte sie keine.

Tatsächlich hielt binnen weniger Minuten ein blauer Toyota, und Kristen stieg ein. In dem Moment durchflutete mich dieses mulmige Gefühl, dass ich an einem Punkt in meinem Leben angekommen war, an dem es lauter Abschiede geben würde. Einen Abschied von unserem gemeinsamen Studentenleben. Einen Abschied von Lynn und Kristen, denn wer wusste schon, wohin uns unsere Jobs verschlagen würden? Einen Abschied von meiner Vorstellung, die Vergangenheit meiner Familie betreffend. Und was am allerschlimmsten war: einen Abschied von Dane.

Kapitel zwölf

Mit einer Sechserpackung Puderzucker-Donuts auf dem Beifahrersitz machte ich mich auf den Weg zu Tante Dolores. Ich hatte sie nicht einmal angerufen, weil ich es für unmöglich hielt, den Grund meines erneuten Besuchs am Telefon zu erklären. Mein Wunsch, ihr bei unseren Gesprächen in die Augen zu sehen, war groß. Meine Anspannung wuchs mit jeder Meile, die ich zurücklegte, denn ich hatte das Gefühl, jedes Puzzleteil in diesem sonderbaren Spiel mühsam finden zu müssen. Gleichzeitig musste ich immer wieder an Dane denken. Ich wurde den quälenden Gedanken nicht los, dass ich Beziehungsangst hatte und dass mir diese in die Wiege gelegt worden war. Nie zuvor hatte mich dieses bleischwere Gefühl beschlichen, und jetzt war es mir unmöglich, es abzuschütteln. Meine Abenteuer an der Uni kamen mir in den Sinn, die Nächte mit zu viel Alkohol und Männern, die ich kaum gekannt und mit denen immer ich Schluss gemacht hatte. Aus Selbstschutz? Oder waren meine Ansprüche zu hoch?

Ich stopfte mir den Rest des dritten Donuts in den Mund, schleckte meine Finger ab und legte meine Hände wieder an das inzwischen völlig klebrige Lenkrad. In meinem Kopf tobte es vor nervenaufreibenden

Gedanken. Würde Tante Dolores endlich mit der Wahrheit herausrücken? Was hielt nur alle davon zurück, die Dinge so auszusprechen, wie sie nun einmal waren? Für mich war es unbegreiflich. Ich hatte noch nie ein Geheimnis aus etwas gemacht! Zumindest nicht aus Dingen, die auch für die Menschen in meinem unmittelbaren Umfeld entscheidend waren. Nur meine Liebe zu Dane hatte ich ihm gegenüber verheimlicht. Vielleicht hatte ich mich selbst damit verraten.

Ich nahm einen großen Schluck aus der Limo-Flasche, die in der Fahrertür steckte. Wenn ich gefrustet war, wurde meine Lust auf Süßes noch unbändiger, und ich konnte mich nicht zurückhalten. Ich wollte es nicht einmal.

Die Fahrt würde etwa sechs Stunden dauern, nach etwa drei wollte ich eine Pause einlegen. Gerade, als ich nach der nächsten Tankstelle Ausschau hielt, klingelte mein Handy.

„Ich bin's!" Danes Stimme klang fröhlich über die Freisprecheinrichtung. „Mir ist eingefallen, dass ich dich begleiten könnte."

Verwunderung machte sich in mir breit. Wie kam er jetzt auf diese Idee?

„Ich habe nachgedacht, Lisa."

Ich war nicht bereit für dieses Gespräch, wollte mich auf meinen Besuch bei Tante Dolores konzentrieren.

„Bist du noch da?" Danes inzwischen vertraute Stimme riss mich aus meinen Gedanken. „Kann ich dir hinterherfahren?"

„Nein!", platzte es aus mir heraus. „Tut mir wirklich leid, aber ich muss das hier allein machen. Bitte sei mir nicht böse."

Schweigen in der Leitung.

Ich fuhr ein wenig zu schnell auf die rechte Spur, um die nächste Ausfahrt zu nehmen.

„Wie du willst", sagte Dane gedämpft. „Ich dachte nur, dass es die Sache für dich vielleicht einfacher machen würde. Und schließlich geht es auch um meinen Vater."

Da hatte er recht. Trotzdem wollte ich ihn nicht an meiner Seite haben, er wäre eine zu große Ablenkung. Darüber hinaus hatte ich in seiner Gegenwart immer dieses sonderbare Gefühl, mich anlehnen zu müssen. Es machte mir mindestens so viel Angst wie die Vorstellung einer ernsthaften Beziehung.

„Bitte versteh mich nicht falsch, Dane." Ich setzte den Blinker und bog auf den Parkplatz neben der Tankstelle ab. Das schlechte Gewissen nagte an mir. Ich konnte ihn nicht einfach so abwürgen, schließlich bot er mir seine Hilfe an. Es war nicht meine Art, so mit anderen umzugehen. „Ich brauche Zeit für mich."

Wieder eine zu lange Pause, die mir wehtat, auch wenn ich sie selbst verursacht hatte.

„Wie du meinst, ich will mich nicht aufdrängen." Jetzt klang Dane geschlagen.

„Dieses Rätselraten macht mich ganz verrückt, weißt du." Es tat gut, es ihm gegenüber auszusprechen, und ich war mir sicher, dass er es nachempfinden konnte. „Es würde mich nur verwirren, wenn du dabei wärst."

„Ich verwirre dich?" Vor meinem geistigen Auge sah ich seine leuchtenden Augen, sein freches Lächeln. Es war unmöglich, meine Zuneigung herunterzuspielen. „Ist das ein gutes Zeichen?"

„Es ist ein gutes Zeichen." Ich musste schmunzeln. „Nimm's bitte nicht persönlich. Es ist nur so, dass wir uns in einer ziemlich ungünstigen Situation kennengelernt haben."

„Das kannst du laut sagen!"

„Ich muss erst einmal ein wenig zur Ruhe kommen, dann bin ich auch wieder ich selbst." Kaum hatte ich diese Worte ausgesprochen, kamen sie mir sonderbar vor. Würde ich jemals wieder die Lisa von früher sein? Wollte ich das noch? Oder fing mit dem Uniabschluss und diesem ganzen In-der-Vergangenheit-graben-Schlamassel eine neue Zeitrechnung für mich an?

„Pass auf dich auf, okay?" sagte Dane schließlich. „Und wenn es was Neues gibt, ruf mich bitte sofort an."

Als ich Tante Dolores' verbeulten Wagen in ihrer Einfahrt parken sah, war ich für einen Augenblick erleichtert. Immerhin war sie zu Hause, und ich würde nicht warten müssen. Ich stellte mein Auto hinter ihrem ab, stieg aus und ging entschlossen zur Haustür. Diesmal würde ich es schaffen, ein vernünftiges Gespräch mit meiner Tante zu führen! Ich würde das, was mich bewegte, zum Ausdruck bringen, und versuchen, eine vertrauliche Verbindung zu ihr aufzubauen, die es leider nie gegeben hatte. Es musste einfach sein! Ich war der festen Überzeugung, dass es gesünder war, die Karten offen auf den Tisch zu legen. Wem glaubte man denn zu helfen, wenn man die Wahrheit verschwieg? Meine Tante wusste definitiv mehr, als sie bei meinem letzten Besuch zugegeben hatte. Auch wenn sie zehn Jahre jünger als meine Mom war, sie musste die Sache mit Milton mitbekommen haben oder sogar selbst involviert gewesen sein! Noch dazu hatte sie immer ein engeres Verhältnis zu Oma Amber gehabt als meine Mutter. Sie hatte Ambers Abweisung Milton gegenüber sicherlich gespürt.

In diesem Strudel von Gedanken gefangen drückte ich den Klingelknopf. Warum nur hatte Oma Amber Milton nie erwähnt? Sie hatte gern Geschichten von früher erzählt, jedenfalls die schönen. Wahrscheinlich deshalb.

„Lisa, was für eine Überraschung!" Tante Dolores war beim ersten Klingeln an die Tür gegangen. Sie trug keines ihrer Hauskleider, sondern eine Jeanshose und ein Poloshirt, an dem ein Namensschild hing. „Du hast Glück, ich komme gerade von der Arbeit." Sie hielt die Windfangtür auf, und ich betrat die Diele. Eine ihrer getigerten Katzen schmiegte sich im Vorbeigehen an mein Bein.

„Wo arbeitest du?" Ich versuchte, möglichst ungezwungen zu klingen. Während ich bereits im Wohnzimmer angekommen war, in dem es nach Früchtetee duftete, war Tante Dolores im Flur stehengeblieben. Ihr Blick wirkte verunsichert.

„Wo hast du deine Freundinnen gelassen?", fragte sie überrascht, ohne auf meine Frage einzugehen, und ich erklärte, Kristen sei schon zu einem Vorstellungsgespräch gereist und Lynn noch im Urlaub. In Danes Nähe, schoss es mir durch den Kopf, und meine Wangen wurden heiß.

„Darf ich dir eine Limonade anbieten?" Tante Dolores wartete meine Antwort nicht einmal ab, sondern brachte mir ein randvolles Glas, das mit seiner intensiven Farbe als Zaubertrank hätte durchgehen können. Wir setzten uns auf die Hollywood-Schaukel auf der

Veranda, und Tante Dolores wippte leicht mit den Beinen. Ihr Gesichtsausdruck war entspannt, sie schien einen guten Tag zu haben.

„Und wo arbeitest du nun?" Ich nahm einen kleinen Schluck.

„An der Kasse im Supermarkt." Meine Tante legte die Hände in den Schoß. Erst jetzt bemerkte ich ein Lederarmband, in das ein Stein eingearbeitet war, der mich stark an Miltons Kette erinnerte.

Wo sollte ich anfangen? Vielleicht war es nicht gut, die Dinge zu sehr zu analysieren.

„Ich habe Milton Farrell gefunden", sagte ich geradeheraus und sah meine Tante fest an. Sie hielt meinem Blick stand, mit ihren hellen, grünlichen Augen, die mich immer so sehr an meine eigenen erinnerten. Als blickte ich in einen Spiegel.

Tante Dolores strich sich mit der rechten Hand über die Stirn.

„Er hat mir erzählt, dass er euch gekannt hat und dass es da eine Liebesgeschichte gab." Ich räusperte mich. „Die Oma Amber nicht wollte."

Tante Dolores' Bick wurde abwesend, als tanzten vor ihrem inneren Auge bunte Erinnerungen.

„Wie geht es ihm?", wollte sie schließlich wissen. Sie schien wenig verwundert zu sein, dass ich Milton so schnell ausfindig gemacht hatte.

„Er ist ein bisschen verschwiegen. Deshalb möchte ich dich bitten, mir den Rest der Geschichte zu erzählen. Es wäre wirklich sehr, sehr wichtig." Ich hoffte, meine Tante mit dieser inständigen Bitte erreichen zu können. Was hatte sie denn zu verlieren? Die Wahrheit war immer besser als jede Lüge.

„Er war nicht immer so." Um Tante Dolores' Augen bildeten sich feine Lachfalten, aber ihre Lippen verzogen sich nur unmerklich. Ich hatte sie nie viel lachen gesehen. „Die Zeit verändert uns."

Sie machte wenigstens keinen Hehl daraus, dass sie Milton von früher kannte.

„Er ist nett. Es ist nur ... er erzählt nicht viel." Ich begann unwillkürlich, ebenfalls mit dem Fuß zu wippen. Eine beißende Nervosität beschlich mich. „Jedenfalls nicht genug, damit ich verstehen kann, was damals geschehen ist."

Tante Dolores' Blick wanderte in die Ferne, zu einem Strauch, an dem weiße Blüten prangten. Mein Fuß wippte immer hektischer, bis es mir gelang, mich ein wenig zu beruhigen. Was befürchtete ich denn? Nichts konnte schlimmer sein als diese Unsicherheit!

„Er kam an einem Samstagmorgen", sagte Tante Dolores plötzlich, als hätte sich ein Knoten in ihr gelöst. Sie legte ihre Hände im Schoß zusammen und verflocht ihre Finger, als müsste sie sich an sich selbst festhalten, um nicht zu fallen und zu zerbrechen. Ich hing gespannt an ihren Lippen. „Er wollte seine Bilder aus Ästen und Steinen im Laden deiner Großmutter anbieten. Solche Bilder hatte ich nie zuvor gesehen. Aber was mich noch viel mehr interessierte, war dieser Mann selbst. Ich war damals gerade einmal siebzehn Jahre jung." Dolores hielt kurz inne und lächelte erneut. Ich war überrascht, wie offen sie auf einmal darüber sprach. Womöglich ahnte sie, dass es keine Rettung mehr gab, wenn die Lawine einmal losgetreten war. „Deine Mutter und ich, wir hatten ihn gleich ins Herz geschlossen. Zusammen mit seinen sonderbaren Bildern. Er war so anders. Locker und unbeschwert, jemand, der sich in seiner Haut wohlfühlte. Aber unsere Mutter wollte nichts von einem dahergelaufenen Möchtegern-Künstler wissen, der vom Leben keine Ahnung hatte und Gott bestimmt nicht fürchtete. Ja, so hat sie es gesagt. Ich glaube, sie hat die Männerwelt einfach nicht mehr gemocht, nachdem Benedict gegangen war."

Ich schluckte schwer. War es so – dass solch eine Enttäuschung für immer prägte? Aber warum war Benedict gegangen? Sie hatten gemeinsam Oma Ambers Krebs besiegt und eine Tochter gehabt. Ich beschloss, meine Flut an Fragen für später aufzuheben.

Doch Tante Dolores griff meine Gedanken sofort auf, als könnte sie in meinen Kopf blicken.

„Nach Oma Ambers Krebserkrankung und Chemotherapie hieß es, sie solle keine weiteren Kinder bekommen", erklärte sie und ergriff meine Hand. „Es ist sonderbar. Manche Menschen sehnen sich nach einer großen Familie, und es bleibt ihnen für immer verwehrt. Andere möchten keine Kinder und werden trotzdem schwanger." Ihre Augen wurden feucht, und sie drückte meine Hand leicht. „Jedenfalls hat es der Beziehung von Amber und Benedict nicht gutgetan, dass ihr Traum von vielen Kindern zerplatzt war. Da gab es den Laden, der deine Oma immer noch erfüllte, und ihren eisernen Glauben. Aber Benedict konnte nicht daran teilhaben, und eines Tages hat er beschlossen, nach New Mexico zu ziehen."

„Einfach so?" Ich war entsetzt. „Und seine Tochter?"

„Ich denke, zu der Zeit war es ihm wichtiger, seinen inneren Frieden zu finden. Deine Oma hat mir ab und zu davon erzählt. Dass sich Menschen ändern können und man plötzlich einer Person gegenübersteht, die fremd geworden ist und kalt, beinahe gefühlslos. Es muss sehr weh tun, wenn die Liebe auf der einen Seite plötzlich stirbt."

Meine Gedanken jagten wieder wild durcheinander, und ich musste an Dane denken. Daran, dass ich mich in ihn verliebt hatte und es als Geschenk betrachten sollte, dass er sehr wahrscheinlich auch etwas für mich empfand. Es fiel mir oft schwer, die Emotionen anderer mir gegenüber zu deuten, weil ich davon ausging, dass die Menschen mit dem, was sie fühlten, offen umgingen. Es hatte schon so manche Enthüllungen an der Uni gegeben. Es waren Jungs in mich verliebt gewesen, von denen ich es niemals gedacht hatte! Das Spiel mit der Liebe hing vom Zeitpunkt ab, zu dem man von seinen Gefühlen überwältigt wurde, und der war bei Dane und mir alles andere als perfekt.

Tante Dolores ließ meine Hand los und verschwand in der Küche. Als sie mit einem Glas Wasser zurückkam, wirkte sie in sich gekehrt.

Es wurmte mich zunehmend, dass mir Mom die Geschichte mit Milton niemals erzählt hatte, obwohl sie in ihrem Leben entscheidend gewesen sein musste. Hatte sie die enttäuschte Liebe den Männern gegenüber herzlos gemacht? Hatten seelische Verletzungen diese Wirkung? Es war das erste Mal, dass ich Mitleid mit Mom bekam; bisher hatte ich ihre Abenteuer lediglich verurteilt.

„Aber das ist alles sehr, sehr lange her, Lisa." Tante Dolores musterte mich. „Es ist natürlich trotzdem nicht vergessen, aber dennoch müssen wir weitergehen. Deine Oma Amber hat nichts von Milton wissen wollen, vor allem nicht, als sie merkte, dass Elaine und ich Herzchen in den Augen hatten." Sie musste bei der Erinnerung erneut lächeln. Auf eine Art, die ich bei ihr bisher nicht gekannt hatte.

„Danke, dass du so offen über alles redest, Tante Dolores", sagte ich. Auch wenn in meinem Kopf noch nichts einen Sinn ergab. Was hatte mir meine Mutter damit sagen wollen, dass sie mich zu meiner Tante geschickt hatte? Was war so bedeutungsvoll, dass es sie noch in den letzten Stunden ihres Lebens so sehr beschäftigt hatte, dass sie keine Ruhe hatte finden können?

„Wer von euch beiden hat denn nun Miltons Herz erobert?", fragte ich so entspannt wie möglich, wollte meine Tante nicht zu sehr drängen, jetzt, da sie endlich offen mit mir redete.

Ein vorsichtiges Lächeln huschte über Dolores' Lippen. „Wir fanden ihn beide himmlisch, Elaine und ich. Aber ich denke, wirklich geliebt hat er nur mich."

Draußen stimmte ein Vogel seinen lauten Gesang an.

Ich hatte Mühe, mir Dolores in einer Liebesbeziehung vorzustellen. Sie war immer die Einsame, Unnahbare gewesen.

„Bist du bereit für die Wahrheit, Lisa?", fragte sie plötzlich und nahm meine beiden Hände in die ihren. Ihre Haut war trocken, ihr fester Blick von einer bodenlosen Traurigkeit durchtränkt.

„Auch wenn es dich jetzt treffen wird – ich denke, es ist an der Zeit, dass du es erfährst." Noch bevor ich etwas erwidern konnte, beendete Tante Dolores ihren Satz. „Milton Farrell ist dein Vater."

Kapitel dreizehn

Während unseres gemeinsamen Abendessens in einem Diner konnte ich mich auf fast nichts konzentrieren. Tante Dolores und ich sprachen nicht viel, und ich traute mich nicht, weitere Fragen zu stellen. Es war, als hätte jemand den untersten Stein aus dem Wackelturm meines Lebens herausgezogen und alles wäre auf einen Schlag in sich zusammengestürzt. Nichts war geblieben, nur diese bittere Gewissheit, dass ich von Anfang an belogen worden war! Dass es sehr wohl einen Vater gegeben hatte, den meine Mom mir hätte nennen können. Eine Person, die mir wichtig gewesen wäre, war mir vorenthalten worden, und das nur, weil es alle um mich herum für besser gehalten hatten, zu schweigen! Es fühlte sich an, als wäre mir alles entglitten: die Vergangenheit, die Gegenwart und auch die Zukunft.

Tante Dolores mied es, mir in die Augen zu sehen, und ich fühlte ähnlich. Am liebsten wäre ich gegangen, auch wenn ich mir eigentlich überlegt hatte, ein- oder zweimal bei ihr zu übernachten, um sie näher kennenzulernen. Schließlich war sie das einzige Bindeglied zu meiner Familie. Jetzt war Milton hinzugekommen, aber der war mir fremd. Trotzdem hatte ich es nicht übers Herz gebracht, meine Tante sitzenzulassen, zumal ich wusste, dass sie labil war. Also saßen wir uns schweigend gegenüber, zwei miteinander verwandte Frauen, die ab und zu einen scheuen Blick austauschten, beide in Lauerstellung, ob die andere etwas Wichtiges sagen würde. Ich mit der Hoffnung, das hier könnte ein böser Traum sein. Vielleicht war meine Tante auch verwirrt? Womöglich hatte meine Mom recht gehabt und das, was Tante Dolores von sich gab, war oft nicht nachvollziehbar und falsch. Aber war das, was jemand empfand, nicht immer auch richtig? Und warum sollte mich meine Tante anlügen? Immer noch wurde ich wütend, wenn ich an Moms Umgang mit Dolores' Krankheit zurückdachte. Warum nur hatte meine Mutter nie Verständnis mit ihrer Schwester gehabt?

Nachdem unsere Speisen gebracht worden waren und wir zu essen begonnen hatten, lockerte sich die Stimmung. Tante Dolores wurde mit jedem Bissen gelöster, aber ich blieb in meiner Gedankenwelt. Wusste Milton überhaupt, dass er eine Tochter hatte? Und warum hatte mir meine Mutter nie etwas erzählt, obwohl sie genau gewusst hatte, wie sehr ich mich immer nach einer Vaterfigur gesehnt hatte? Spätestens, sobald ich alt genug gewesen war, um mit der Wahrheit konfrontiert zu werden. Fragen über Fragen, die in meinem Bauch rumorten wie bösartige, bissige Schlangen, sodass ich meinen Burger nur mit Widerwillen aß.

„Lisa, ist alles in Ordnung?" Tante Dolores betrachtete mich besorgt

„Es ist nur alles ein bisschen zu viel für mich." Ich putzte mir die Finger an einer Serviette ab. Hinter meiner Stirn breitete sich ein stechender Kopfschmerz aus.

„Du kannst heute gern bei mir übernachten, wenn dir danach ist", schlug meine Tante vor, und ich war ihr dankbar für dieses Angebot, auch wenn ich es im Grunde genommen nicht annehmen wollte. Eigentlich wusste ich überhaupt nicht, wie es weitergehen sollte. Was konnte ich sonst tun? Wieder auf die Outer Banks zurückkehren? Bei der Vorstellung, dass meine Liebe zu Dane nun endgültig zum Scheitern verurteilt war, drehte sich mir der Magen um.

Wie in Trance beendete ich mein Abendessen und fuhr schließlich mit meiner Tante wieder zu ihr. Sie hatte mit keinem Wort versucht, das Schweigen meiner Mutter zu rechtfertigen. Sie hatte die Wahrheit auf den Tisch geknallt und mir anschließend erzählt, welch ein guter Mann Milton sei. Ich versuchte, eine Erklärung für Moms und Oma Ambers Verhalten zu finden, aber je mehr ich nachdachte, desto weniger konnte ich es nachvollziehen und desto wütender wurde ich. Doch ich riss mich zusammen, um meine Wut nicht an der falschen Person auszulassen. Mein Verhältnis zu Tante Dolores war nie besonders eng gewesen

Kaum waren wir bei ihr angekommen, ging sie schlafen, obwohl es erst halb zehn war, während ich im Schneidersitz im kleinen Gästezimmer hockte. Das Bett war ungewöhnlich weich, und an den Wänden hingen altmodische, gerahmte Stickereien von Küstenlandschaften. Ich war versucht, die Schubladen des Schreibtisches, der unter dem Fenster an der Wand stand, zu durchsuchen, hielt mich aber zurück. Etwas flüsterte mir zu, dass es hier noch viel, viel mehr gab, das ich wissen sollte. Dass ich erst am Anfang einer langen Reise in die Vergangenheit war. Einer Reise, vor der ich mich zunehmend fürchtete, weil das Lösen dieses Rätsels nichts erleichterte, sondern alles nur noch schlimmer machte. Ich hatte gedacht, mit dem Älterwerden Abstand zu meiner Vergangenheit gewinnen zu können, aber jetzt stand sie direkt vor mir, unsere Nasen berührten sich, während sich auf meiner Stirn Schweißperlen bildeten, und sie schrie mir ins Gesicht: *Du wirst mich niemals abschütteln können!*

Mit zitternden Händen zückte ich mein Handy, zögerte dann aber. Ich hatte mein Versprechen nicht eingehalten, hatte Dane nicht sofort geschrieben oder angerufen. Natürlich nicht, denn diese bittere Wahrheit machte den ersten Mann, in den ich mich richtig verliebt hatte, zu meinem Halbbruder! Verzweifelt fasste ich mir an die schmerzende Stirn. Und wir hatten uns innig geküsst! Es war zum Verrücktwerden!

Ich legte das Handy beiseite, streckte die Beine aus und machte es mir auf dem Rücken bequem. Vielleicht entspannte sich Dane schon längst in Lynns Armen, und die Sache hatte sich erledigt. Ach, sie hatte sich ja ohnehin schon erledigt. Ich musste mich mit dem Gedanken anfreunden, Dane loszulassen, bevor ich ihn jemals richtig gehalten hatte. Dass ich noch längst nicht in der Lage war, ihm als Halbschwester entgegentreten zu können, war mir klar. In welche Richtung sollte ich meine nächsten Schritte wagen? Wahrscheinlich war es am besten, wenn Lynn und Dane zusammenfanden. Ich schloss die Augen und spürte, wie warme Tränen in meine Augenwinkel drängten. Mein Hals wurde unangenehm eng, meine Hände ballten sich unwillkürlich zu Fäusten, und ich hätte am liebsten geschrien, um meinen Frust zu lindern. Stattdessen zwang ich mich, aufzustehen und in meine Sneakers zu schlüpfen, um einen Abendspaziergang zu machen. Tante Dolores hatte mir einen Hausschlüssel gegeben, den ich in meine Hosentasche gleiten ließ, bevor ich sachte die Tür zuzog.

Die Luft war immer noch lau, und ich sehnte mich nach dem salzigen Duft des Meeres. Wie konnten die Leute von der Küste wegziehen? Vielleicht flüchteten sie. War es nicht beschämend, vor der Vergangenheit zu fliehen? Man sollte sich ihr mit stolzer Brust stellen!

Mein Gewissen sagte mir, dass ich wieder auf die Outer Banks fahren sollte, um Milton zu sagen, dass ich seine Tochter war. Vielleicht wusste er gar nichts davon! Aber was, wenn es nicht stimmte? Vielleicht war Tante Dolores auch nur verwirrt. Ich wollte, dass es so war. Soweit ich wusste, war Mom immer von einer Männerbeziehung in die nächste geschlittert. Wie konnte sie sich da sicher sein, dass Milton mein Dad war? Es gab Testmöglichkeiten, das schon, aber ich hatte großen Respekt davor, eine Lawine loszutreten.

Ich bog an der nächsten Abzweigung rechts ab und sah in den dunkelblauen Himmel, an dem tröstliche Sterne leuchteten. Dies war einer jener Momente, in denen ich mir unendlich klein vorkam. Und doch kam mir gerade alles, was mit meinem vergleichsweise unbedeutsamen Leben zu tun hatte, viel zu groß vor. Kristen hatte einmal gesagt, dass wir uns alle zu wichtig nahmen. Das Universum wäre so riesig, dass sogar die Erde nur ein Klacks sei. Der Gedanke machte mich immer wieder demütig.

Das alarmierte Bellen eines Hundes in der Nachbarschaft durchschnitt die Nacht, während ich mit immer schnelleren Schritten weiterging. In einem Vorgarten saß ein rauchender Mann, der mich freundlich grüßte. Ich winkte ihm zu und versuchte zu lächeln. Dann zog ich mein Handy aus der Tasche und wählte Lynns Nummer.

„Ach du Scheiße!", sagte sie nur, nachdem ich ihr alles erzählt hatte.

„Das kann man wohl behaupten." Ich ging schneller. Es fühlte sich richtig an.

„Und das erfährst du jetzt erst?"

„Ungerecht, was?"

„Willst du mit Dane sprechen?", fragte Lynn, und der Gedanke, dass er sich in ihrer Nähe aufhielt, war beinahe unerträglich.

„Ist er bei dir?" Ich fragte es so sachlich wie nur möglich, aber in meiner Stimme klang Unbehagen mit.

„Wir sitzen gerade am Strand."

Mein Hals wurde trocken. Ich war immer noch verliebt, Bruder hin oder her, und es tat auf eine Weise weh, die mir Angst machte.

„Bloß nicht", sagte ich schließlich. Meine Handflächen waren schweißnass. „Ich muss erst mal meine Gedanken sortieren, bevor ich mit ihm reden kann."

„Kein Problem, verstehe ich vollkommen."

Eine lange Weile war mein viel zu lauter Atem das einzige Geräusch.

„Kann ich dir irgendwie helfen, Lisa?" Lynn klang aufrichtig besorgt, und ich hasste mich dafür, dass ich eifersüchtig war. Fieberhaft überlegte ich, wie mein nächster Schritt aussehen sollte. Keiner erschien mir leicht. Oder war nie etwas leicht, und wir hatten es uns während unserer unbekümmerten Studienzeit nur eingeredet?

„Vielleicht gibst du ihn mir doch kurz", sagte ich dann fast tonlos und wunderte mich über meinen Mut. Womöglich würde es mir guttun, mich mit Dane auszutauschen, schließlich würde ihn der Schlag genauso treffen wie mich.

Eventuell würde ein Gespräch mit dem Wissen, dass wir blutsverwandt waren, meine romantischen Gefühle für ihn ersticken? Es war leichter am Telefon, und ich musste es auf jeden Fall versuchen, und zwar so bald wie möglich, denn das Aufschieben von Enthüllungen war, wie ich nun selbst hatte schmerzlich erfahren müssen, alles andere als gut.

„Moment." Eine Weile war es still in der Leitung. Ich räusperte mich, versuchte, den hartnäckigen Kloß in meinem Hals hinunterzuschlucken, doch es gelang mir nicht.

„Lisa?" Bei Danes vertrauter Stimme fuhr es mir kalt den Rücken herunter. „Ist alles in Ordnung?" Er klang nervös.

Ich suchte nicht lange nach Worten, denn die Verbundenheit, die ich spürte, überwältigte mich. Unwillkürlich musste ich an seine Berührungen und an seine Zärtlichkeit denken. Aber ich wollte gleich zum Punkt kommen.

„Meine Tante war diesmal nicht so verschlossen und hat mir gesagt, dass Milton mein Vater ist."

Unbehagliches Schweigen. Ein zarter Lufthauch, der mir ins Gesicht blies. Wieder ein Bellen in der Ferne, aber jetzt zaghafter.

„Wie bitte?" Dane war eindeutig perplex, genau so wie ich. „Wie kann sie das wissen?"

„Ich habe keine Ahnung." Ich merkte, dass sich meine Finger um das Handy verkrampft hatten und versuchte, ruhig zu atmen und meinen Körper zu lockern. Ungewollt hatte ich meine Schritte verlangsamt, als könnte ich nicht gleichzeitig denken, sprechen und gehen, und stand nun neben einer schlanken Zypresse, die ihre Krone selbstbewusst gen Himmel streckte. Ich stellte mich aufrechter hin, bemüht, nicht den Kopf zu verlieren. Am liebsten wäre ich bei Dane gewesen, um ihn in den Arm zu nehmen. Vielleicht war es eine dumme Idee, ihm am Telefon von Tante Dolores' Behauptung zu erzählen. Vielleicht war es unmöglich, eine Distanz zwischen uns aufzubauen.

„Können wir uns sehen, ich meine ..." Dane rang nach Worten. „Wir können das doch nicht so einfach im Raum stehen lassen, oder?" Es tat gut, meine Unruhe mit ihm zu teilen. „Und mein Dad, weiß der was davon?"

„Ich habe keine Ahnung. Tut mir leid."

„Dann müssen wir mit ihm reden", schlug Dane vor. „Komm zurück, und wir klären das."

Er klang sehr entschlossen, was mich aufatmen ließ. Vielleicht hatte er recht, und es würde einfacher werden, die Wahrheit gemeinsam zu ertragen. Wenn es denn die Wahrheit war. Etwas in mir wollte immer noch nicht glauben, dass das hier das abrupte Ende unserer romantischen Beziehung sein sollte.

„Lisa, bist du noch da?"

„Ja, entschuldige bitte." Ich kämpfte mit den Tränen.

„Komm zurück und wir klären alles, okay?"

Ich stellte mir vor, wie er mich in den Arm nehmen würde. Ich stellte mir vor, wie ich meinen Kopf an seine Schulter lehnen würde, weil ich seine Lippen nicht mit meinen berühren durfte.

Ich stellte mir vor, wie es mich zerreißen würde.

Kapitel vierzehn

Am nächsten Morgen fuhr ich schon um acht Uhr los, mit lediglich einer Tasse Milchkaffee im Bauch. Die vergangene Nacht hatte sich nahtlos in die Reihe unruhiger Nächte eingefügt, die meinem Körper und auch meinem Geist allmählich zusetzten. Schon am Morgen fühlten sich meine Glieder bleischwer an, in meinem Kopf herrschte ein dumpfer Druck, und meine Gefühle und Gedanken waren ein nicht entwirrbarer Knoten. Ich hoffte inständig, dass die Begegnung mit Dane und die beruhigende Wirkung, welche die Outer Banks normalerweise auf mich hatten, mir helfen würden.

„Bist du sicher, dass du wieder dorthin fahren möchtest?" Tante Dolores stand in sich zusammengesackt im Flur, hatte die Hände vor ihrem Bauch gefaltet und sah mich besorgt an. Sie machte den Eindruck, als wäre sie über Nacht verwelkt. „Willst du die Sache nicht erst einmal sacken lassen?"

„Ich muss da hin, ganz sicher." Sachte zog ich sie an mich und drückte ihr einen Kuss auf die Stirn. Am Morgen hatte ich ihr keine weiteren Fragen gestellt, weil sie heute schweigsam und in sich gekehrt war. Im Gegensatz zu meiner Mom respektierte ich ihr Wesen.

„Das hätte ich jetzt beinahe vergessen!" Sie drehte sich um und verschwand, um wenige Minuten später mit zwei Plastikbeuteln zurückzukehren, die sie mir in die Hand drückte. „Damit du nicht verhungerst." Sie lächelte sanft, und ich stopfte den Proviant in die Außentasche meines Rucksacks.

Tante Dolores und ich betrachteten uns, als würden wir uns niemals wiedersehen. Schließlich verabschiedete ich mich, und sie nahm mich auf eine inbrünstige, liebevolle Art in den Arm, die mir guttat.

Die Fahrt erschien mir endlos. Dieselbe Strecke konnte einem mal kurz und mal lang vorkommen, je nachdem, in welcher mentalen Verfassung man sich befand. Ich machte nur zweimal Rast, um auf die Toilette zu gehen und mir einen Kaffee zu holen. Dann saß ich bei geöffneter Autotür auf dem Fahrersitz, aß Tante Dolores' liebevoll belegte Sandwiches und stocherte mit den Schuhspitzen im Kies. Ein Nebel des Vergessens wollte sich über mein Gemüt legen, aber gleichzeitig wusste ich, dass es unmöglich sein würde, jetzt noch die Augen zu verschließen. Immer wieder kam mir in den Sinn, dass Dane womöglich recht hatte und die Vergangenheit ein bissiges Biest war, das man am besten nicht aufweckte. Aber jetzt war es nun einmal wach. Mom hatte es aufgeweckt. Und ich durfte es ausbaden.

Als ich endlich auf den Outer Banks ankam, fiel eine Anspannung von mir ab, die mich den ganzen Tag lang belastet hatte. Die Umgebung war vertraut. Die Luft roch nach Salz, und am Horizont lag das Meer, blau und erhaben, von nichts und niemandem zu erschüttern, endlos erscheinend. Mein Magen knurrte, weil ich zu wenig gegessen hatte. Obwohl mein Appetit nicht der alte war, sehnte ich mich danach, von Dane bekocht zu werden. Auf seine fürsorgliche Art, die etwas in mir geweckt hatte, das ich bisher erfolgreich verdrängt hatte. Aufgeregt nahm ich die Einfahrt zu Miltons und Danes Haus. Ich schaltete den Motor aus und blieb eine Weile in meinem Wagen sitzen.

Nach einigen tiefen Atemzügen stieg ich aus, näherte mich dem Gebäude und trat ein, denn die Tür war, wie immer, nur angelehnt. Es war still, als schliefen alle. Die Fenster waren geöffnet, und Cindy lag in ihrem Korb im Wohnzimmer und hob den Kopf. Zaghaft betrat ich den Raum. Dann fiel mein Blick auf Dane, der auf dem Sofa eingenickt war. Lynn saß neben ihm und hatte ihren Kopf an seine Schulter geschmiegt. Sie sahen entspannt aus, wie eine selige Einheit.

„Na toll." Ich sagte es so leise, dass ich niemanden aufweckte. Hatte Lynn die Gelegenheit genutzt, jetzt, da sie wusste, dass Dane für mich tabu war?

Plötzlich flammte eine unbändige Wut in mir auf. Ich musterte die beiden und überlegte, wie ich reagieren sollte. Was hatte ich denn von Lynn erwartet? Aber Dane hätte nicht mitmachen dürfen! Oder hatte ihn meine stets leicht abweisende Haltung mehr verletzt, als er zu zeigen fähig gewesen war? Zum Glück waren wir beim Küssen geblieben! In meinem Magen rumorte es.

„Hallo!", rief ich schließlich. „Jemand zu Hause?"

Dane schrak hoch, und auch Lynn öffnete ihre Augen. Sie setzte sich augenblicklich aufrecht hin und reckte sich. „Lisa, du bist schon wieder hier?" In ihrem Blick glaubte ich, Scham zu lesen.

„Wo sollte ich sonst sein?" Ich ließ mich auf den freien Sessel fallen und schlug die Beine übereinander. „Es gibt noch viel zu bereden." Ich erschrak über die Kälte in meiner Stimme. Gleichzeitig fragte ich mich, ob es richtig gewesen war, zurückzukommen. Meine Unentschlossenheit machte mich krank!

Dane presste die Lippen aufeinander und schenkte mir einen sonderbaren Blick. Darin lagen Fürsorge, Zweifel und ein Hauch von Liebe. Zumindest wünschte ich mir das trotz allem immer noch. Der Drang, ihn zu küssen, lebte in mir weiter, und ich hatte keine Ahnung, wie ich gegen ihn ankämpfen sollte. War es möglich, mit dem Verstand Gefühle zu unterdrücken?

Bevor jemand etwas sagen konnte, gab Cindy ein Schnarchgeräusch von sich, und Milton erschien an der Glastür, die zur Terrasse führte. In der Hand trug er einen Flechtkorb; er hatte wohl Material für neue Bilder gesammelt.

„Ich mache mich dann mal auf die Socken." Lynn sprang auf, trat auf mich zu und drückte mich fest. „Viel Erfolg."

Sie war so schnell weg, dass ich nicht reagieren konnte.

„Du kannst das Motorrad für den Rest der Zeit behalten", rief Dane ihr hinterher, und ich fragte mich einmal mehr, was während meiner Abwesenheit zwischen den beiden geschehen war.

Ich machte mich im Gästebad frisch und trank drei Gläser Wasser hintereinander, als wäre ich beinahe ausgetrocknet gewesen. Während der Fahrt, auf der ich von Wut und Verzweiflung getrieben gewesen war, hatte ich all meine Bedürfnisse vernachlässigt und nur das eine Ziel vor Augen gehabt: möglichst schnell wieder bei Dane zu sein. Jetzt fühlte ich mich unwohl in meiner Haut.

„Ich hätte nicht gedacht, dass du wiederkommst." Milton klang sehr sachlich, bevor er sich ein Bier aus dem Kühlschrank holte, es öffnete und genussvoll an seine Lippen führte. Ich fragte mich, ob er überhaupt fähig war, seine Gefühle auszudrücken. Oder war ihm meine Geschichte völlig gleichgültig?

Dane sah mich fest an. „Lynn hat schon mit mir die Greyhound-Busrouten studiert."

Ich hatte Mühe, ihm in die Augen zu sehen, und Bedenken, mit ihm über die vermeintliche Wahrheit zu reden. Mein größter Wunsch war es, mit ihm allein zu sein. Aber gleichzeitig war mir bei dem Gedanken unwohl. Ich wollte glauben, dass Dolores verwirrt war und die Dinge durcheinanderbrachte. Die Umstände waren alles andere als einfach. Wie konnte es sein, dass ich mich immer noch so zu ihm hingezogen fühlte?

Ich seufzte unwillkürlich und begann, indem ich von meinem Besuch bei Tante Dolores erzählte und davon, dass sie mir einige Dinge gesagt hatte, die ich nicht einordnen konnte. Milton und Dane saßen nebeneinander auf der Couch, während ich mein Gewicht nervös von einem Bein auf das andere verlagerte. Es war nicht einfach, es auszusprechen, und ich wollte es auch nicht als unverrückbare Wahrheit hinstellen, schließlich war Tante Dolores nicht die zuverlässigste Quelle auf dieser Welt. Bei dem Gedanken an sie spürte ich etwas in meinem Herzen, das mich lächeln ließ.

Dane und Milton stellten keine Fragen, sondern hörten mir aufmerksam zu. Ich nahm all meinen Mut zusammen und stopfte ihn in diesen einen Satz, der aus mir herausmusste, der geteilt werden musste, um an Unglaubwürdigkeit zu verlieren. Oder zu gewinnen. Dann sagte ich klipp und klar, dass ich angeblich Miltons Tochter wäre.

Miltons Blick wanderte ins Nichts. Es war mir unmöglich, einzuordnen, ob es für ihn keine Neuigkeit war oder aber ob er genauso schockiert war wie ich. Danes Blick ruhte auf mir, sanft wie einst seine Hand auf meinem Nacken.

„Ich hatte gleich so ein komisches Gefühl", sagte Milton nach einer halben Ewigkeit und sah mich eindringlich an. „Diese grünen Augen hat nicht jeder."

Ich schluckte schwer. War das alles? Zack, ich bin dein Vater, du bist meine Tochter, so was kommt vor im Leben. Ungläubig schüttelte ich den Kopf.

„Kannst du mir vielleicht helfen, die Sache endlich zu begreifen?" Ich schrie beinahe, obwohl ich es nicht wollte. „Wie kommt es, dass ich all die Jahre nichts von alldem gewusst habe?"

„Für mich ist es auch neu, dass ich eine Tochter habe." Miltons Blick wurde immer weicher, als löste diese Enthüllung alles Harte und Fremde zwischen uns allmählich auf. „Ich habe dir nichts verschwiegen, sondern dir gesagt, was ich weiß."

„Hast du nicht!" Ich klang beinahe hysterisch. „Du spielst Rätselraten, während ich mein Leben weiterleben will!"

„Dein Leben wird nie mehr so sein wie zuvor." Milton sagte es so ruhig und scheinbar ohne Rücksicht auf meine Gefühle, dass es mich nur noch wütender machte.

„Ihr seid alle so verschlossen, das ist zum Heulen!" Es gelang mir nur mit Mühe, die Fassung zu bewahren. „Wen soll ich denn jetzt noch befragen?" Meine Stimme wurde mit jedem Wort verzweifelter, meine Kiefermuskeln spannten sich so sehr an, dass sie schmerzten. „Meine Mom ist tot." Ich hielt inne und bemerkte, dass meine Hände zitterten. „Tante Dolores rückt wahrscheinlich nicht mit dem Rest der Geschichte raus, und du weißt angeblich nichts mehr. Ich kann das alles nicht glauben! Ich will es auch nicht glauben!"

Wir schwiegen eine Weile, während Cindy die Küche betrat, um ihren Durst zu stillen. Das rhythmische Trinkgeräusch durchbrach meine Anspannung. Dann legte sie sich neben meinen Stuhl und schloss die Augen, als wäre die Welt völlig in Ordnung. Ich ging in die Hocke und streichelte ihr über den Kopf. Mein Atem hatte sich beruhigt, meine Gedanken ebenfalls.

„Ich glaube nicht, dass meine Mom sicher sein konnte, wer mein Vater ist." Innerlich schämte ich mich für meine Mutter. „Soviel ich weiß, war sie immer eine selbstbewusste Frau, nach der sich die Männer umgedreht haben. Ich meine, sie hatte viele Liebhaber, auch später, als ich da war."

Milton runzelte die Stirn. Dane blickte von mir zu seinem Dad und wieder zurück, als folgte er dem Ball bei einem Tennisspiel. Es musste sonderbar für ich ihn sein, dieser Szene beizuwohnen. Alles fühlte sich unwirklich an.

„Von wem reden wir?", fragte Milton. „Dolores war alles andere als selbstbewusst."

„Dolores?" Mein Kopf glühte auf einmal. „Du hattest eine Beziehung mit Dolores? Ich dachte, es geht um Mom!"

„Moment." Dane stand auf und machte einige Schritte in Richtung der Kochinsel. „Jetzt bin ich völlig verwirrt." Er sah mich auf eine Art an, die meine Nervosität wieder in die Höhe trieb. „Lisa geht davon aus, dass du eine Affäre mit ihrer Mom hattest." Jetzt blickte er wieder zu seinem Dad, der seinen Worten aufmerksam folgte. „Und du sagst uns jetzt, dass du ein Techtelmechtel mit Lisas Tante Dolores gehabt hast?"

In meinem Kopf passte gar nichts mehr zusammen. Es musste sich um ein großes Missverständnis handeln, und wenn Milton nie etwas mit meiner Mom gehabt hatte, dann konnte Milton auch nicht mein Vater sein! Wieso nahm ich alles, was Tante Dolores gesagt hatte, für bare Münze? Es hatte mich zusätzlich verwirrt, und nichts davon konnte ich überprüfen. Es sei denn, Milton wusste mehr.

Ich überlegte fieberhaft, ob Mom vielleicht ein Tagebuch geführt hatte, aber das passte nicht zu ihr. Wenn, dann hatte es Tante Dolores getan. Ich hätte mich in ihrem Haus doch heimlich umsehen sollen!

„Ich muss jetzt eine rauchen." Milton stand auf, strich sich nachdenklich über das unrasierte Kinn und trat auf die Terrasse. Etwas in mir schrie danach, dass alles nur ein großes Missverständnis war. Aber was hätte Mom damit bezweckt? Hatte sie vielleicht nur gewollt, dass ich wieder nach North Carolina zurückfand? Unwahrscheinlich, denn es hatte sie nie aufrichtig gekümmert, wie es mir ging. Bei dem Gedanken befiel mich eine bodenlose Traurigkeit.

Ich sah in Danes Richtung, und die Luft zwischen uns knisterte so sehr, dass ich es förmlich hören konnte.

„Können wir bitte einen Spaziergang machen, nur du und ich?" Ich kam mir vor wie ein unmündiges Schulmädchen, das seinen Schwarm anhimmelte, aber es war mir egal. Ich war in Dane verliebt und konnte es nicht von heute auf morgen ändern.

„Klar." Dane holte Cindys Leine von der Garderobe. „Aber Cindy darf mit, oder?"

„Natürlich!" Ich lächelte das erste Mal seit meiner Ankunft wieder gelöst.

Wir nahmen den Holzsteg, der von der Straße in Richtung Strand führte, und hielten dabei einen gehörigen Sicherheitsabstand, als wären wir zwei Fremde, als hätten wir uns niemals geküsst, und es tat weh.

„Läuft da was zwischen dir und Lynn?" Ich blieb stehen und sah Dane fest in die Augen, denn ich musste es wissen. Niemals würde er mich anlügen.

„Was soll das, Lisa?" Cindy nahm neben ihm Platz. „Du bist immer wieder abweisend zu mir, rufst mich an, wirfst mir diese komische Geschichte an den Kopf, und dann stellst du mir diese Frage."

„Habe ich nicht das Recht zu erfahren, ob ihr nun zusammen seid?" Ich war wütend, auch wenn ich es nicht sein wollte. Ich war eifersüchtig, obwohl ich kein Recht darauf hatte. Und ich war müde.

„Was soll das heißen, dass du ein Recht darauf hast? Wir sind kein Paar."

„Ach, so ist das? Und all die Küsse, die hatten nichts zu bedeuten?" Ich war nah dran, in Tränen auszubrechen.

„Wir hatten nur den einen Abend, Lisa." Dane sagte es, als rechtfertigte es alles. Als wäre es nur ein Zeitvertreib gewesen, bei dem er nicht dasselbe empfunden hatte wie ich. Hatte ich mich so sehr in ihm getäuscht? War er ein weiterer Mann in der Reihe der Enttäuschungen, die ich an der Uni erlebt hatte?

„Du hattest nicht vor, wiederzukommen", sagte Dane. „Als ich dich am nächsten Tag angerufen habe, hast du mich abgewimmelt." Er blickte zu Boden und scharrte mit einem Schuh im Sand.

War das also seine Rache, dass er etwas mit Lynn angefangen hatte? Und was hatte Lynn überhaupt für Pläne? Wollte sie noch länger hierbleiben? Vielleicht war es falsch, Dane auszufragen, schließlich war Lynn eine meiner besten Freundinnen. Ich hätte sie zur Rede stellen sollen.

„Lass uns offen und ehrlich miteinander umgehen, bitte." Es war nicht meine Art, jemanden derart anzuflehen, aber ich wollte wenigstens etwas Klarheit in diesem enormen Chaos. „Bist du jetzt mit Lynn zusammen?"

Dane sagte zunächst nichts, sondern ging langsam weiter. Auch ich setzte mich wieder in Bewegung, passte das Tempo seinen Schritten an. Immer noch umklammerte mich die Ungewissheit mit ihrer eisernen Hand, und ich wusste nicht, wie ich mich befreien sollte. Es waren doch alles nur Vermutungen, oder? Warum zerbrach ich mir den Kopf darüber? Vielleicht war Tante Dolores nicht bei klarem Verstand. Mom hatte immer gesagt, Dolores' Geist sei ständig von Traurigkeit befallen. Aber als ich bei ihr gewesen war, war sie alles andere als schlechtgelaunt gewesen.

Dane ließ meine Frage einfach im Raum stehen. Wir gingen am Wasser entlang, und ich ließ meinen Blick über die nur leicht aufgewühlte Oberfläche gleiten, um mich zu beruhigen. Als Kind war mir das immer gelungen, aber diesmal trat die gewünschte Wirkung nicht ein. Ich wollte nach Danes Hand greifen, traute mich aber nicht.

„Lynn ist sehr anhänglich", sagte er schließlich und ließ Cindy von der Leine. Sie rannte sofort los wie ein Blitz. „Sie hat es bei mir versucht, ja." Dane hielt inne und blieb stehen. Wir waren so nah beieinander, dass mein Wunsch, ihn anzufassen, mich beinahe verrückt machte. Aber ich wollte nicht diejenige sein, die sich ihm aufdrängte. „Es ist nicht wirklich was zwischen uns geschehen, ich kann dich beruhigen." Dane hob eine Hand und berührte meine Wange.

„Was soll das heißen?" Mein Kopf glühte.

„Na ja, frag sie selbst." Dane lächelte verschmitzt, und obwohl ich immer noch aufgebracht war, gelang es mir, ruhig zu bleiben. „Es hätte leicht mehr passieren können, aber ich habe immer an dich denken müssen."

Also doch!

„Nimm es ihr nicht übel." Dane streichelte meine Haut. „Sieh mich an, ich bin ein echt cooler Typ, jede Frau will was von mir."

Ich stieß ihn freundschaftlich aber kräftig von mir weg, sodass er stolperte und sich fallenließ. Ich setzte mich neben ihn. Konnte ich ihm böse sein? Ich hatte mich zugegebenermaßen immer wieder sonderbar verhalten. Ich bohrte meine Finger in den feinen Untergrund, hob die Hand und spürte, wie jedes Sandkorn langsam aus meiner Handfläche floss.

„Du bist unmöglich!" Ich stupste Dane an der Schulter an. „Warst du wirklich sauer, weil ich nicht wollte, dass du mich zu meiner Tante begleitest?"

„Ich war gekränkt", gab er zu. „Und nicht sicher, was du willst." Sein Blick traf mich intensiver als je zuvor. Er ging so tief, dass es mir ein wenig Angst machte. „Du bist auch nicht gerade ein offenes Buch."

Wahrscheinlich hatte er recht, und ich war, was die Liebe betraf, viel zu verstockt. Wir sahen auf das Meer hinaus und lauschten dem besänftigenden Rauschen des Wassers. Der immer gleichbleibende Rhythmus hatte etwas Hypnotisierendes, und ich schloss die Augen, um endlich die Aufregung der letzten Tage abzuschütteln.

Dann spürte ich seine Hände an meinem Hals und bald darauf seine Lippen auf meinem Mund.

Kapitel fünfzehn

Nach einem ausgiebigen Strandspaziergang Hand in Hand und einem Eis kehrten Dane und ich zum Haus zurück, wo sein Motorrad vor der Garage stand. Ein inzwischen vertrautes, beklemmendes Gefühl kroch in mir hoch, dabei war es mir gerade für eine Weile gelungen, es zu vergessen.

Als wir eintraten, saßen Lynn und Milton am Küchentisch und waren in ein Schachspiel versunken. Lynn hatte sich weit nach vorn gelehnt, das Kinn auf die Hände gestützt, mit einem so konzentrierten Blick, dass ich sie nicht zu stören wagte. Es sah schlecht für sie aus, die meisten ihrer schwarzen Figuren lagen bereits neben dem Brett.

„Wollt ihr zum Abendessen bleiben?" Dane begann, den Geschirrspüler auszuräumen. „Wir grillen Burger."

„Klingt gut, danke." Ich beobachtete, wie er Teller in Schränke räumte, denn ich konnte mich nicht an ihm sattsehen. Meine innere Stimme sagte mir, dass ich warten musste, bis ich die Gewissheit hatte, dass Mom nichts mit Milton gehabt hatte. Andererseits konnte ich mir durchaus ein Szenario vorstellen, in dem Milton in Oma Ambers Laden auftauchte und sowohl Dolores als auch Mom den Kopf verdrehte. Mom war draufgängerisch und stieg mit ihm ins Bett, ohne mit der Wimper zu zucken. Dolores war Miltons wahre Liebe, aber auch zurückhaltend und viel zu jung. So kam es zu einer Rivalität zwischen Dolores und Mom, die ein Leben lang hielt. Prompt wurde Mom schwanger von Milton, sagte ihm aber nichts davon, sondern beschloss, mich ohne Vater großzuziehen, weil sie wütend war, dass Miltons wahren Gefühle Tante Dolores galten. Oder so ähnlich.

„Hallo?" Ich zuckte zusammen, weil Dane direkt vor mir stand und mir tief in die Augen sah.

„Hast du mich was gefragt?" Ich rieb mir unruhig die Stirn. „Tut mir leid, ich war ganz woanders."

„Das habe ich gemerkt." Dane legte sanft eine Hand auf meine Schulter. Ich meinte, Lynns neugierigen Blick zu spüren, dabei war sie bestimmt in das Schachspiel versunken. „Ich habe gefragt, ob du einen echten Rindfleisch-Patty oder lieber was Vegetarisches möchtest."

„So ein Mist!", rief Lynn und sah zu uns herüber. Sie hatte wohl verloren, denn auf Miltons Lippen lag ein leicht süffisantes, aber nicht bösartiges Lächeln. Lynn war eine gute Schachspielerin, also musste er wirklich überragend gespielt haben.

„Ich nehme den Veggie-Burger", sagte Lynn, obwohl die Frage mir gegolten hatte, und bei Milton schien es klar zu sein, dass er echtes Fleisch wollte.

„Und du, Lisa?" Wieder dieser Blick von Dane und dieses Verlangen in mir. Wieder diese Angst, diese bange Zurückhaltung und diese Unsicherheit, was aus uns werden würde. Ob das hier ein Wunschtraum oder eine mögliche Realität war.

„Ich nehme einen echten, danke." Ich schob Danes Hand, die immer noch auf meiner Schulter lag, weg, obwohl ich es nicht wollte. Am Anfang meiner Reise hatte ich gedacht, dass das Aufdecken der Wahrheit mir innere Ruhe bescheren würde. Dass mir Mom etwas sagen wollte, das mich mit all dem versöhnte, was mich als Kind und Jugendliche belastet hatte. Jetzt war alles durcheinander, und selbst das Bild von Oma Amber, das mir immer Kraft gegeben hatte, war ins Wanken geraten. Mein Leben war in tausend Scherben zersprungen, an denen ich mich stets aufs Neue schnitt. Und mit jedem Tag, der verging, wurde mir bewusster, dass meine Probleme nicht nur in den Umständen verankert waren, sondern in meinem Wesen, das die Erlebnisse der Vergangenheit stark beeinflusst hatte. Die Jahre an der Uni waren bloß eine Auszeit gewesen. Jetzt kam alles wieder. Auf eine unbarmherzige Art, die mir immer weniger gefiel.

„Ich nehme den Greyhound-Bus, das ist überhaupt kein Problem", sagte Lynn und wischte sich die Mayo von den Lippen. Der Burger war ein Gedicht gewesen, mit zwei verschiedenen Soßen, knackigen Salatblättern, Gürkchen und dem leckersten geschmolzenen Käse, den ich jemals gegessen hatte.

„Du setzt deine Suche in aller Ruhe fort, und ich bleibe noch ein paar Tage hier", fuhr Lynn fort. „Keine Sorge, ich lasse die Finger von Dane." Sie zwinkerte mir zu. Ich war mir nicht sicher, ob sie es ernst meinte oder aber ihre Gefühle überspielen wollte. „Es ist ja nicht zu übersehen, dass ihr kaum voneinander lassen könnt." Lynn lächelte sanft. „Ich habe von dem Kerl gehört, mit dem ich eigentlich in Urlaub fahren wollte, und wir holen den gemeinsamen Trip vielleicht in ein paar Tagen nach."

Ich sah Lynn ungläubig an. War es so einfach, sich Dane aus dem Kopf zu schlagen? Und von dem geplanten Urlaub hatte ich bisher nichts gewusst! War es eine Notlüge, um sich vor Dane keine Blöße zu geben? Oder war Lynns Interesse nur oberflächlich gewesen, so wie Moms vielleicht damals für Milton? Ich schüttelte unwillkürlich den Kopf. Es war verrückt, sich ständig Geschichten auszumalen, ich sollte lieber schnellstmöglich die Wahrheit ans Tageslicht befördern!

„Und in drei Wochen habe ich ein Vorstellungsgespräch in New York City." Lynns Worte brachten mich in den Augenblick zurück. Ihr Blick wurde nachdenklich. „Ich glaube, wir müssen jetzt alle unseren Weg gehen. So weh es auch tut."

Ich nickte, weil ich es genauso empfand. Alles, was wir bisher gemeinsam erlebt hatten, würde ein Ende finden, ob wir es wollten oder nicht. Kristen hatte mir am Vorabend getextet, dass sie den Job wohl nicht bekommen würde und sich jetzt bei vier Softwarefirmen in Kalifornien beworben habe. Kalifornien! Wann würde ich sie jemals wiedersehen?

„Ich würde ja anbieten, dass ich dich begleite", sagte Dane und sah mich herausfordernd an. „Wenn du das möchtest. Aber Dad hat in fünf Tagen eine wichtige Ausstellung."

Milton winkte verächtlich ab und biss in seinen Burger. Die orangefarbene Soße ergoss sich auf der anderen Seite auf seinen Teller.

„Ich habe ihm was im Touristeninfo-Zentrum in der Nähe des Wright Memorials organisiert." Dane blickte stolz in die Runde.

„Da waren wir gar nicht!" Lynn hob den Zeigefinger. „Ich wollte da unbedingt mal hin, weil die Brüder Wright dort zum ersten Mal geflogen sind!" Sie klang wie ein aufgeregtes Kind.

„1903, der erste kontrolliert gesteuerte, motorisierte Flug", sagte Milton, als lese er aus einem Werbeflyer vor. „Da müsst ihr hin, es ist ein Stück Geschichte."

Mit einem Seufzer lehnte ich mich zurück, denn ich hatte keinen Nerv für touristische Unternehmungen. „Macht ihr das ruhig, ich fahre morgen früh los." Wohin auch immer.

„Ist es nicht erstaunlich, wenn man sich vorstellt, so ein Pionier zu sein! Etwas ganz Neues zu machen, wonach sich die Menschheit schon lange sehnt!" Miltons Augen glänzten. „Dieses Gefühl, auf den unendlichen Sanddünen abzuheben." Er verschränkte die Hände im Nacken und war nicht mehr zu stoppen. „Was kann man denn heute noch erfinden? Was kann man denn noch Großartiges machen?"

„Den Mars erobern", sagte Lynn wie aus der Pistole geschossen.

„Ach!" Milton winkte verächtlich ab und verschränkte die Arme vor der Brust, als wollte er keine Widerrede hören. „Das ist etwas Anderes. Diese Sehnsucht, sich wie ein Vogel in der Luft fortbewegen zu können, ist doch nicht vergleichbar mit dem Größenwahn eines Milliardärs, einen anderen Planeten bewohnbar zu machen."

„Also ich beweg mich lieber am Boden fort", sagte ich, ohne nachzudenken. „Wenn alle so wie ich wären, wäre noch nicht einmal das Rad erfunden."

Milton warf mir einen fragenden Blick zu.

Dane lachte laut auf.

„Ich dachte, du bist ein Künstler und keiner, der sich fürs Fliegen interessiert." Lynn sah Milton herausfordernd an, und ich musste zugeben, dass mir unsere kleine Diskussion Spaß machte. Seit vielen Wochen hatte ich mich in Gesellschaft nicht mehr so gut gefühlt wie jetzt.

„Schließt das eine das andere aus?" Milton hob die Augenbrauen, und für einen kurzen Moment wünschte ich mir fast, er könnte wirklich mein Dad sein. „Hätten die Brüder Wright das Fliegen nicht erfunden, dann hätte ich es getan. Genau hier, auf den Sanddünen der Outer Banks." Plötzlich veränderte sich sein Blick, als dachte er an etwas, das seine Sehnsucht schürte. „Das habe ich Dolores damals auch erzählt, und sie hat gesagt, sie könne sich das gut vorstellen. Ich als Pilot." Er lächelte, aber es war ein Lächeln, das mit einer schmerzlichen Erinnerung verbunden war.

„Waren deine Mom und deine Tante oft hier auf den Outer Banks?", wollte Dane wissen, und da waren wir unvermittelt wieder beim Thema, und mein perfekter Moment war geplatzt wie eine Seifenblase.

„Eigentlich war hauptsächlich Oma Amber hier", sagte ich. „Um nach ihrem Laden zu sehen. Wir haben ja nie auf den Outer Banks gewohnt, sondern auf dem Festland. Später war ich oft mit meiner Großmutter hier und habe ihr geholfen, bei *Tiny Treasures* zu sortieren und Staub zu wischen." Ich erinnerte mich an das neongelbe Tuch, mit dem ich gern die Regale geputzt hatte. Es hatte etwas Beruhigendes gehabt, dabei Omas Stimme zu lauschen, denn sie sang immer irgendwelche Evergreens, die sich in ihrem Kopf festgesetzt hatten. War es möglich, dass sie eine Liebe verhindert hatte, weil sie ihren eisernen Grundsätzen widersprochen hatte?

„Dolores wäre gern hiergeblieben", sagte Milton plötzlich. „Sie war gerade einmal siebzehn, ihr ganzes Leben lag noch vor ihr." Er erhob sich langsam. „Und ich sage euch, wenn die Liebe einschlägt wie der Blitz, dann darf ihr nichts, aber auch gar nichts im Weg stehen. Es war ein großer Fehler, sie gehen zu lassen." Er drehte sich um und leerte seine Bierdose in einem hastigen Schluck, bevor er im Dämmerlicht auf die Terrasse ging, um den Nachtkerzen zuzusehen, wie sich eine nach der anderen in Erwartung der Dunkelheit öffnete.

„Nimm es ihm nicht übel." Dane stand auch auf und begann, den Tisch abzuräumen. „Er ist ein bisschen verbittert."

„Dann ist die Geschichte wahr." Ich stellte Lynns Teller auf meinen, legte das Besteck obenauf und half Dane beim Aufräumen.

„Die Liebesgeschichte scheint wahr zu sein", sagte Dane.

„Natürlich ist die wahr!" Lynn kräuselte die Stirn. „Habt ihr jemals daran gezweifelt?"

Ich konnte mir immer noch nicht vorstellen, dass Dolores so jung eine Liebesbeziehung gehabt hatte. Es passte nicht in mein Bild von ihr. Mom hatte sie einmal als *alte Jungfer* betitelt und mir im selben Atemzug gesagt, ich solle mich bloß nie mit einem Kerl einlassen, der nur meinen Körper, nicht aber meine Seele liebte.

„Ich glaube, dass es meinen Dad mitnimmt, an früher denken zu müssen." Dane zuckte mit den Schultern. „Er ist zurückgezogener denn je."

„Aber es hat ihn kein bisschen erschüttert, dass ich zuerst geglaubt habe, dass ich seine Tochter bin?" In mir hatten sich der Wunsch bekämpft, endlich einen Vater zu haben, und die Angst, Danes Liebe dadurch zu verlieren. Wieso konnte ich das niemandem sagen? Nicht einmal Dane!

„Aber er ist nicht dein Dad. Punkt." Lynn sah mich fest an, und ich erwiderte ihren Blick. Ich nahm es ihr immer noch übel, dass sie versucht hatte, bei Dane zu landen. Andererseits war ich zu jenem Zeitpunkt davon ausgegangen, Milton wäre mein Vater. Aber vielleicht hatte er auch etwas mit meiner Mutter gehabt. Was war er für ein Kerl?

„Zerbrich dir jetzt mal nicht den Kopf über meinen Dad, er wird schon klarkommen." Dane streichelte mir über das Haar. „Du machst das, was du tun musst, und ich warte hier auf deine Neuigkeiten."

„Was hast du überhaupt vor?", wollte Lynn wissen und fing an, die Schachfiguren wieder aufzustellen. „Ich brauche dringend eine Revanche", murmelte sie verbissen.

„Ich fahre nach Michigan und sehe mir endlich die Kartons an, die nach Moms Tod eingelagert wurden." Bisher hatte ich mich nicht darum gekümmert. Eine Firma hatte Moms Zuhause in Kisten verpackt, die Möbel und Kleidung hatte ich gespendet, weil ich nichts davon hatte behalten wollen. Ganz davon abgesehen, dass ich ohnehin nicht wusste, wohin mich mein Weg führen würde. Unnötiger Ballast war das Letzte, was ich brauchen konnte. Warum hatte ich nur nicht schon früher daran gedacht, Moms persönliche Dinge durchzusehen? Hätte ich mir die Reise nach North Carolina vielleicht sparen können? Aber dann hätte ich Dane niemals kennengelernt!

„Dann sehen wir dich nicht wieder?" Danes Blick war ungläubig und von einer Trauer durchtränkt, die ich mit ihm teilte. Die Distanz zwischen den beiden Staaten war zu groß, die Fahrt dauerte jedes Mal über dreizehn Stunden, als dass man kurzentschlossen hin- und hereisen konnte. Das, was ich in letzter Zeit getan hatte, war Wahnsinn!

„Ich nehme auf jeden Fall den Greyhound, mach dir bloß keine Gedanken um mich." Lynn warf mir einen mitleidigen Blick zu. „Du musst dich um genug Dinge kümmern."

Wir hatten das Ferienhaus noch vier weitere Tage, dann würde auch Lynns Urlaub zu Ende sein. Auch sie würde die Realität einholen, eine Realität, vor der ich immer mehr Respekt bekam.

Lynn stand auf und ging nach draußen, um Milton zu einer weiteren Schachpartie aufzufordern.

„Ich habe noch was für dich." Dane war anzusehen, dass ihm das Lächeln schwerfiel, und es war beruhigend, dass auch ihm der Abschied wehtat. Schon als Kind hatte ich Abschiede gehasst. Die schlimmsten waren die von Oma Amber gewesen, nach einem langen, unbeschwerten Sommer bei ihr in North Carolina, wenn ich meinem Herzensstaat wieder entrissen wurde, um nach Michigan zu meiner Mom zurückzukehren.

„Komm mit!" Dane nahm meine Hand und zog mich so energisch hinter sich her, dass ich beinahe über Cindys ausgestreckte Pfote gestolpert wäre. Er führte mich die mit Teppichboden ausgelegten Stufen in den ersten Stock hoch, wo wir ein Zimmer betraten, das Miltons Atelier sein musste. Überall lehnten Bilder an den Wänden, manche halbfertig, andere waren mit Folie bedeckt. Auf einem großen Holzbrett, das auf zwei Böcken stand, lag ein Kunstwerk, an dem Milton wohl aktuell arbeitete.

„Das ist für dich." Dane holte einen Rahmen aus einem Einbauschrank hervor, und als er ihn umdrehte und mir entgegenhielt, erkannte ich das Sturmbild, das mir so gut gefallen hatte.

„Das kann ich nicht annehmen!" Peinlich berührt trat ich einen Schritt zurück.

„Doch, das kannst du." Dane lächelte. „Ich habe mit Dad gesprochen, und er hat überhaupt kein Problem damit. Er freut sich, dass es dich so begeistert."

Zögernd nahm ich es. Die feinen Zweige und das Seegras, die den Himmel und die sich bewegenden Luftmassen darstellten, waren mit so viel Fingerschick aufgeklebt, dass ich in der Stimmung versank. Im Grunde genommen war es ein sehr aufrührendes Werk, eines, das meine innere Unruhe widerspiegelte. Vielleicht hatte es mir deshalb so zugesagt.

„Das ist lieb von dir." Ich lehnte das Kunstwerk gegen das Bett und trat an Dane heran. Sein vertrauter Geruch stieg mir in die Nase, und unsere Gesichter waren nur wenige Zentimeter voneinander entfernt. Die Anziehung zwischen uns war magisch.

„Ein Abschiedskuss?", fragte er, und ich wunderte mich über seine Unbekümmertheit. Es musste ihm doch auch in den Sinn gekommen sein, dass wir blutsverwandt sein könnten?

Noch bevor ich meine verwirrenden Gedanken weiterflechten konnte, umarmte er mich und küsste mich innig.

Wir machten den Abschied so kurz und schmerzlos wie möglich. Gegen halb zehn und nachdem Lynn Milton im Schach geschlagen hatte, standen sie und ich mit betretenen Mienen vor dem Haus, und ich fragte mich, ob wir uns nun alle der Reihe nach weinend um den Hals fallen würden. Wenn ich ehrlich war, konnte ich mir dieses Szenario gut vorstellen. Doch stattdessen streckte mir Milton eine Hand entgegen und sah mich wieder einmal sonderbar eindringlich an. Es waren meine Augen, die ihn verunsicherten, das war mir jetzt klar.

Ich erwiderte seine Abschiedsgeste ein bisschen zu zaghaft.

„Pass auf dich auf, Lisa." Er drückte ein wenig fester, bevor er meine Hand schließlich losließ. „Und melde dich bitte, wenn es Neuigkeiten gibt. Oder wenn du etwas brauchst."

Dane nahm Lynn und dann mich in den Arm – mich deutlich länger. Der Gedanke, dass unser Kuss im Atelier unser letzter gewesen sein könnte, tat weh.

Milton klopfte Lynn freundschaftlich auf die Schulter. „Gutes Spiel!" Sie lächelte triumphierend.

Am liebsten hätte ich Milton gefragt, ob er Tante Dolores' Nummer haben wolle, verkniff es mir aber. Dane hatte mir mehr als einmal zu erklären versucht, dass sein Dad niemand war, der die Vergangenheit aufwühlen wollte, und aufwärmen wollte er sie bestimmt auch nicht.

Als ich endlich mit Lynn im Ferienhaus war, wollte alles aus mir heraus, was ich für mich behalten hatte. Aber Lynn setzte sich auf die Couch und stellte den Fernseher an, als wäre die Welt ein Kinderspielplatz.

„Und jetzt?" Ich stemmte die Hände in die Hüften und sah meine Freundin herausfordernd an. Die Wut kochte in meinem Bauch.

„Was?" Sie blickte zu mir herüber und hatte so viel Taktgefühl, die Glotze sofort wieder auszuknipsen. „Gibt es was zu besprechen?"

„Und ob!" Ich ließ mich energisch auf das Sofa fallen, in einem gehörigen Abstand zu Lynn. Ich wollte wissen, was zwischen ihr und Dane geschehen war – gleichzeitig wollte ich es auch nicht hören.

„Ihr habt sehr vertraut gewirkt, du und Dane." Der verletzte Ton in meiner Stimme gefiel mir nicht, aber warum sollte ich mich verstellen? Das war nicht mein Ding.

„Was soll das, Lisa?" Lynn riss die Augen auf, ihr Fuß wippte. „Du nörgelst in letzter Zeit zu viel, weißt du das?"

„Ich nörgele zu viel?" Meine Augen wurden feucht. „Vielleicht ist dir ja klar, in was für einer Scheiß-Situation ich mich befinde. Meine Mom ist tot und schickt mich auf eine Suche, die ich nicht einmal will und die alles durcheinanderbringt!"

„Jetzt mal in aller Ruhe." Lynn rutschte zu mir und zog mich an sich. Ich ließ es zu, lehnte meinen Kopf gegen ihre Schulter, spürte ihre Hände an meinem Rücken und ließ die Tränen endlich fließen.

Nachdem ich mich beruhigt hatte, setzte ich mich wieder auf und nahm das Taschentuch, das Lynn für mich aus der Box auf dem Beistelltisch gezupft hatte, dankend entgegen.

„Vielleicht wird ja alles gut", begann Lynn. „Warum kannst du nicht daran glauben? Deine Mom wird nichts Böses für dich gewollt haben."

„Da bin ich mir nicht so sicher", sagte ich und erschrak über meine Worte. Es war das erste Mal, dass ich mir eingestand, dass ich viele Jahre einen Groll gegen meine Mutter gehegt hatte, den ich immerzu unterdrückt hatte. Den ich selbst nach ihrem Tod noch in mir trug. Es ging hier nicht nur um Vergangenheitsbewältigung, sondern auch darum, mich selbst zu verstehen und Unverrückbares zu akzeptieren.

„Ich war wirklich wütend auf dich, als ich dich so an Dane gekuschelt gesehen habe", sagte ich schließlich.

„Tut mir leid, Lisa, ich will auch nicht ernsthaft was von ihm." Lynn zuckte mit den Schultern. „Es war nur ein Anflug von Zuneigung, mehr nicht." Ihr Blick wurde liebevoll. „Bei dir ist es mehr, das habe ich jetzt kapiert. Du hast immer nach der großen Liebe gesucht, und vielleicht hast du sie jetzt gefunden. Ich habe nie an sie geglaubt."

Ich winkte ab. „Du denkst, dass ich in meiner momentanen Lage die vielleicht bedeutendste Beziehung in meinem Leben eingehen kann? Ich bin in letzter Zeit ein emotionales Chaos, Lynn! Alles in mir schreit nach einer Auflösung, nach einem Happy End, aber die ganze Geschichte wird mit jedem Tag nur noch komplizierter." Ich senkte den Blick. „Außerdem ist Dane ein bisschen sonderbar, findest du nicht? Ich habe das Gefühl, ihn zu wenig zu kennen, dabei empfinde ich so viel für ihn!"

„Vielleicht färbt Miltons Verschlossenheit ab." Lynn lächelte mit ihren zauberhaften Grübchen, und es tat gut, sie bei mir zu haben.

„Keine Ahnung." Ich wischte mir mit dem Handrücken eine Nachzügler-Träne von der Wange.

„Glaub mir, ich werde hier nichts noch schlimmer machen, sondern mich ein paar Tage an den Strand legen, bevor ich mich wieder dem echten Leben stelle", sagte Lynn schließlich und schlang erneut einen Arm um mich. „Ohne Dane. Lass den Kopf nicht hängen, Lisa. Alles wird sich fügen, und du wirst das Beste daraus machen."

Noch am Abend packte ich meine Tasche und lag gegen Mitternacht hellwach im Bett. Meine Gedanken schweiften immer wieder zu Dane und der Tatsache ab, dass meine Gefühle für ihn die Sache nur noch komplizierter machten, als sie ohnehin schon war. Missmutig drehte ich mich auf die Seite und stützte meinen Kopf auf meine Hand. Was hatte mir meine Mom nur für ein Chaos hinterlassen? Die Puzzlestücke passten immer noch nicht zusammen, und meine letzte Hoffnung waren Moms persönliche Papiere. Ich würde jede Mappe, jeden Ordner, einfach alles minutiös durchforsten. Ich musste die fehlenden Puzzleteile finden!

Kapitel sechzehn

James Taylors Stimme dröhnte aus den Lautsprechern, während ich meinen Fuß auf das Gaspedal drückte und ständig an Dane denken musste.

Insgeheim hätte ich ihn gern an meiner Seite gehabt, um jeden weiteren Schritt mit ihm zu teilen. Gleichzeitig fühlte ich mich stark genug, es allein durchzuziehen. Ich hatte Lynn und Kristen in meine Suche nach der Wahrheit verwickelt, Tante Dolores, Milton und auch Dane; jetzt war ich dran, nur ich. In manchen Augenblicken fühlte ich mich bereit dafür, in den meisten immer noch nicht.

Wie in Trance und mit meiner James-Taylor-Playlist in einer Endlosschleife legte ich die halbe Strecke zurück, bevor ich beim nächsten gelben M anhielt, um auf die Toilette zu gehen und mir ein Burger-Menü zu bestellen, denn mein Magen knurrte. Ich aß an einem Tisch am Fenster und sah immer wieder auf den Spielplatz mit der bunten Röhrenrutsche hinaus, wo einige Kinder auf und ab rannten. Sie waren unbeschwert. So, wie ich es damals gewesen war. Ich tunkte eine krumme Pommes in Ketchup und steckte sie mir gedankenversunken in den Mund. Ein Teil von mir war wütend auf meine Mom, weil sie mich im Dunkeln gelassen hatte. Es kam mir so vor, als hätte ihr der nahende Tod seine warnende Hand auf die Schulter gelegt und zu ihr gesagt: *Hey, es ist nicht in Ordnung, die Wahrheit mit ins Grab zu nehmen. Schließlich betrifft sie nicht nur dich.*

Ich trank gerade einen Schluck Cola-Light, als mein Handy klingelte.

„Wie ist die Reise?" Es war Dane, und ich konnte nicht anders, als beim Klang seiner Stimme breit zu lächeln. Es gefiel mir, dass auch er an mich dachte.

„Lang, wie immer. Ich glaube, mein Auto kennt den Weg schon auswendig."

„Mach dir süße Gedanken", sagte Dane. „Dann vergeht die Zeit schneller."

„Tue ich andauernd, aber es macht die Sache nicht besser."

Eine zu lange Pause, in der ich ungewollt laut seufzte.

„Ich hoffe, es sind Gedanken an mich!"

„Natürlich, was glaubst du?"

„Hör zu, Lisa. Ich habe viel gegrübelt, und ich möchte nicht, dass wir uns nie mehr wiedersehen."

„Wir werden uns bestimmt wiedersehen." Ich klang überzeugt, obwohl alles in mir wankte.

„Wir können nicht alles dem Schicksal überlassen." Danes Stimme war so betrübt, wie ich es nicht von ihm kannte. „Mein Dad hat mir vorhin erzählt, dass der Stein an seiner Kette ein Geschenk deiner Tante Dolores war." Ich versuchte vergeblich, den Kloß in meinem Hals hinunterzuschlucken. „Ich glaube, ihre Liebe war eine ganz außergewöhnliche, und an so einer Liebe sollte man festhalten, meinst du nicht auch?"

Ich erwiderte zunächst nichts. Sollte ich meine Bedenken äußern? Er konnte doch nicht übersehen haben, dass wir eventuell denselben Vater hatten? Ich kannte meine Mutter, sie hatte einem attraktiven Mann noch nie widerstehen können! Aber woher wollte Tante Dolores mit absoluter Sicherheit wissen, dass Milton mein Dad war? Vielleicht war es eine bloße Vermutung. Womöglich hatte mich Mom zu Tante Dolores geschickt, damit ich die Verbindung zwischen ihr und Milton wiederherstellte? Weil Mom ein schlechtes Gewissen hatte. Es gab allerlei Erklärungen.

„Lisa, bist du noch dran?"

"Ja, entschuldige bitte. Ich habe nachgedacht."

„Denk nicht zu viel nach." Dane lachte auf. „Manchmal ist das nicht gut."

„Vielleicht hast du recht. Aber ich schaffe es nicht, habe immer schon zu viel gegrübelt."

„Ich würde es hinkriegen, dass du mal eine Weile nichts denkst", sagte er, und ich wünschte mir, in seiner Nähe sein zu können. „Du fehlst mir jetzt schon."

„Du mir auch." Es tat gut, es auszusprechen.

„Pass auf dich auf, ja?" Dane klang besorgt. „Und melde dich, wenn du angekommen bist."

Moms Haus war schon verkauft, ein Makler hatte sich darum gekümmert, und ich hatte eine meiner Uni-Freundinnen, Candice, gebeten, bei ihr unterkommen zu können. Am nächsten Tag saß ich mit eiskalten Händen in ihrem Wohnzimmer, von fünf Kartons umgeben, und durchsuchte gerade den zweiten. Im ersten waren hauptsächlich Küchenutensilien gewesen.

Meine Stimmung war angespannt, und wenn ich ehrlich war, wusste ich nicht einmal, wonach ich eigentlich suchte.

„Ich gehe mal mit dem Hund raus", sagte Candice und schenkte mir einen ermutigenden Blick. Ihr Golden Retriever stand schon aufgeregt in der Küche und wedelte erwartungsvoll mit dem Schwanz.

Candice hatte sich sofort angeboten, die Kartons mit mir aus der Einlagerung abzuholen. Ihr Leben verlief in geregelten Bahnen: Nach dem Abschluss hatte sie sofort in der Nähe der Uni einen Job gefunden und war mit ihrem langjährigen Freund, der gerade auf einer Geschäftsreise war, zusammengezogen. So etwas gab es auch. Allein bei dem Gedanken fühlte ich mich unreif und klein.

Vorsichtig löste ich das Klebeband von dem Karton und klappte ihn auf. Obenauf lagen einige Bücher, die ich auf dem Teppichboden stapelte. Es waren Autobiografien von Musikern, die Mom gern gelesen hatte. Einmal hatte sie gesagt, sie beneide Menschen, die etwas Unvergessliches im Leben hinterließen.

Weiter unten fand ich etwas, das eventuell aufschlussreich sein konnte: ein dickes, graues Notizbuch, das mit einem roten Samtband versehen war. Vorn war es zu einer Schleife gebunden. Ehrfürchtig löste ich es und schlug das Buch auf. Ich erkannte sofort Oma Ambers bauchige Handschrift. Für einen Augenblick vergaß ich zu atmen, und in meiner Brust wurde es eng. Es passte zu meiner Großmutter, dass sie ihre Gedanken festhielt. Bei Mom hatte ich niemals so etwas erwartet, bei Tante Dolores schon eher. Aber deren Tagebücher würde ich wohl kaum hier finden.

Das Sonderbare war, dass nirgendwo ein Datum notiert war. Dafür fand ich unzusammenhängende Abschnitte und einige Zeichnungen, die eindeutig die Outer Banks darstellten. Mitten im Notizbuch lag eine Vogelfeder. Es sah nicht so aus, als hätte Oma Amber regelmäßig Tagebuch geführt, sondern nur hin und wieder, wenn ihr danach war.

Heute kam sie zu uns, die kleine Dolores

las ich an einer willkürlichen Stelle, an der mein Blick hängengeblieben war.

Ich danke täglich dem Herrn, dass sich jemand wegen der Adoption gemeldet hat.

Ich war verwirrt und las hastig weiter.

Wie sehr wünsche ich mir, Benedict könnte noch hier sein. Aber er hat es nicht verkraftet, dass ich niemals mehr ein Kind bekommen würde. Ich hoffe für ihn, dass er seinen Traum von einer großen Familie verwirklichen kann und glücklich wird. Anstatt in Selbstmitleid zu versinken, werde ich mich diesem Kind widmen, das schwer von seiner Vergangenheit gezeichnet ist. Dolores sitzt stundenlang in ihrem Zimmer, und ich frage mich, was in ihr vor sich geht. Sie hat ein trauriges Gesicht und spricht wenig. Ich glaube, sie hat in ihrem Leben bisher nicht viel Liebe erfahren.

Ich ließ das Tagebuch in meinen Schoß sinken. Tante Dolores war adoptiert? Irritiert las ich an einer anderen

Stelle weiter, denn hier endete der Text abrupt, als hätte sich Oma Amber hastig in einer ruhigen Minute Dinge von der Seele schreiben müssen.

Elaine leidet darunter, dass ich mehr Zeit mit Dolores als mit ihr verbringe. Aber Elaine ist zehn Jahre älter, sie muss sich selbst beschäftigen können! Dolores ist zerbrechlich und braucht meine Nähe. Sie hilft mir im Sommer im Laden auf den Outer Banks, der sehr gut läuft. Elaine hat wenig Interesse daran. Sie schmollt und zeigt mir die kalte Schulter, dabei möchte ich eine gute Mutter für beide sein.

So war das also gewesen! Es erklärte, warum Mom kein einfaches Verhältnis zu Oma Amber gehabt hatte. Es musste schwer für sie gewesen sein, sich von der leiblichen Mutter vernachlässigt zu fühlen. Es erklärte auch die problematische Beziehung zwischen Mom und Dolores. Dieses Tagebuch machte vieles klarer, aber eben nicht alles. Mein Kopf glühte vor wirren Gedanken.

Ich scannte die Seiten, während ich weiterblätterte. An einer Stelle waren einige Locken eingeklebt, vermutlich stammten sie von Tante Dolores. Dann folgten mehrere Seiten mit Zeichnungen, ein paar Nachrichten von sehr zufriedenen Kunden und ein Artikel über das *Tiny Treasures* in der Lokalzeitung. Es war beliebt gewesen. Oma Amber hatte sich finanziell stets über Wasser halten können und Tante Dolores, die wegen ihrer depressiven Veranlagung oft in tiefe Löcher gefallen war, sicher ihr Leben lang unterstützt.

Dolores ist jetzt eine Frau geworden

stand viel weiter hinten. Es mussten etliche Jahre zwischen dem ersten Eintrag und diesem verstrichen sein.

Elaine beobachtet es mit Unmut, dass ihre junge Schwester bildhübsch geworden ist.

Meine Mutter tat mir auf einmal leid. Ich hatte ihr Verhalten oft verurteilt, dabei hatte ich so wenig über ihr Leben gewusst! Aber warum um alles in der Welt hatte sie mir nie etwas davon erzählt? Mit wem hätte sie sonst ein enges Verhältnis haben können, wenn nicht mit ihrer Tochter?
Mein Blick huschte über die nächsten Seiten und blieb sofort an einer Stelle hängen:

Heute habe ich Milton Farrell aus meinem Laden geworfen. Es macht mir ein schlechtes Gewissen, aber ich kann es nicht mit ansehen, wie Dolores mit gerade einmal sechzehn Jahren diesem Nichtsnutz hinterherläuft.

Warme Tränen drängten in meine Augen, und ich wurde den Eindruck nicht los, dass Oma Amber einen großen Fehler begangen hatte, indem sie die Liebe zwischen Dolores und Milton verhindert hatte. Ungeduldig blätterte ich einige Seiten um und las weiter. Es war nicht schwer, die entscheidenden Sätze zu finden, denn die Aufzeichnungen meiner Großmutter waren eine Aneinanderreihung bedeutsamer Aussagen, aufgelockert von eingeklebten Erinnerungsstücken oder Skizzen. Sie hatte nicht aus Muse geschrieben, sondern aus im Augenblick konzentrierter Verzweiflung.

Ich habe es sofort gewusst, als sich Dolores am Morgen übergeben hat.

Ich hielt inne. War es möglich?
„Ich bin wieder da-ha!", rief Candice, kurz bevor die Haustür laut ins Schloss fiel. Bald darauf stand sie lächelnd vor mir in ihrer engen Jeans und der grünen Windjacke. „Alles okay bei dir?"
„Ja", log ich.
„Hast du was gefunden?"
„Ein Tagebuch, das viele Neuigkeiten enthält."
„Dann will ich dich mal nicht stören!" Mit diesen Worten verschwand Candice in der Küche, und wenig später hörte ich das Holz im Obergeschoss knarzen. Ihr Hund trottete in die Küche und trank laut aus seinem Wassernapf. Ich versuchte, meine Gedanken wieder zu fokussieren.

Es ist eine Sünde vor dem Herrn und wird meinen Ruf beflecken

schrieb Oma Amber.

Dolores ist schwanger, ich habe es nicht verhindern können. Aber ich muss ihr auf ihrem Weg helfen, koste es, was es wolle.

Hier endeten die Einträge. Wie wild wühlte ich weiter in dem Karton und öffnete auch die restlichen, ohne ein weiteres Tagebuch zu finden.

Völlig verwirrt lehnte ich mich schließlich auf dem Sofa zurück und schloss die Augen. Die Strapazen der langen Autofahrt forderten ihren Tribut, und ich empfand plötzlich eine bleierne Müdigkeit, obwohl Schlafen das Letzte war, was ich tun wollte. Wo wollte ich überhaupt die Nacht verbringen? Unsere WG in Ann Arbor war bereits gekündigt.

Ich legte meine Hände auf den Bauch und verflocht meine Finger, konzentrierte mich einzig und allein auf meinen Atem, der allmählich ruhiger wurde.

Tante Dolores musste verwirrt gewesen sein. Hatte sie das Kind mit Omas Hilfe abtreiben lassen, auch wenn es ihren moralischen Prinzipien widersprochen hatte? War Tante Dolores deshalb so sonderbar geworden? In mir verfestigte sich der Wunsch, dass sie unzurechnungsfähig war. Vielleicht hatte sie Miltons Baby auch verloren, und das hatte ihre posttraumatische Lage nach einer wohl schweren Kindheit noch verstärkt? Es gab so viele unscharfe Stellen in der Geschichte, die mich nun mehr reizte denn je. Aber wenn es so war, dass meine Tante von Milton schwanger geworden war, dann war das alles tatsächlich ein heilloses Durcheinander und Tante Dolores' Geist nicht klar. Und ich nicht Miltons Tochter!

Ich angelte nach meinem Handy und wählte Danes Nummer.

Kapitel siebzehn

Nach einer schlaflosen Nacht in Candices Gästezimmer hockte ich müde in ihrer Küche, mit meiner dritten Tasse Kaffee in der Hand, der mich jedoch nicht wecken konnte.

„Und, was hast du jetzt vor?" Candice saß mir gegenüber und rührte in ihrem Porridge mit Blaubeeren.

„Ich muss wieder nach North Carolina." Ich seufzte unwillkürlich und nahm einen Schluck aus meiner Tasse. „Verrückt, wie oft ich hin und her fahre. Ich hätte es besser planen müssen."

„Du kannst doch nichts dafür." Candice nahm den ersten Löffel aus ihrer Schüssel. Ich hatte ihr am Morgen alles erzählt, bis auf das winzige, aber entscheidende Detail, dass ich mich Hals über Kopf in Dane verliebt hatte, den ich am Vorabend leider nicht mehr hatte erreichen können. Ich sehnte mich so sehr danach, ihm nahe zu sein!

Candice wischte sich den Mund an einer Serviette ab. „Es liegt daran, dass deine Tante nicht reden will."

„Vielleicht hast du recht." Wieder atmete ich zu geräuschvoll aus. Allein die Vorstellung, Tante Dolores schon wieder aufsuchen zu müssen, machte mir Angst. Aber was sollte ich sonst tun? Vielleicht hatte Dane eine Idee.

„Ruh dich heute noch aus und mach dich erst morgen wieder auf den Weg", schlug Candice vor und lächelte mich ermutigend an. Sie war ein positiver Mensch, der mir schon immer gutgetan hatte. In der Hinsicht war sie Lynn sehr ähnlich. Auch bei Candice gab es keine Probleme, die man nicht lösen konnte, und ich wollte glauben, dass sie mit ihrer Einstellung goldrichtig lag. Heute mehr denn je.

Ich bummelte am Vormittag durch die nächstgelegene Mall, ohne etwas zu kaufen, und machte es mir am Mittag mit einem Latte Macchiato bei Starbucks bequem. Die Müdigkeit steckte mir noch in den Knochen, und ich beobachtete träge die vielen Menschen, die an mir vorbeiströmten: junge Paare, Mütter mit Kindern, Geschäftsmänner, die sich ihr Lunch holen, alles Menschen, die ihren Platz im Leben gefunden hatten. Oder sah es nur an der Oberfläche so aus? In den vergangenen Tagen hatte sich in mir die Erkenntnis verfestigt, dass ich jetzt, mit Anfang zwanzig, an einem Punkt in meinem Leben angekommen war, an dem es viele Veränderungen geben würde, ob ich es wollte oder nicht. Dass mich aber die Lebensgeschichte meiner Familie derart durcheinanderbringen würde, damit hatte ich nicht gerechnet. Ich schob meine Unentschlossenheit und die damit verbundene fehlende Richtung in meinem Leben darauf, dass meine Mom unerwartet gestorben und ich zurzeit zu sehr damit beschäftigt war, die Vergangenheit zu sezieren. Gleichzeitig versuchte ich, mir einzureden, dass sich danach alles wieder ordnen würde. Aber während ich den Becher an meine Lippen führte, wusste ich, dass es im Grunde genommen an mir selbst lag. Ich war eine junge Frau ohne Träume. Eine, der der Boden unter den Füßen weggezogen worden war, der ohnehin uneben gewesen war. In Selbstmitleid hatte ich mich noch nie gesuhlt und wollte es auch jetzt nicht tun. Es war vielmehr eine bloße Erkenntnis. Ich tat mir nicht einmal leid.

Mein Handy klingelte. Ein WhatsApp-Videoanruf von Dane!

„Hey, schön dich zu sehen!" Ich musterte sein vertrautes Gesicht, und augenblicklich erfüllte mich eine innere Unruhe. Der nervöse Taumel der Verliebtheit, wie Kristen und ich es mal getauft hatten.

„Schön, *dich* zu sehen!" Dane lächelte. „Du hattet angerufen. Tut mir leid, dass ich mich erst jetzt melde." Er machte eine zu lange Pause, sodass ich sofort vermutete, dass er einen anstrengenden Abend gehabt hatte. „Ich habe mit meinem Dad gesprochen und dann noch einen langen Spaziergang mit Cindy gemacht." Sein Gesichtsausdruck wurde ernst. „Es wäre wirklich schön, wenn du hier sein könntest, Lisa."

Wie ein Wasserfall brach alles aus mir heraus, was ich in Oma Ambers Tagebuch gelesen hatte. Ich redete ohne Unterlass und wurde immer schneller, erntete den interessierten Blick einer Frau, die am Nebentisch saß. Es tat gut, Dane alles zu erzählen, denn ich konnte nicht länger damit warten, meine Neuigkeiten mit ihm zu teilen, keinen Tag, keine Stunde, nicht einmal eine einzige Sekunde. Etwas sagte mir, dass wir gemeinsam in dieser Geschichte steckten.

Als ich schließlich fertig war, erwiderte Dane eine Weile nichts. Er schien nachzudenken. Ich leerte meinen Becher und versuchte, mich wieder zu entspannen, nachdem ich mich verkrampft über den Tisch gelehnt hatte, auf dem mein Handy lag.

„Das heißt, deine Tante Dolores war von meinem Dad schwanger und hat es ihm nie erzählt?" Dane klang empört, und ich konnte es nachvollziehen.

„Die Umstände waren bestimmt nicht leicht für sie", versuchte ich, meine Tante zu verteidigen.

„Aber er hatte das Recht, es zu erfahren!" Dane sprach so laut, dass ich erschrak. Das alles schien ihn genauso aufzuwühlen wie mich. „Und was ist mit dem Baby geschehen? Meinst du, deine Oma hat Dolores zu einer Abtreibung gezwungen?"

„Ich denke nicht. Oma Amber war eine sehr gläubige Frau, es hätte nicht zu ihr gepasst."

„Hat es denn zu ihr gepasst, eine große Liebe zu verhindern?"

Meine Kehle wurde eng, und ich ballte meine Hände zu Fäusten.

„Ich habe eine Idee!", sagte Dane auf einmal, und in seinen Augen leuchtete etwas auf, das ich als Hoffnung interpretierte. „Du kommst wieder her und wir organisieren ein Wiedersehen zwischen den beiden! Ohne Dad etwas davon zu sagen, denn dann würde er einen Rückzieher machen. Du lockst deine Tante auf die Outer Banks und wir führen sie zusammen. Wie findest du den Vorschlag?"

Dane klang so erwartungsvoll, dass es mir schwerfiel, Bedenken zu äußern. Die Vorstellung war schön, aber wie sollte ich meine Tante zu einer Reise auf die Outer Banks bewegen?

„Meinst du nicht, dass wir sie damit überrumpeln würden?", fragte ich vorsichtig.

„Doch, natürlich, aber manche Menschen brauchen einen Schubs, um ihr Glück zu finden."

„Und wenn sie nichts mehr füreinander empfinden?"

„Glaub mir, es wird toll werden! Ich habe schon die perfekte Idee, wo sie sich treffen könnten!"

Geblendet von Danes Begeisterung traute ich mich nicht, weitere Zweifel anzubringen.

„Was ist? Du siehst so traurig aus." Dane führte das Handy näher an sein Gesicht. „Komm zurück, Lisa! Ich brauche dich."

Seine Worte taten mir gut, obwohl ich nachdenklich war. Es war nicht meine Art, mich in die Angelegenheiten anderer einzumischen, und doch hegte ich immer noch den Verdacht, dass Mom genau das gewollt hatte. War es nicht wichtig, ihren letzten Willen zu erfüllen? Vielleicht hatte sie vieles kurz vor ihrem so plötzlichen Tod bereut und mich deshalb darum gebeten, die Dinge geradezurücken. Egal, wie schwierig mein Verhältnis zu Mom gewesen war, ich schuldete es ihr, diese Aufgabe zu erfüllen.

„Ich werde morgen da sein", sagte ich und wünschte mir, begeisterter klingen zu können. Wäre es nur um ein Wiedersehen mit Dane gegangen, hätte ich einen Luftsprung gemacht, aber die ganze Geschichte lastete zu schwer auf meinen Schultern. „Das habe ich schon gestern Abend beschlossen", fügte ich hinzu und versuchte zu lächeln. „Aber dann müssen wir die Sache abschließen, Dane, sonst werde ich noch verrückt. Das Leben geht weiter, und ich kann nicht ewig in der Vergangenheit steckenbleiben."

Und morgen werde ich dir endlich sagen, was ich für dich empfinde, dachte ich, bevor wir uns verabschiedeten und auflegten.

Kapitel achtzehn

Mein Hin- und Herpendeln zwischen Michigan und North Carolina war mindestens so chaotisch wie mein Innenleben. Auf der Fahrt rief ich zunächst Kristen an, um ihr alles zu erzählen, was mir zurzeit durch den Kopf ging.

„Hey, Carolina Girl!" Es tat so gut, ihre Stimme zu hören!

„Es freut mich, dass du wieder auf dem Weg in deinen Heimatstaat bist!" Kristen klang ausgelassen. „Und nur für den Fall, dass du mich fragen wolltest: Ja, bleib dort! Egal, wie die Geschichte deiner Mom oder die Sache mit Dane ausgeht, du gehörst da hin, und lass dir bloß nichts anderes einreden!"

Ein Lächeln legte sich auf meine Lippen.

„Ich vermisse dich", sagte ich, während ich mich auf der mittleren Spur vom Verkehr treiben ließ. „Dich und Lynn und unsere gemeinsame Zeit."

„Ich weiß."

„Was ist aus dem Job in Kalifornien geworden?"

„Sieht gut aus", erwiderte Kristen. „Sie melden sich wohl nächste Woche."

Eine Weile schwieg ich und starrte auf die kerzengerade Fahrbahn. Ich konnte es kaum erwarten, das Meer zu sehen, aber das würde noch Stunden dauern. Diesmal hatte ich mehr eingepackt, mit dem Wunsch im Hinterkopf, tatsächlich länger zu bleiben. *Für immer* war kein Konzept, das ich verstand, und ich wollte definitiv noch mehr von der Welt sehen! Sobald diese Sache endlich abgehakt war und Dane und ich ein Paar waren.

„Ich wünsch dir auf jeden Fall ganz viel Glück, Lisa! Und denk dran, du gehörst in Shorts und Flipflops, mit Sand zwischen den Zehen und dem Meeresduft im vom Salz verklebten Haar."

Ich liebte Kristens poetische Ader!

„Danke, Kristen, ich werde versuchen, mich daran zu erinnern."

Als nächstes rief ich Lynn an, die überrascht war, dass ich schon wieder unterwegs war. „Du bist verrückt. Du warst doch gerade erst hier!"

„Hast du Angst, dass ich dich mit Dane erwische?", scherzte ich, aber nicht ohne einen Hauch von Eifersucht im Bauch.

„Du weißt doch, dass ich meine Versprechen halte. Und außerdem seid ihr das perfekte Paar. Falls es so was gibt."

„Ich möchte gern glauben, dass es so ist." Ich setzte den Blinker und wechselte auf die rechte Spur, um die nächste Ausfahrt zu nehmen, weil ich auf die Toilette musste. „Vielleicht waren Dolores und Milton perfekt füreinander." Ich wurde wieder nachdenklich. „So sehr ich die Vorstellung mag, Lynn, sie macht mir auch Angst."

„Weil auch Perfektes zerbrechen kann?"

„Genau. Und weil man sich vielleicht manchmal an vermeintlich Perfektem festklammert."

Wir schwiegen, bis ich mich verabschiedete, weil ich auf einem Parkplatz angekommen war.

Ich stieg aus und streckte mich. Perfekt war der Strand auf den Outer Banks. Die Freiheit, die ich dort empfand, und die ich bisher nur mit Oma Amber und Dane hatte teilen können. Oft kamen überwältigende Gefühle dann, wenn ich sie am wenigsten erwartete, meistens wenn ich allein war und über das Leben nachdachte. Die perfekten Momente waren magisch und flüchtig, und ich hätte sie gern festgehalten, obwohl ich wusste, dass es unmöglich war. Dolores musste viele solcher Momente mit Milton geteilt haben. Ich würde sie zuerst aufsuchen. Mal sehen, ob es mir gelang, sie auf die Outer Banks zu locken.

Ich stand vor Tante Dolores' Haus und klingelte dreimal, aber sie ging nicht an die Tür. Also ließ ich mich auf einen der Flechtstühle auf der Veranda fallen und rief Dane an, um ihm zu sagen, dass ich schon ganz in der Nähe war.

„Soll ich kommen?", fragte er, und in seinem Tonfall klang Aufregung mit. „Wenn es nötig ist, dann fahre ich zu euch rüber."

„Ich glaube, es ist wirklich besser, wenn ich alleine mit ihr rede." Ich drehte eine meiner Haarsträhnen auf meinem Zeigefinger auf. „Sie ist sowieso oft verschlossen, da hilft es nicht, wenn ein Fremder dabei ist."

„Ein Fremder?"

„Naja, für Tante Dolores bist du ein Fremder."

Dane erwiderte nichts.

Ich ließ meinen Blick in die Ferne schweifen, in Richtung des wolkenlosen Himmels, von dem eine strahlende Sonne schien. Ich wollte auch wieder strahlen, endlich wieder ich selbst sein, ohne ständig von Fragen und Zweifeln gequält zu werden. Wo war meine unbeschwerte Studentenzeit geblieben? Wo mein ausgeglichenes Wesen, das ich mir angeeignet hatte? Oder hatte da immer etwas in mir gelauert, das dunkel und schwer war und jetzt wieder an die Oberfläche kam?

„Ich würde sie nicht zu sehr foltern." Danes Stimme riss mich aus meinen Gedanken. „Ich meine, du kennst meine Einstellung. Niemand redet gern über die Vergangenheit, vor allem dann nicht, wenn sie so belastend ist."

„Manchmal muss man es aber tun, wenn man einen Schlussstrich ziehen will." Die Empörung in meiner Stimme war nicht zu überhören. „Da erfahre ich, dass meine Tante schwanger war, und jetzt soll ich nicht herausfinden, was weiter geschehen ist?"

Dane schwieg, und mir fiel ein, dass ich ihn nie nach seiner Vergangenheit gefragt hatte, weil er von Anfang an klargemacht hatte, über dieses Thema nicht reden zu wollen. Ich wusste so gut wie nichts über ihn. Wer war seine Mutter? Dane war sieben Jahre älter als ich, also hatte Milton schon vor dem Techtelmechtel mit Tante Dolores ein Kind gehabt. War Milton Farrell ein Frauenheld? Ein Herzensbrecher? Es passte nicht zu ihm, aber irgendetwas war komisch an der ganzen Sache.

„Lisa? Bist du jetzt sauer auf mich?"

„Nein, ich möchte nur, dass du mich verstehst. Ich finde es nicht in Ordnung, ein Geheimnis aus dem zu machen, was mal gewesen ist. Du siehst doch, welche Probleme daraus entstehen."

„Es ist eine Frage des Blickwinkels", sagte Dane, und ich grübelte, ob er wirklich so cool drauf war oder es nur spielte.

Da bog Tante Dolores' Wagen in die Einfahrt.

„Ich muss auflegen, meine Tante kommt gerade."

„Mach's gut, Lisa! Ich denk die ganze Zeit an dich!"

„Ich auch an dich."

„Bring deine Tante mit, okay? Du schaffst das!"

„Ich versuch's."

„Bye, Lisa." Dann eine lange Pause, in der ich überlegte, was ich sagen sollte, doch Dane kam mir zuvor: „Ich liebe dich." Noch bevor ich etwas erwidern konnte, legte er auf.

„Lisa!" Tante Dolores blickte mich entgeistert an, während sie den Kofferraum öffnete und Plastiktüten herausholte. „Du bist wieder hier?"

„Ja", sagte ich nur, obwohl es eindeutig eine rhetorische Frage gewesen war, und ging auf meine Tante zu. „Lass mich dir helfen!" Ich nahm ihr eine der Tüten ab, und sie hievte eine Gallone Milch aus dem Auto, bevor sie den Kofferraum zuknallte. Sie trug eine Jeans und ein ausgebleichtes, rotes T-Shirt und kam wohl direkt von der Arbeit.

„Ich räume nur schnell die Sachen ein, mach es dir doch bequem", sagte sie, während sie umständlich die Tür öffnete. Im Flur kamen uns sofort drei miauende Katzen entgegen. „Ja, ihr bekommt gleich was zu fressen", flüsterte meine Tante in einem süßlichen Tonfall, als spräche sie zu einem kleinen Kind. Der Gedanke, dass sie ihr Baby vielleicht verloren hatte und das ihre psychischen Probleme verschlimmert hatte, durchzuckte mich.

Ich setzte mich auf die Couch, obwohl ich in letzter Zeit mehr als genug gesessen war. Im Garten legte gerade der Rasensprenger los, und feine Wassertropfen trafen auf die Scheibe der Terrassentür. Es war schwer, einen klaren Gedanken zu fassen, weil ich völlig durcheinander war – mehr denn je. Wie sollte ich bloß anfangen?

„Ich freue mich natürlich, dich so oft zu sehen", sagte Tante Dolores, während sie Lebensmittel in den Kühlschrank packte. Es schien ihr Wocheneinkauf zu sein. „Aber hast du nicht in Michigan zu tun?"

„Ich bin fertig mit der Uni."

„Ja, das dachte ich mir." Tante Dolores schloss den Kühlschrank, stopfte die nun leeren Plastiktüten in eine Schublade und setzte sich zu mir. „Und bist du auf Jobsuche?"

„So halb", gestand ich, und eine unterschwellige Reue nagte an mir. „Ich habe mich seit Moms Tod nicht gut konzentrieren können." Ich wollte Worte fließen zu lassen, so, wie ich es am liebsten tat. Nur in dieser Angelegenheit war es mir nie gelungen. „Und dann war da ihre Andeutung, ich solle dich aufsuchen." Und bamm, schon waren wir beim Thema.

Tante Dolores starrte in die Mitte des Zimmers und wirkte verloren. Es war ihr anzusehen, dass sie nicht schon wieder darüber reden wollte. Ich musste das Thema vorsichtiger angehen.

„Ich habe mich verliebt", sagte ich geradeheraus, und Tante Dolores sah mich interessiert an. „Und es macht die Sache nur noch dringender, weil ich wissen muss, ob ich mit Dane verwandt bin."

Tante Dolores runzelte die Stirn. „Wer ist Dane?"

„Er ist Miltons Sohn."

„Milton hat einen Sohn?" Tante Dolores' Blick war so perplex, dass ich sie am liebsten in den Arm genommen hätte. Das hier war alles zu viel, für sie und für mich.

„Es tut mir wirklich leid, dass ich dich mit diesen Dingen konfrontiere, Tante Dolores." Ich schluckte hart. „Ich verstehe gar nichts mehr, und das Puzzle will nicht fertig werden." Ich senkte den Blick. Es musste doch einen Weg geben, endlich die fehlenden Teile des Gesamtbildes zu finden, oder?

„Das wundert mich nicht", sagte Tante Dolores mit einem überraschend trockenen Ton in der Stimme. „Möchtest du einen Tee?" Sie stand auf und fuhr sich mit den Handflächen über die Oberschenkel. „Oder einen Kaffee?"

„Ich möchte nichts, danke."

„Du musst doch Durst haben! Oder Hunger!" Sie klang wie eine besorgte Mutter.

„Danke, ich brauche ehrlich nichts." Es gelang mir nicht, zu lächeln, dabei war ich normalerweise gut darin, es auf Knopfdruck zu tun.

„Wie du meinst." Tante Dolores nahm wieder Platz und legte die Hände brav in den Schoß. Dann hob sie den Blick, der so niederschmetternd traurig war, dass es schmerzte.

„Vielleicht ist es an der Zeit, dass du die Wahrheit erfährst." Ihre Augen wurden feucht. „Ich meine, die ganze Wahrheit", fügte sie hinzu.

Es gab also doch noch Dinge, die sie mir vorenthalten hatte.

„Ich sehe uns noch, als sei es erst gestern gewesen", fuhr sie fort. Nervös hing ich an ihren Lippen, während die Anspannung in meinem Körper wuchs. „Wie wir da im Kreis stehen, deine Oma, Elaine und ich. Es war eine Art Ritual, ein Schwur, der unser gemeinsames Schweigen bestätigen sollte. Wir besiegelten damit in gewisser Weise dein Schicksal, ohne dich jemals gefragt zu haben, ob es für dich in Ordnung war."

Ich verstand rein gar nichts mehr.

Mein Handy surrte.

Alles okay bei dir?

schrieb Dane, aber ich reagierte nicht darauf.

„Ich habe eine wunderbare Nacht mit Milton verbracht." Tante Dolores' Blick wurde auf einmal sanft, als küsste sie die liebevolle Erinnerung. „Eine einzige Nacht, in der ich meine Jungfräulichkeit verlor. Ich habe nie bereut, sie ihm geschenkt zu haben."

Mein Herz pochte in meinen Hals, und meine Kiefermuskulatur war hart wie Stahl. Ich beschloss, nicht zu erwähnen, dass mir dieses Detail schon klar war, weil ich Tante Dolores in Ruhe ausreden lassen wollte.

„Aber deine Oma hat Milton klipp und klar gesagt, er solle sich nie wieder bei uns blicken lassen. Sie konnte sehr abweisend sein und hat ihn eingeschüchtert. Amber hat diese christliche Verantwortung ausgestrahlt und mir das Gefühl gegeben, dass ich sie mehr brauche als ihre leibliche Tochter Elaine. Dabei hat Elaine sie mehr gebraucht, als sie jemals gewusst hat. Ich wurde von Amber adoptiert, weil sie nach ihrer Krebsbehandlung keine Kinder mehr bekommen sollte, und sie hat all ihre Liebe in meine Erziehung gesteckt. Sie hat mich so hingebungsvoll umsorgt, dass es am Ende fast zu viel war. Als müsste sie all das kompensieren, was das Schicksal mir an Widrigkeiten in die Wiege gelegt hatte. Meine Mutter war Alkoholikerin und mein Vater ein raufwütiger Draufgänger, aber ich wollte nie etwas davon wissen. Jedenfalls waren sie nicht in der Lage, mich zu versorgen und großzuziehen." Tante Dolores stand auf und ging in die Küche, wo sie ein Glas mit Wasser füllte, das sie hastig leerte. Als sie sich wieder zu mir setzte, ergriff sie meine Hand. Sie bettete sie zwischen ihren beiden Händen, wie einen kleinen, hilflosen Vogel in einem behütenden Nest.

„Das ist jetzt bestimmt alles ein bisschen zu viel für dich, nicht wahr?" Sie sah mich fest an, und ich war wieder einmal erstaunt, wie redebereit sie heute war.

„Ich habe in Moms Kartons Oma Ambers Tagebuch gefunden, in dem stand, dass sie dich adoptiert hat. Und dass du schwanger warst. Aber dann endeten die Eintragungen plötzlich."

„Natürlich!" Tante Dolores schnaubte verächtlich. „Sie wollte nicht darüber schreiben, weil sie in ihrem Herzen immer gewusst hat, dass es falsch war."

„Was war falsch?" Ich wollte es endlich hören! Es machte mich verrückt, so auf die Folter gespannt zu werden.

„Ich war sechzehn Jahre jung, als ich schwanger wurde, und für Amber war klar, dass ich weder psychisch noch finanziell in der Lage war, ein Kind zu versorgen." Tante Dolores erhöhte den Druck auf meine Hand. „Also bat sie Elaine, das Baby anzunehmen."

Meine Stirn glühte.

„Elaine hat mitgemacht, vielleicht, um ihrer Mutter zu imponieren und die Wogen in ihrer Beziehung zu glätten. Ich weiß es nicht. Die Bedingung war allerdings, dass du nie etwas davon erfährst."

Tante Dolores blickte mir tief in die Augen, als müsste sie sicherstellen, dass ich begriff, was sie mir da eben gesagt hatte. Wie in Trance saß ich da und zog instinktiv meine Hand zurück.

„Elaine hatte zu dem Zeitpunkt zwei Fehlgeburten gehabt", sagte Dolores weiter. Davon hatte ich nie etwas gewusst! „Es gab einen Mann in ihrem Leben, der es wohl zumindest eine Zeitlang ernst mit ihr meinte. Aber manchmal zerbrechen Beziehungen, wenn die Umstände zu belastend werden."

Ich vergaß zu atmen. Spürte, wie sich mein Magen zusammenkrampfte und meine Beine schwer wie Blei wurden, als müsste ich für immer hier sitzenbleiben und mir weitere Wahrheiten anhören, die mein gesamtes Leben auf grausame Weise in Stücke zerrissen.

„Du bist bei Elaine aufgewachsen, weil es die beste Lösung für uns alle war. Es gibt noch immer Tage, sogar Wochen, in denen ich nur mit Mühe das Bett verlassen kann, Lisa. Ich war viel zu jung, um eine Mutter zu sein." Tränen kullerten über Dolores' Wangen. „Es tut mir so leid, Lisa. Es muss so schwer für dich sein." Sie wollte erneut meine Hand nehmen, aber ich zog sie weg. „Es hat mich zweiundzwanzig Jahre lang zerrissen, dass ich immer nur die verrückte Tante sein durfte.

Manchmal war ich nah dran, es dir zu sagen. Aber dann dachte ich, dass es dein Leben nur unnötig kompliziert machen würde. Was spielte es für eine Rolle? Du hattest eine Mutter, die in der Lage war, nach dir zu sehen. Ich hätte das vermutlich nie so gut gekonnt, Lisa, aber trotzdem bist du meine Tochter."

Kapitel neunzehn

Wutentbrannt sprang ich auf. „Ihr habt mich mit einer riesengroßen Lüge aufwachsen lassen!"

Nichts stimmte mehr in meinem Leben. Es war, als wankte der Boden unter meinen Füßen. Ich stürmte in den Flur und stolperte beinahe über eine der Katzen.

„Warte doch, Lisa!" hörte ich Dolores noch rufen, bevor ich die Haustür hinter mir zuknallte, energisch in meinen Wagen stieg und in Richtung Strand fuhr.

Ich ging so lange am Meer entlang, bis meine Beine mich kaum noch trugen, während so viele Tränen über mein Gesicht liefen, dass ich irgendwann leergeweint sein musste. Aber es war nicht so. Als die Dämmerung einsetzte, ließ ich mich am Strand auf den Boden plumpsen und vergrub meine Finger und Zehen im noch warmen Sand. Inzwischen hatte ich solche Kopfschmerzen, dass es sich anfühlte, als müsste mein Schädel zerbersten. Ich schloss die Augen und ließ mich auf den Rücken fallen, lauschte dem beruhigenden Flüstern der Wellen und versuchte, all meine Sorgen loszulassen.

Noch einmal bemühte ich mich, Dolores' Geschichte zusammenzusetzen, Stück für Stück und mit dem Wunsch, die Akteure zu verstehen, doch es fiel mir sehr schwer. Dass Oma Amber dieses Lügenszenario zugelassen hatte, schmerzte am meisten. Warum hatte sie nicht selbst ihre Hilfe angeboten? Ich wusste, dass sie bis zu ihrem Tod Dolores' Leben mitfinanziert hatte, und vielleicht war sie zu der Zeit zu sehr mit ihrem Laden beschäftigt gewesen.

Je mehr ich über die Sache nachdachte, desto mehr Fragen stellten sich mir und desto verwirrter wurde ich. Meine Tante Dolores war also meine leibliche Mutter. Es machte die Tatsache, dass Mom und ich uns nie wirklich nahegestanden hatten, nicht besser. Aber es machte Moms Umzug nach Michigan nachvollziehbar, und ich wunderte mich, dass sie nicht schon viel früher gegangen war, um ihr eigenes Leben zu führen. Also war auch Oma Amber gar nicht meine richtige Oma. All die Menschen, denen ich nah gewesen war, rückten soeben in eine unerreichbare Ferne. Es tat weh. Alles, woran ich geglaubt hatte, verlor sich in einer trüben Unschärfe. Oder machte es gar keinen Unterschied, ob wir blutsverwandt waren? Eines stand jedenfalls fest: Dane und ich waren blutsverwandt, und ich konnte mir keine Illusionen mehr machen, obwohl ich immer noch in ihn verliebt war. Doch das würde ich ihm niemals sagen können, höchstens auf eine geschwisterliche Art, was auch immer das war – ich hatte keine Ahnung davon!

Mit einem Seufzer fasste ich mir an die glühende Stirn. Ich brauchte dringend ein Schmerzmittel. Mein Entschluss stand fest: Ich würde eine Nacht bei Lynn bleiben, schließlich war das Timing perfekt, denn morgen lief der Mietvertrag aus. Ich würde Dane nicht mehr wiedersehen, zumindest vorerst nicht, denn es würde mir das Herz zerreißen. Aber vorher wollte ich noch einen kleinen Abstecher machen.

Ich stand an dem Holzgeländer auf dem Steg vor der Ladenzeile und sah der Sonne zu, deren goldenes Licht sich über dem Meer ergoss. Bald würde sie mit dem Wasser verschmelzen und dann abtauchen. Es gab nichts Schöneres als einen Sonnenuntergang am Meer, und doch konnte ich ihn nicht so genießen, wie ich es gern getan hätte. Immer wieder rief mir meine innere Stimme zu, dass ich ein ganz anderes Leben hätte haben können. Dass ich meinen Herzensstaat niemals hätte verlassen müssen. Dass alles ohne Rücksicht auf mich durcheinandergebracht worden war. Ich war wütend. Gleichzeitig war da aber auch eine mahnende Stimme, die mir zuflüsterte, dass ich Dolores hätte in den Arm nehmen sollen. Dass ich verzeihen musste und dass es in Ordnung war, aufgebracht zu sein. Dass mir dieser Weg zeigte, dass ich auch meiner Mom, die gar nicht meine leibliche Mutter gewesen war, vergeben musste, um glücklich zu sein.

Beim nächsten Atemzug dachte ich an Dane und unsere ersten Küsse ziemlich genau an dieser Stelle.

„Ganz alleine?" Eine kleine Frau mit stark blondierten Haaren, Sommersprossen und einer roten Brille trat neben mich. „Ich bin Sally. Möchtest du noch reinkommen?" Sie deutete in Richtung eines Ladens, der schräg hinter uns lag. Dort war *Tiny Treasures* gewesen, aber das Geschäft war kaum wiederzuerkennen. Der neue Besitzer hatte es in ein ultramodernes Etwas mit Leuchtreklame und kommerziellem Krimskrams verwandelt, was ihn für mich nicht mehr einladend machte. Bei Oma Amber hatte es handwerklich hochwertige Kunst gegeben. Nur nicht Miltons.

„Wir schließen gleich", sagte Sally. „Willst du dich nicht umsehen? Es gibt jede Menge Souvenirs."

„Das ist nett, danke, aber ich bin keine Touristin", sagte ich entschlossen, obwohl ich mir nicht sicher war, ob es der Wahrheit entsprach. „Ich bin die Enkelin von Amber Burnett."

„Von *der* Amber Burnett?" Sallys Augen weiteten sich. Ihre bläulich-schwarze Wimperntusche war klumpig.

„Genau die, die hier früher *Tiny Treasures* geführt hat."

„Was ist aus ihr geworden?"

„Oh, sie ist schon von uns gegangen", sagte ich.

„Das tut mir leid." Sally legte eine Hand auf meinen Oberarm. „Jedenfalls hat mein Mann Chris versucht, den Laden ein wenig aufzupeppen, aber jetzt haben wir andere Pläne. Ich stamme übrigens aus Kalifornien und habe Chris letzten Sommer hier kennengelernt." Sallys Redefluss war nicht zu stoppen, und ein Teil von mir war ihr dankbar, dass sie mich auf andere Gedanken brachte. „Wir hatten ein Jahr lang eine Fernbeziehung, aber Mann, das ist vielleicht anstrengend!" Sally verdrehte theatralisch die Augen. „Jedenfalls haben wir uns jetzt entschlossen, zusammen nach Kalifornien zu gehen. Nach dieser Saison wird Chris das Geschäft verkaufen. Hast du vielleicht Interesse?" Sie zwinkerte mir zu, und ich war verblüfft, dass sie mir ernsthaft dieses Angebot machte. Sicher gab es jede Menge Interessenten für solch ein Geschäft in dieser Lage. Aber vielleicht war es noch nicht offiziell, und der Zufall hatte unser

Treffen organisiert. Oder das Schicksal. Wenn ich ehrlich war, wollte ich daran glauben.

In mir keimten binnen Sekunden allerlei Wunschträume: Dane und ich, wie wir gemeinsam den Laden übernehmen und auch Miltons Kunst gebührend ausstellen. Ein Leben, das meine Sehnsucht nach North Carolina endlich stillen würde. Ebenso meinen Durst nach Liebe und Geborgenheit. Nach einem Zuhause.

„Alles okay?" Sally stupste mich freundschaftlich an. Ich musste schrecklich skeptisch dreingeblickt haben!

„Ja, entschuldige bitte, ich war nur in Gedanken."

„Komm mit, ich stell dir Chris vor." Sally zog mich förmlich hinter sich her, und ich hatte keine Energie, um mich zu widersetzen. Das *Tiny Treasures* war kaum wiederzuerkennen. Es lag ein aufdringlicher Pinien-Raumduft in der Luft, und überall stapelte sich kitschiger Krimskrams, vermutlich *made in China*. Hinter der Kasse trat ein leicht untersetzter Mann mit einer OBX-Baseballkappe hervor, der mir energisch die Hand schüttelte, nachdem mich Sally als einsames, trauriges Mädchen vom Holzsteg vorgestellt hatte. Trotz meiner schlechten Laune musste ich lächeln.

„Sie ist die Enkelin von Amber Burnett, stell dir das vor! Die Welt ist wirklich klein, das merke ich immer wieder!" Sally sortierte ein paar Plüschkätzchen, die in bunten Körbchen lagen, neu.

„Vielleicht möchtest du ja den Laden zurück in die Familie bringen", sagte Chris, als hätte er sich vorher mit seiner Freundin abgesprochen. „Hier ist unsere Visitenkarte!" Er hielt mir ein knallgelbes Kärtchen hin, auf dem *OBX-Souvenirs* stand und das ich in die Gesäßtasche meiner Jeansshorts steckte.

„Danke", sagte ich und lächelte so aufrichtig, wie es mir möglich war.

„Du siehst entsetzlich niedergeschlagen aus, mein Schätzchen!" Wieder berührte mich Sally am Arm. „Als hättest du drei Wochen am Stück geheult."

„Stimmt so ungefähr", sagte ich leise und hatte plötzlich das dringende Bedürfnis, wieder allein zu sein.

„Ich mache mich auf den Weg, danke für das Angebot."

Als ich den Laden verließ, klingelte eine vertraute Glocke über der Tür. Manche Dinge änderten sich wohl nie.

Lynn sah mich entgeistert an, als ich nach einem weiteren Strandspaziergang gegen elf Uhr vor ihr auf der Veranda des Ferienhauses stand.

„Schon wieder hier?" Sie rieb sich die Augen und blinzelte im Schein der Außenlampen. „Ist alles okay?"

„Nichts ist okay." Ich trat mit meiner enorm ausladenden Tasche ein und stellte sie im Eingangsbereich ab, bevor ich ohne weitere Erklärungen die Stufen nach oben nahm und in der Küche stehenblieb. Lynn folgte mir verschlafen.

„Hast du was zum Essen? Ich bin am Verhungern!" Ich öffnete den Kühlschrank, aber dort herrschte gähnende Leere. Klar, Lynn würde morgen abreisen.

Ich nahm einen der letzten Joghurts und begann hastig zu essen, während Lynns ungläubiger Blick auf mir lag. In ihm las ich tausend Fragen.

„Ich kann dich übrigens morgen mitnehmen", sagte ich zwischen zwei Löffeln.

„Was ist hier los, Lisa?" Lynn nahm neben mir auf der Couch Platz und zog die Beine an. Sie waren makellos und goldbraun gebrannt. Wenigstens eine von uns hatte einen erholsamen Urlaub gehabt!

Also erzählte ich meiner Freundin alles. Dabei achtete ich auf eine einigermaßen nachvollziehbare Reihenfolge. Lynns Augen verengten sich immer wieder zu Schlitzen, während sie mir aufmerksam zuhörte. Es tat so gut, die Dinge auszusprechen, selbst wenn sie mir unangenehm waren. Wie brachten es Menschen bloß fertig, Wesentliches für sich zu behalten?

Erst als ich fertig war, merkte ich, dass ich die ganze Zeit kerzengerade dagesessen hatte, und lehnte mich erschöpft zurück in die Kissen. Mein Nacken und mein Rücken waren so verspannt wie lange nicht mehr.

„Wow", war alles, was Lynn sagte.

Dann sah ich ihr an, dass die Zahnräder in ihrem Kopf losratterten. So war das immer bei ihr. Aber in diesem Fall bezweifelte ich, dass sie eine Lösung fand. In den vergangenen Stunden war ich zu der Überzeugung gelangt, dass es in meiner Situation nur einen Weg gab: eine schnelle Flucht! Weg hier und die Vergangenheit ausblenden. So, wie Dane und Milton es predigten. Bloß Dane nie wiedersehen! Allein der Gedanke, ihn nicht küssen zu dürfen, war unerträglich. Vielleicht noch einmal Tante Dolores – meine Mutter – besuchen, um sie in den Arm zu nehmen und ihr zu sagen, dass ich ihr verziehen hatte, auch wenn es nicht stimmte. Die Sache mit Dolores und Milton vergessen. Ich wollte mich da nicht einmischen; die beiden waren erwachsen und selbst für ihr Leben verantwortlich.

„Ich bin gerade ziemlich ratlos." Lynn erhob sich und holte sich eine Cola. Es würde eine lange Nacht werden.

Zunächst hockten wir schweigend nebeneinander, jede in Gedanken weit weg, während Lynn in einem immer schnelleren Rhythmus mit dem rechten Bein wippte, und ich mit meinen nervösen Fingern die Fransen der Tagesdecke malträtierte. Draußen rief eine Eule, und mein Herz ging auf, aber nur für einen Augenblick. Dann holte mich die bittere Realität wieder ein.

„Meinst du nicht, du solltest dich mit Dane treffen und mit ihm reden?" Lynn hob die Augenbrauen. „Es ist doch unfair, einfach abzuhauen. Der Kerl ist in dich verliebt."

„Ist er das?" Ich seufzte unwillkürlich und griff mir an die Stirn.

„Als ich versucht habe, ihn zu küssen, da hat er gesagt, dass er Gefühle für dich hat."

„Du hast was getan?" Ich gab Lynn einen etwas zu kräftigen Schubs gegen die Schulter, und sie blieb lächelnd auf der Seite liegen.

„Das war, noch bevor ich dir versprochen habe, die Finger von ihm zu lassen."

„Na dann." Ich versuchte, mich zu beruhigen, obwohl mein Herz bereits bis zu meinem Hals hochgaloppiert war.

„Im Ernst, Lisa, du musst die Sache klären, bevor wir abreisen."

„Was gibt es da zu klären?" Meine Kopfhaut kribbelte. „Für mich ist inzwischen alles ziemlich klar." Das Prickeln wurde immer unangenehmer. „Soweit das überhaupt möglich ist", korrigierte ich meine Aussage, während meine Finger wieder über die Decke herfielen. „Um die ganze Wahrheit zu begreifen, müsste ich jede einzelne Person befragen. Meine Mom ist tot, Tante Dolores habe ich oft genug gefoltert, aus Milton werde ich nicht schlau, und Danes Nähe wird mich krank machen, weil ich in ihn verknallt bin, das mit uns aber nicht sein darf."

Lynn wirkte betroffen.

„Wir fahren morgen früh los, ich habe echt keine Kraft mehr, Lynn. Zumindest für eine Weile brauche ich eine Auszeit von dem Ganzen, um mich zu beruhigen. Vielleicht komme ich eines Tages zurück, aber das liegt in der fernen Zukunft."

„Wie du meinst." Lynn leerte ihr Glas. „Ich fahre zu meinen Eltern, wahrscheinlich nehme ich ihr Angebot an und mach noch meinen Master in was auch immer." Sie presste kurz die Lippen aufeinander, als sei sie nicht hundertprozentig von ihrer Entscheidung überzeugt. „Aber zuerst schlage ich dich im Schach!" Sie sprang auf, öffnete eine Tür des Schranks unter dem Fernseher und holte ein Schachbrett und eine Holzschachtel mit Figuren hervor. „Die Ablenkung wird uns beiden guttun."

Während ich versuchte, mich auf das Spiel zu konzentrieren und Lynns gekonnte Züge vorauszuahnen, wanderten meine Gedanken immer wieder zu Dane. Er hatte mir inzwischen dreimal getextet. Lynn hatte recht, dass es nicht ganz fair war, ihn in der Schwebe zu lassen. Vielleicht sollte ich ihn anrufen, schließlich war er eine Nachteule. Ich beschloss, ihm nach der Partie zu schreiben. Die wurde kürzer als gedacht, denn der Rest Konzentration, den ich zusammenkratzen konnte, reichte bei Weitem nicht aus, um Lynn zu schlagen.

„Gute Nacht", sagte sie wenig später, nachdem wir eine Weile unschlüssig in der Küche gestanden und schließlich die Reste aus dem Kühlschrank vertilgt hatten. „Schlaf gut, Lisa. Und denk dran: Am Ende wird alles irgendwie gut werden."

Kapitel zwanzig

Das mit einem Treffen zwischen Dolores und Milton wird nicht klappen

hatte ich Dane mitten in der Nacht geschrieben, weil mir texten leichter vorgekommen war als anrufen. Ich hockte mit Lynn im Auto auf Dolores' Einfahrt und kaute auf meinen Fingernägeln. Ständig musste ich an Dane denken. Er hatte sofort versucht, mich zu erreichen. Doch ich hatte ihn weggedrückt, weil ich geahnt hatte, dass mir Tränen in die Augen schießen würden, sobald ich seine Stimme hörte. Bei Dane fiel es mir schwer, über die Tatsachen zu reden. Weil die Tatsachen schmerzten.

Ich melde mich, sobald ich kann

schrieb ich zurück und hatte ein mieses Gefühl, kaum dass die Worte abgeschickt waren. Es klang nach Lebewohl, und das war es wohl auch für eine Weile. Ich musste mir Zeit nehmen, um mich neu zu sortieren und meine Zukunft zu planen, denn schließlich gehörte das zum echten Leben dazu! Ich hasste es jetzt schon.

Was ist nur los, Lisa?

schrieb Dane, gefolgt von einem weinenden Emoji. Ich mochte keine Emojis, aber manchmal fielen sie leichter als komplizierte Worte.

Ja, was war nur los mit mir? Dane musste glauben, dass ich alles aufgab, was zwischen uns gewesen war, weil es mir nicht mehr wichtig war oder weil ich meinen eigenen Weg gehen wollte. Warum sagte ich ihm nicht klipp und klar: *Hey, du bist mein Halbbruder, schon gewusst? Wir sind blutsverwandt, komm her, lass dich umarmen. Wir lieben uns zwar auf eine romantische Weise und haben uns schon oft geküsst, aber was soll's, wir kriegen das hin und stellen mal schnell auf Geschwisterliebe um, wie findest du die Idee?* Allein der Gedanke war haarsträubend, und ich wollte es ihm nicht ins Gesicht sagen, weil ich schreckliche Angst davor hatte. War es verwerflich, davonzurennen, wenn alles zu viel wurde und Panik in einem tobte? Rannten Tiere nicht auch bei Gefahr davon?

„Lisa!" Lynn berührte meinen Oberarm. „Willst du nicht aussteigen?"

„Doch, entschuldige." Ich stieß die Beifahrertür auf. Lynn war gefahren, da ich zu verwirrt gewesen war, um auf Verkehrsregeln zu achten.

Dolores' Wagen war nicht zu sehen, aber vielleicht stand er in der Garage, weil sie heute nicht wegmusste.

„Ich halte mich lieber im Hintergrund." Lynn trat auf der Veranda einige Schritte zur Seite, und ich drückte mit meinem eiskalten Zeigefinger den Klingelknopf. Lange Zeit geschah nichts. Ich starrte auf die Windfangtür. Würde ich in Dolores jemals meine Mutter sehen können?

„Vielleicht ist sie nicht zuhause." Lynn lehnte gegen die Hauswand. „Klingel noch einmal."

Ich tat es, und es verging eine halbe Ewigkeit, bis ich schlurfende Schritte hörte. Mir war nicht klar, ob ich mich darüber freute oder ob es mir nur noch mehr Angst machte.

Als Dolores schließlich öffnete, erschrak ich zunächst und wich unwillkürlich zurück. Ihr Haar erinnerte an ein vom Wind zerstörtes Nest, und dunkle Ringe waren unter ihren verheulten Augen zu sehen.

„Ich ... ähm ...", stammelte ich. „Ich wollte mich nur verabschieden."

Tante Dolores wirkte wie versteinert, ihre Hand verkrampfte sich so sehr am Türknauf, dass ihre Knöchel hell hervortraten.

„Es tut mir leid, wenn ich störe", sagte ich und wusste nicht, was ich tun sollte. Vor mir stand wieder die Dolores von früher, deren Gegenwart meine vermeintliche Mom immer gemieden hatte. Wahrscheinlich auch, weil Elaine mich nie ganz für sich gehabt hatte.

„Komm doch herein." Dolores zog die Tür weit auf. In meinem Kopf war sie immer noch meine *Tante Dolores*, aber in meinem Herzen hatte sich in der vergangenen Nacht einiges getan.

Die Fensterläden waren noch geschlossen, sodass es beinahe stockdunkel im Haus war. Dolores knipste eine Stehlampe mit einem grünen Schirm an, die ein diffuses Licht zauberte.

„Darf ich dir etwas anbieten?"

Ich warf einen Blick in den Flur, um nachzusehen, ob Lynn ebenfalls eingetreten war, aber da war niemand. Vermutlich hatte Dolores sie nicht einmal bemerkt.

„Ich brauche nichts, danke." Erschöpft sank ich auf die Couch; ich hatte vergangene Nacht insgesamt höchstens zwei Stunden geschlafen.

Dolores füllte Wasser in einen Kocher und schaltete ihn ein. Sie trug einen altrosafarbenen Bademantel und keine Schuhe.

„Ich bin auf dem Weg zurück nach Michigan", sagte ich möglichst unbekümmert. „Es war mir wichtig, dich noch einmal zu sehen."

Dolores erwiderte nichts, sondern holte eine Tasse aus dem Hängeschrank über der Spüle, stellte sie auf den Esstisch und hängte einen Teebeutel hinein. Eine Weile wirkte sie wie versteinert. Dann trat sie auf einen der Sessel zu und nahm Platz, während das Wasser im Hintergrund zu kochen begann.

„Es tut mir leid, dass ich so wütend war", sagte ich, weil Dolores schwieg. So kannte ich sie, mit versteinerter Miene und dieser unsäglichen Traurigkeit in den grünen Augen. Meinen Augen. „Ich war nur ziemlich aufgebracht, das kannst du sicherlich verstehen."

Dolores erhob sich wieder und goss das sprudelnde Wasser in die Tasse, dann kam sie zurück, ohne mich anzusehen. Ihr Blick war konsequent gesenkt, und ihre Finger waren ineinander verflochten, als könnte sie sich an sich selbst festhalten. Bei diesem Anblick traf mich der Stachel der Einsamkeit, die sie seit Jahren empfinden musste, mitten ins Herz.

„Ich werde versuchen, die Sache sacken zu lassen." Ich spielte mit dem Bündchen meines Sweatshirts. „Ich melde mich bei dir, versprochen." Mein Versuch, Blickkontakt herzustellen, scheiterte. Dolores stellte ihre

Tasse auf einen Beistelltisch. Eine der Katzen sprang auf ihren Schoß und ließ sich von ihr kraulen.

„Ich werde anrufen ... Mom", sagte ich, und Dolores hob langsam den Kopf. Ihr Blick blieb jedoch leer.

Meine Mutter wollte nicht reden, und ich konnte es ihr nicht einmal übelnehmen. Dolores betrachtete mich eine Weile, als müsste sie sich mein Bild für die Ewigkeit einprägen. Hin und wieder stand sie auf, um sich ein Brot zu machen oder den Futternapf ihrer Katzen zu füllen, als wäre ich gar nicht anwesend, und ich interpretierte es so, dass sie in ihrer Welt gefangen war. Wie immer, wenn ihre Stimmung kippte.

„Wir müssen jetzt auch los, wir haben eine sehr lange Fahrt vor uns", sagte ich irgendwann. Es stimmte, ohne Pause waren es mindestens zwölf Stunden.

„Wir?" Dolores war verwundert.

„Oh, Lynn fährt."

„Wo ist sie?", fragte Dolores, und es war sonderbar, dass sie bei diesem banalen Thema aus ihren Gedanken auftauchte.

„Sie hat draußen gewartet." Ich stand auf, und Dolores tat es mir gleich, als hätte ich einen Startschuss abgefeuert. Ohne nachzudenken, trat ich auf sie zu und schlang die Arme um ihren mageren Körper. Ich sog ihren Duft ein, der mir vertraut sein sollte, es aber nicht war. Ich schloss die Augen und sagte mir, dass das hier meine leibliche Mutter war, die die Umstände gezwungen hatten, mich abzugeben. Aber hatten sie das wirklich? Oder war über ihren Kopf hinweg entschieden worden?

Dolores löste sich aus meiner Umklammerung, legte zu meiner Überraschung beide Hände an meine Wangen und drückte mir einen langen Kuss auf die Stirn.

„Pass gut auf dich auf, Lisa." Ihre Augen wurden feucht, aber sie weinte nicht. „Du kannst das, das weiß ich."

„Das war vielleicht schlimm", sagte ich zu Lynn, als wir wenig später gemütlich den Highway entlangfuhren. „Ich habe keine Ahnung, ob ich alles richtig gemacht habe."

Ich hatte meine Schuhe und meine Socken ausgezogen, die Sitzlehne nach hinten gekippt und die Füße hochgestellt.

„Man kann nicht immer alles richtig machen."

„Du klingst schon wie Kristen!"

„Es hat abgefärbt in all den Jahren." Lynn schenkte mir ihr wunderbares Lächeln, das ich so sehr vermissen würde. Manchmal genügte es, um meine Laune zu heben, aber heute war es anders.

„Ich habe nicht wirklich das Gefühl, dass sie meine Mutter ist", sagte ich nachdenklich. „Ich will es, aber es klappt nicht."

„Natürlich nicht." Lynn warf einen geübten Blick über die linke Schulter und überholte einen verbeulten Wagen, an dessen Steuer eine ältere Dame mit neongelben Lockenwicklern saß.

„So möchte ich auch leben!" Ich ließ meinen Blick aufs tiefblaue Meer hinausgleiten. Ich würde die Aussicht genießen, so lange es möglich war. „Unbekümmert hier auf den Outer Banks, gechillt, völlig in mir selbst ruhend. Was ist nur mit uns geschehen?"

„Wir werden erwachen", sagte Lynn sachlich.
„Ich mag es nicht."
„Ich auch nicht."
Eine Zeitlang fuhren wir schweigend weiter, bis wir Richmond beinahe erreicht hatten. Dann surrte mein Handy.

Ich finde es nicht okay, dass du mir nichts erklärst

schrieb Dane.

Verstehe ich

textete ich zurück.

Und jetzt?

Ich brauche Zeit, Dane. Bitte gib mir Zeit.

Meine Finger zitterten leicht. Die Vorstellung, er könnte sich eine Freundin suchen, beunruhigte mich, aber was erwartete ich denn?

Was ist los mit dir? Ich muss mit dir reden!

„Ist das Dane?", wollte Lynn wissen. „Schreib ihm, dass du Dinge erfahren hast, die dich sehr verwirren, und dass du dich bei ihm meldest, sobald du wieder einen klaren Gedanken fassen kannst."
Ich bedankte mich bei Lynn und tippte es in mein Handy, woraufhin keine Reaktion mehr von Dane kam. War das gut oder schlecht?

Im Radio lief just in dem Moment „Carolina in My Mind" von James Taylor, und Lynn drehte sofort die Lautstärke auf. Ich lächelte und lehnte den Kopf gegen die Autotür. In dieser Position schlief ich wenig später ein.

Als wir Michigan erreichten, war es bereits kurz vor zehn. Lynn war neun Stunden gefahren, ich hatte den Rest gemeistert. Wir kamen bei Ellen unter, einer ehemaligen Kommilitonin, die in der Nähe von Detroit wohnte und bei einem Verlag arbeitete. Mir kam es so vor, als hätten alle außer mir einen Plan im Leben.

Um halb elf saßen wir an Ellens Küchentisch unter dem runden Schein einer IKEA-Hängeleuchte, die wie ein landendes UFO aussah, und aßen eine Party-Pizza mit Extra-Käse vom Lieferdienst, ohne etwas zu feiern zu haben.

„Deine Geschichte ist echt der Hammer", sagte Ellen zwischen zwei Bissen. Ich hatte ihr alles erzählt – nicht sämtliche Details, aber es tat gut, es loszuwerden. Je öfter ich es aussprechen würde, desto mehr könnte ich mich eventuell mit der Tatsache abfinden, dass ich, zumindest was meine Herkunft betraf, mit einer großen Lüge aufgewachsen war. Vielleicht einer unverzeihlichen.

„Es klingt wie aus einem Film, bei dem man denkt: Wow, das ist jetzt aber ein bisschen zu dick aufgetragen." Ellen wischte sich die vom Fett glänzenden Finger an einer Papierserviette ab und sah mich fest an. „Ich glaube, ich würde durchdrehen."

„Ich bin nah dran", sagte ich und versuchte ein Lächeln. Für mich war die Sache mit Dane das

Schlimmste an der Wahrheit. Es beschäftigte mich zurzeit mehr als die Tatsache, dass ich bei der falschen Mutter großgeworden war, wenn man es so formulieren konnte. Natürlich gab es auf dieser Welt Adoptivtöchter, die sich vermutlich glücklich schätzten, überhaupt eine Mutter zu haben, aber meine Story kam mir einmalig vor. Einmalig falsch. Womöglich hatte Oma Amber die Lage auch richtig eingeschätzt, und Dolores war mit siebzehn Jahren ganz und gar nicht in der Lage gewesen, für mich zu sorgen. Trotzdem hätte man mir früher oder später die Wahrheit sagen sollen.

„Wenn ich dir irgendwie helfen kann …", Ellen stand auf und holte eine Flasche Mountain Dew aus dem Kühlschrank. „Lass es mich wissen."

Wir aßen und tranken, und im Hintergrund plätscherten Lieder von Nora Jones, die meine Augenlider schwer werden ließen. Also verabschiedete ich mich für die Nacht, bedankte mich bei Ellen für ihre Gastfreundschaft und ließ die beiden allein.

Oben angekommen putzte ich mir die Zähne im Gästebadezimmer und schlüpfte in meinen gestreiften Pyjama. Als ich unter der Decke lag, holte ich mein Handy vom Nachttisch. Keine Nachricht von Dane. Sollte ich ihm noch einmal schreiben? Was sagte mir mein Herz, was mein Verstand? Ich beschloss, zu schlafen, denn alles in mir schrie nach einer langen, erholsamen Nacht.

Am nächsten Morgen war ich überrascht, als ich auf mein Handy sah: kurz nach zehn! So lange hatte ich schon eine Ewigkeit nicht mehr geschlafen!

Lynn saß bereits im Wohnzimmer auf der Couch und las die Zeitung. „Hey, guten Morgen, Schlafmütze!" Sie legte das knisternde Papier beiseite und nahm einen Schluck aus ihrer Tasse. „Ausgeschlafen?"

„Ja, tatsächlich." Ich holte mir ebenfalls einen Kaffee aus der Küche und nahm Lynn gegenüber Platz.

„Und, welche Pläne hast du?" Lynn hob neugierig die Augenbrauen. „Was mich betrifft, ich fahre heute mit dem Bus zu meinen Eltern. Habe vorhin mit ihnen telefoniert. Wir werden über meine weitere Ausbildung reden, und ich werde mich einlullen lassen." Lynn zuckte theatralisch mit den Schultern. „Aber seien wir mal ehrlich, ich habe gerade sowieso keinen Plan, von daher ist ein Master sicher nicht falsch."

Es stimmte wohl in Lynns Fall, und ihre Eltern hatten mehr als genug Geld, um ihr diesen weiteren Ausbildungsweg zu ermöglichen. Für mich kam er momentan nicht infrage. Oma Amber hatte das meiste Geld aus ihrem Laden an wohltätige Organisationen gespendet und auch Dolores viel davon abgegeben.

„Ich werde auch heute oder morgen losfahren", sagte ich. „Ich habe zwar keine Ahnung, was ich tun soll, aber ich kann nicht für immer bei Ellen bleiben." Vor meinem geistigen Auge sah ich mich als ewig Herumirrende, die mit ihrem Schrott-Karren durch die Staaten tingelte. Vielleicht war der Gedanke gar nicht so abwegig! Ich hatte die USA schon immer bereisen wollen. Mein Traum war es gewesen, alle fünfzig Bundesstaaten zu besuchen. Ich könnte mich mit Gelegenheitsjobs in Bars oder Restaurants über Wasser halten, alles Vergangene so gut wie möglich vergessen und zu mir selbst finden.

„Und wo willst du hin?" Lynn nippte an ihrem Kaffee.

„Was ist aus dem Kerl geworden, mit dem du wegfahren wolltest?", fragte ich, anstatt zu antworten.

„Ach, das hat sich erledigt." Lynn schüttelte den Kopf und sah nicht besonders enttäuscht aus. „Er war nicht der Richtige, und ich habe im Moment auch keine Lust auf eine feste Beziehung. Du weißt ja, ich werde erst mit dreißig heiraten, also habe ich noch jede Menge Zeit."

Ich musste lächeln. So kannte ich Lynn: unbekümmert, zuversichtlich und überzeugt, dass sich alles fügen würde.

Gerade, als ich sagen wollte, dass ich nicht mehr an die große Liebe glaube, surrte mein Handy.

Gut geschlafen?

„Ist es Dane?" Lynn beugte sich vor, um einen Blick auf mein Handy zu erhaschen.

„Ja, leider."

„Sei nicht so gemein zu ihm, er hat nichts falsch gemacht."

Vermutlich hatte sie recht.

Ich bin dir hinterhergefahren

schrieb er und mein Mund blieb offen stehen.

„Was ist los?" Lynn stand auf und las mit. „Der hat das echt getan?" Sie legte ihre Hand auf meinen Unterarm. „O Mann, Lisa, ich glaube, du kannst das nicht länger aufschieben. Du musst ihn treffen und ihm sagen, was du für ihn empfindest."

„Bist du verrückt?" Ich ließ das Handy, das schon wieder surrte, sinken.

„Er ist hartnäckig und will Klarheit." Lynn sah mich ermutigend an. „Das ist ein gutes Zeichen! Du kannst nicht davor wegrennen, du musst dich dem Problem stellen und Dane erklären, was Sache ist. Auch wenn es nicht leicht sein wird."

Ich schluckte schwer und stand auf, um oben im Zimmer mit Dane weiterzutexten.

Kapitel einundzwanzig

Wir verabredeten uns um vier Uhr nachmittags in einem Café in der Nähe des Motels, in dem Dane die Nacht verbracht hatte. Es lag nicht gerade um die Ecke, denn er war einfach nur in Richtung Michigan losgefahren, in der Hoffnung, dass ich mich doch noch zu einem Treffen bereiterklären würde. Manchmal war die Hoffnung das Einzige, was einen weitertrieb.

Kaum war ich angekommen, setzte ein heftiger Regen ein. Nervös stand ich vor dem Eingang des Cafés unter einer weinroten Markise. Neben mir stand ein großer Blumentopf mit herbstlicher Deko. Mit einem Gemisch aus Sehnsucht und Bangen sah ich den vorbeifahrenden Autos zu. War Dane schon in der Nähe? Ich war viel zu früh, es war gerade erst halb vier.

Während der gesamten Fahrt, die über eine Stunde gedauert hatte, hatte ich versucht, mir die passenden Worte zurechtzulegen. Ich würde die ganze Geschichte von vorn erzählen und Danes Reaktion abwarten, nichts anderes war für mich momentan denkbar. Er würde die logische Konsequenz ziehen, dass wir niemals ein Paar werden könnten, und wir würden uns als Schwester und Bruder um den Hals fallen. Wie ernüchternd! Und das alles in einem immerhin von außen recht einladendem Café in der Nähe eines Highways.

Vielleicht wäre es doch besser, ihm bei einem Spaziergang auf den Outer Banks mein Herz auszuschütten. Aber halt, darum ging es hier ja gar nicht mehr! Es würde ein sachliches Gespräch zwischen Halbgeschwistern werden.

Durch den Regen war die Luft deutlich abgekühlt. Ich trat von einem Bein auf das andere und steckte die Hände in die Gesäßtaschen meiner sehr engen Jeans. Dazu trug ich eine rote Bluse, eine hellgraue Strickjacke und eine Kette, die ich mir als Teenager auf den Outer Banks in einem der Souvenirläden gekauft hatte. Weshalb hatte ich mich bloß schick gemacht wie für ein Date? Klar hatte ich den obligatorischen, schwarzen Mascara aufgetragen, aber warum pfirsichfarbenen Lipgloss ... und warum um alles in der Welt hatte ich doch tatsächlich meinen schwarzen Spitzen-BH gewählt? Ich musste über mich selbst lächeln, als Danes Wagen auftauchte und er gekonnt zwischen zwei Autos einparkte. Mein Herz begann zu hüpfen und wild in meinem Hals zu schlagen, und alles in mir spannte sich an, als müsste ich im nächsten Augenblick zur eigenen Hinrichtung erscheinen. Etwas in mir musste sterben, das ja, aber mein Leben würde auch ohne Dane weitergehen, das hatte Lynn versucht, mir einzubläuen.

„Lisa!" Kaum war er ausgestiegen, kam er mit langen, entschlossenen Schritten auf mich zu. Er trug eine dieser verboten gutgeschnittenen Jeans, ein schlichtes T-Shirt, das seinen athletischen Oberkörper betonte, und graue Sneaker mit neonblauen Sohlen. Als er mich überschwänglich in den Arm nahm, musste er sofort bemerken, dass bei mir rein gar nichts stimmte. Mir war kalt und ich rieb mir die Arme.

„Lass uns erst einmal reingehen", schlug er vor und hielt mir die Tür auf.

Das *Lark Café* war geschmackvoll eingerichtet, mit Holzregalen voller herbstlicher Dekoartikel und schwarzen, glänzenden Tischen mit orangefarbenen Sets. Wir suchten uns einen freien Platz im hinteren Teil des Raumes, nicht allzu weit von der Bar entfernt. Eine junge, blonde Bedienung trat sofort an unseren Tisch, stellte sich als Ruth vor und nahm unsere Getränkebestellung auf. Ich hätte alles dafür gegeben, dass die Situation eine andere wäre.

„Du hast Glück, dass ich so hartnäckig bin." Er lächelte mich an, ergriff meine Hand, die auf der Tischplatte lag, und ich beschloss, mich nicht zu wehren.

„Ich muss dringend mit dir reden", sagte ich fast tonlos. Seine Haut war warm und weich.

„Das will ich doch hoffen!"

Die Bedienung brachte unsere Milchkaffees.

„Ich bin noch nie einem Mädchen hinterhergereist." Dane grinste spitzbübisch. „Halt, ein einziges Mal schon, aber nicht so weit."

Ich wollte nichts davon hören, sondern einfach nur die Tatsachen auf den Tisch bringen, ohne Rücksicht auf Danes oder meine Gefühle. Also erzählte ich ohne Umschweife und sah ihm dabei fest in die Augen. Er hatte seine Hand zurückgezogen und umklammerte nun seine Tasse, in der der Kaffee kalt wurde. Es fiel mir überraschend leicht, weil ich mich auf die Tatsachen konzentrierte und alles, was mit Dane zu tun hatte, ausblendete. Dabei wusste ich, dass es mir nur eine Weile gelingen würde. Sobald ich zu Ende gesprochen hatte und einen Schluck meines nun ebenfalls nur noch lauwarmen Kaffees genommen hatte, senkte ich den Blick, als wäre ich schuld daran, dass alles so verzwickt war.

„Das ist ja unglaublich." Danes Stimme klang aufrichtig erschüttert. „Das heißt, deine Mom ist gar nicht deine Mom, und mein Dad hat eine Tochter."

Wir schwiegen betroffen, bis die Bedienung, die sich taktvoll zurückgehalten hatte, an unseren Tisch trat und fragte, ob wir etwas essen wollten. Dane nahm einen Apfelkuchen, aber ich hatte keinen Appetit.

„Es tut mir so leid, Lisa."

Ich blinzelte, da meine Augen brannten. Hier in Tränen auszubrechen war das Letzte, was ich wollte, also blinzelte ich meine aufsteigenden Emotionen weg und atmete bewusst langsam ein und wieder aus. „Das alles muss so schwer für dich sein."

Ja, das schon, dachte ich und brachte es aber nicht über die Lippen. *Es ist ein bisschen zu viel, aber das Schlimmste ist, dass wir nicht zusammen sein können.*

„Anderes Thema", sagte Dane recht entspannt, und es überraschte mich, dass er nicht darauf einging. Oder war es ihm nun peinlich, dass er etwas für mich empfunden hatte? Hatte er überhaupt etwas für mich empfunden, oder war es nur ein magischer Moment gewesen, damals auf dem Holzsteg? Einer, der im Nachhinein keine Bedeutung mehr für ihn hatte?

„Mir ist neulich eingefallen, dass du den Laden deiner Großmutter übernehmen könntest." Ich runzelte ungewollt die Stirn und leerte meinen Kaffee. Hatte er sich mit Sally abgesprochen?

„Das hat Sally auch gesagt", erwiderte ich und schüttelte gleich danach den Kopf.

„Wer ist Sally?"

„Die Freundin des Ladenbesitzers."

„Chris hat eine Freundin?"

„Du kennst ihn also."

„Chris ist ein alter Surf-Kumpel", erklärte Dane. „Aber dass er eine Freundin hat, wusste ich nicht. Mir wurde nur geflüstert, dass er seinen Laden aufgeben und wegziehen will. Nach Kalifornien! Verrückt! Dabei gibt es keinen schöneren Flecken Erde als die Outer Banks."

„Das stimmt." Mein Mund war auf einmal sehr trocken, und ich wollte über uns sprechen, traute mich aber nicht.

„Wie kann ich dich auf andere Gedanken bringen, Lisa? Können wir etwas zusammen unternehmen?"

Wut keimte in meinem Bauch. Warum gab er sich so unbekümmert? Sein Spiel gefiel mir ganz und gar nicht! Meine Gefühle mussten mehr denn je raus, weil es mich wahnsinnig machte, dass Dane so gefasst war. War es ihm gleichgültig, wie sich die Geschichte entwickelt hatte? Was empfand er überhaupt? Etwa nicht dasselbe wie ich?

„Ist dir eigentlich aufgegangen, dass wir Halbgeschwister sind?", fragte ich, und in meiner Stimme lag eine Härte, die ich so nicht geplant hatte. Ich verengte die Augen. „Ich meine, wir sitzen hier und du redest über relativ belangloses Zeug, während ich fast vor Verzweiflung zerbreche, weil der erste Typ, in den ich mich in meinem ganzen Leben Hals über Kopf verliebt habe, mein Bruder ist!" Der Knoten hatte sich endlich gelöst, und alles strömte ungehemmt heraus. Es war mir egal, dass sich einige Köpfe an den Nachbartischen in unsere Richtung drehten, weil ich eindeutig zu laut war. „Ich bin ehrlich gesagt mehr als nur ein bisschen frustriert, Dane! Da fangen wir etwas an, und dann wird alles binnen weniger Tage zerstört. Die Wahrheit wird Stück für Stück klarer, und ich habe eine schlaflose Nacht nach der anderen. Meine Gedanken sind zermürbend. Ich muss ständig an dich denken. An uns und daran, was zwischen uns war. Oder haben wir nie wirklich etwas miteinander angefangen? Ich habe in deinem Bett übernachtet, aber es ist nichts passiert, weil ich verwirrt war. Zum Glück ist nichts geschehen!" Meine Augen weiteten sich. „Wir haben uns geküsst, und es waren die besten Küsse meines Lebens, aber ich werde nicht schlau aus dir! Du bist ein echt netter Kerl, aber ich kann nicht in dich hineinsehen." Ich bemerkte, dass ich kleine Stücke der Stoffserviette abgerissen hatte und diese nun zwischen meinen feuchten Fingerkuppen zu winzigen Kugeln rollte. „Du redest nicht mit mir! Ich möchte endlich wissen, was in dir vorgeht!"

Vielleicht war das der Haken an Danes Charakter: Mr. Perfekt hatte eben doch Fehler. Okay, er hatte einmal am Telefon gesagt, dass er mich liebte, das durfte ich nicht unter den Teppich kehren. Aber diese drei Worte reichten mir nicht aus. Ich holte tief Luft. „Wir kennen uns kaum, deine Vergangenheit ist ein Mysterium und überhaupt, über das, was mal gewesen ist, spricht man nicht. War das nicht so?" Mir war inzwischen heiß, und ich war nicht mehr zu stoppen. Mein Herz hatte über meinen Verstand gesiegt, denn ich hatte das alles niemals sagen wollen. Nicht mit so vielen Spitzen. „Alles scheint dich kalt zu lassen, Dane! Du bist immer cool, mit diesem lockeren Lächeln und den lässigen Bewegungen. So langsam nehme ich es dir nicht mehr ab! Da muss doch etwas in dir sein, das sich regt und nach außen gekehrt werden möchte, oder?" Ich hielt inne, um die Frage wirken zu lassen. Im Café war es auffallend leise geworden, nur zögerlich begannen die beiden Frauen am Nebentisch wieder, sich zu unterhalten.

„Wow", sagte Dane zunächst nur und aß seinen Apfelkuchen weiter, was mich innerlich noch mehr auf die Palme brachte. Ich hätte keinen Bissen heruntergebracht! Innerlich leer beobachtete ich ihn. Er kam mir auf einmal fremd vor.

„Sollen wir vielleicht woanders hingehen?", fragte er schließlich und legte seine Gabel auf den nun leeren Teller.

„Wo sollen wir denn hin?" Wieder sprach ich viel zu laut. Ich blickte aus dem Fenster. Es regnete nicht mehr, aber der Himmel war grau und trostlos. „Hier gibt es keinen Strand, an dem wir entlangschlendern könnten! Ich könnte mir vor Wut die Haare ausreißen, dass ich mein Leben lang belogen und betrogen worden bin und meinem Heimatstaat entrissen wurde, nur, weil es den anderen so in den Kram gepasst hat." Ich sprang auf, und Dane gab der Bedienung mit einem raschen Blick zu verstehen, dass wir zahlen wollten. Er bestand darauf, die Rechnung zu übernehmen, und draußen blieben wir eine Weile unschlüssig auf dem Parkplatz stehen, bis ich vorschlug, in einen nahegelegenen Park zu fahren.

Wenig später betraten wir über eine Holzbrücke den Hudson Mills Metropark, in dem die Baumkronen ein Meer aus Gelb-, Orange- und Rottönen bildeten. Wir gingen zunächst wortlos nebeneinanderher. Meine Unsicherheit war so groß, dass ich Dane nicht berühren wollte. Insgeheim hoffte ich, er würde mich in den Arm nehmen. Gleichzeitig wusste ich, dass es mich zerreißen würde, so wie alles in letzter Zeit.

„Es tut mir leid, dass es so gekommen ist." Dane blieb neben einem Teich stehen, an dem mehrere Schmuckschildkröten auf einem Holzstück lagen, um die Sonnenstrahlen des noch jungen Herbstes zu genießen. Seine Arme hingen locker neben seinem Oberkörper hinab, dann hakte er seine Daumen in die Taschen seiner Jeans. Dabei berührte er mich kurz mit dem Ellenbogen.

„Warum haben wir nie offen über das geredet, was zwischen uns war?" Ich merkte, dass meine Wut allmählich von meinen immer noch starken Gefühlen für Dane abgelöst wurde, und ich versuchte, mich zurückzuhalten. Was war das hier nur für ein Versteckspiel?

„Was ist dein Dad für ein Typ?" Ich verschränkte die Arme vor der Brust, damit Dane ja nicht auf die Idee kam, mich zu umarmen. Vielleicht war es einfacher, zunächst über seinen Vater zu sprechen. „Er hatte einen Sohn, noch bevor er mit Dolores flirtete. Er lebt sein abgeschiedenes Leben, als könnte ihm niemand etwas anhaben. Die Welt scheint ihn nicht zu kümmern."

„So ist er nicht." Dane senkte den Blick. „Er hat viel durchgemacht."

„Hör auf mit solchen Floskeln! Viele Menschen haben viel durchgemacht, und es rechtfertigt nichts!"

„Ich muss dir etwas sagen, Lisa." Dane blickte in die Ferne. Was kam denn jetzt noch?

Ein Mädchen fuhr auf seinem Rad vorbei, und ich zuckte zusammen. Wir nahmen auf einer Parkbank Platz.

„Wir sind nicht blutsverwandt", sagte Dane, und es dauerte lange, bis diese Worte in meinem Bewusstsein ankamen. „Milton Farrell ist ein Mann, der im Leben viel Pech gehabt hat." Dane griff nach meiner Hand, aber ich zog sie instinktiv weg, als hätte ich mich an ihm verbrannt. „Heute weiß ich, dass es noch mehr Pech war, als ich bisher wusste."

Ich verstand gar nichts mehr.

„Ich war schon ein Teenager, als er mich angenommen hat." Dane wollte wieder meine Hand nehmen, aber ich schreckte zurück. Weitere Enthüllungen waren das Letzte, was ich jetzt gebrauchen konnte. Außerdem gefiel es mir ganz und gar nicht, dass Dane mir anscheinend wichtige Tatsachen vorenthalten hatte. Wie konnten die Menschen nur so verschlossen sein?

„Milton hatte eine Ehefrau namens Clarissa Campbell." Danes Augen glänzen auf einmal. „Sie war meine Mutter. Ich bin auch ohne einen Vater aufgewachsen, wir beide sind uns also in der Hinsicht sehr ähnlich." Er lächelte vorsichtig, musste aber meine Skepsis spüren, denn er machte keine weiteren Versuche, mich zu berühren. Eine Weile schwieg er. Alles, was er mir erzählte, schien nur mit Mühe über seine Lippen zu kommen. „Jedenfalls ist meine Mom bei einem Wasserskiunfall ums Leben gekommen, und ich bin bei Milton geblieben. Das alles sind Dinge, über die ich nur ungern rede. Ich hoffe, du kannst das verstehen. Der einzige Weg, um die Vergangenheit erträglich zu machen, ist für mich das Schweigen. Milton hat mich damals angenommen, als wäre ich sein leiblicher Sohn."

Meine Augen brannten. Instinktiv nahm ich Danes Hand, dachte an unsere Küsse und an all das, was werden könnte.

„Das mit deiner Mom tut mir leid." Meine Stimme war schwach. Ich fühlte mich zerbrechlicher denn je. „Aber warum erzählst du mir das jetzt erst?"

„Was hätte ich denn tun sollen?" Dane ließ meine Hand los und rieb sich nervös den Nacken. „Wir kannten uns kaum, da konnte ich doch nicht gleich mit der Tür ins Haus fallen."

„Nein, natürlich nicht." Ich konnte nicht ignorieren, dass ich mich von der ganzen Welt betrogen fühlte. Natürlich ging es hier um viel mehr als Dane und mich, aber all das, was niemals ausgesprochen worden war, tat mir weh.

„Trotzdem kann ich nicht begreifen, wie du den lässigen Surfer-Typen spielen kannst, der die Heiterkeit mit Löffeln gefressen hat." In meinem Ton lag eine Überdosis Ironie, die mir nicht gefiel. „Spätestens, als du gemerkt hast, wie sehr ich mit den Lügen um meine Vergangenheit hadere, hättest du es mir sagen müssen."

„Ich muss gar nichts!" Dane sprang auf und warf mir zum ersten Mal, seitdem wir uns kannten, einen wütenden Blick zu. Vielleicht war es gut, wenn er all dem, was er für sich behalten hatte, endlich Luft machte. Manchmal tat es gut, sich die Meinung zu sagen, es war mir auf alle Fälle lieber als diese elenden Lügengeschichten oder dieses absichtliche Verschleiern von Wahrheiten.

„Ich habe gelernt, mein Leben im Jetzt zu führen und die Vergangenheit auszublenden." Danes Blick war sanfter geworden, und er schüttelte resigniert den

Kopf. „Es hat Milton und mir nie gutgetan, über das zu sprechen, was mal gewesen ist. Es ist nicht unsere Art, begreif das doch endlich."

„Ich hab's verstanden, okay?" Ich stand ebenfalls auf und ging langsam den Weg neben dem Teich entlang. Dane folgte mir, schloss schließlich auf, und in mir breitete sich eine zermürbende Leere aus. Es war das erste Mal in meinem Leben, dass ich nicht mehr weiterwusste und zu wenig Kraft hatte, um nach vorn zu blicken. War es das, was Dolores ab und zu empfand?

„Vielleicht war es eine schlechte Idee, dir hinterherzufahren." Dane blieb stehen. Ich machte noch einige langsame Schritte, drehte mich um und erwiderte seinen nun erschöpften Blick.

„Kann gut sein." Ich presste meine Lippen aufeinander. Dieses Treffen war definitiv nach hinten losgegangen. Es hatte eine sonderbare Wendung gegeben, die ich nicht hatte vorhersehen können. „Mir ist das alles zu viel, und ich weiß nicht, was du von mir erwartest", sagte ich. Meine Stimme klang kraftlos und spiegelte das wider, was ich seit Wochen empfand – heute mehr denn je.

„Nichts", sagte Dane nur.

„Dass ich dir um den Hals falle und eine ernsthafte Beziehung mit dir eingehe? Dass ich alles vergesse, was geschehen ist? Mein Leben ist ein einziges Chaos, meine Vergangenheit ein Desaster, und ich glaube, ich habe nicht den Mut, mich jetzt in eine neue Liebe zu stürzen."

Dane schwieg so lange, dass es mir wehtat. Insgeheim wünschte ich mir, er würde mich in den Arm nehmen und mir sagen, dass er mich verstand. Dass er auf mich wartete und vor allem, dass er mich liebte. Aber solche perfekten Szenen gab es nur in Filmen.

„Dann fahre ich wieder nach Hause." Dane machte mit gesenktem Kopf kehrt. Ich folgte ihm langsam und sah ihm hinterher, beobachtete seinen mir inzwischen so vertrauten Gang, seine breiten Schultern, seine kräftigen Arme, die nun müde neben seinem Körper herabhingen.

Ich hätte jubeln sollen, weil ich nicht mit ihm verwandt war, aber ich konnte es nicht. Ich hätte ihm hinterherrennen und ihn küssen sollen, aber mir war nicht danach. Ich hätte verzeihen sollen, aber ich wusste, dass ich noch lange nicht so weit war. Im nächsten Augenblick durchzuckte mich ein schmerzlicher Gedanke. Ich war schuld daran, dass die Sache so ausging. Mein Herz war nicht von Lynns grenzenlosem Optimismus erfüllt, sondern es haderte mit jedem Schritt, den ich im Leben tat. Auch andere um mich herum hatten Fehler gemacht, das schon, aber ein bedeutsamer Teil meines Problems lag in meinem Inneren begraben. Nach Moms Tod hatte ich ein neues Kapitel in meinem Leben aufgeschlagen, und ich würde es nur dann mit einem Happy End abschließen können, wenn ich lernte, aufrichtig zu verzeihen.

Kapitel zweiundzwanzig

Eine Woche später wohnte ich wieder bei Candice, weil sie darauf bestanden hatte, und blickte meinem Geburtstag am nächsten Tag mit bangen Gefühlen entgegen. Meine Erinnerungen an die Geburtstage meiner Kindheit und Jugend und später gemeinsame BBQ-Abende mit Kristen und Lynn machten mich melancholisch, obwohl ich mich auf meinen Ehrentag freuen wollte. Als Teenager hatte ich zu dieser Zeit bereits das neue Schuljahr begonnen, und am Nachmittag hatte Oma Amber angerufen, um mir zu gratulieren. Hatte sie den intensiven Kontakt zu mir nur gepflegt, um zu kontrollieren, dass ich bei Elaine in guten Händen war, oder aber, um ihr schlechtes Gewissen zu beruhigen? Denn sie musste eines gehabt haben, oder?

„Lisa?" Candice klopfte zaghaft an meine Tür.

„Komm rein!" Ich war froh, dass jemand kam, um mich von meinen Gedanken, die andauernd in die Vergangenheit abschweiften, abzulenken.

„Wir gehen morgen aus", sagte Candice ganz selbstverständlich und setzte sich neben mich auf das Bett.

„Wirklich?" Ich hasste mich für den wenig begeisterten Tonfall. Meine Stimmung war unerträglich, für mich selbst und für meine Umwelt. So war ich nicht! Oder doch? Jedenfalls wollte ich so nicht sein.

„Du brauchst eine Aufheiterung, findest du nicht auch?" Candice stieß mich sachte an der Schulter an. „Du kannst dich doch nicht ewig damit quälen, deine Familiengeschichte aufzuarbeiten."

„Ich glaube, ich werde das nie aufarbeiten können." Ich seufzte und strich eine ungehorsame Haarsträhne hinter mein Ohr. „Aber du hast recht, und ich bin es leid, so zu sein. Das passt nicht zu mir."

„Genau so sehen wir das auch."

„Wir?"

„Wir, deine Freundinnen." Candice biss sich auf die Lippe und lächelte anschließend geheimnisvoll.

„Ich finde, du solltest jetzt nach vorn blicken", sagte sie schnell. „Es ergibt doch keinen Sinn, sich zu plagen. Und ändern kannst du es sowieso nicht mehr."

„Ich weiß." Klar wusste ich es! Wie oft hatte ich versucht, mir selbst genau das einzureden, aber manchmal funktionierte es eben nicht, die Gefühle mit dem Verstand auszuschalten. „Weißt du, es ist ganz sonderbar. Ich dachte immer, ich würde niemals meinen Vater kennenlernen. Dann starb meine Oma Amber, und später plötzlich und viel zu früh meine Mom. Alles, was mich an meine Wurzeln erinnern konnte, fiel auf einmal weg." Meine Augen begannen zu brennen, aber es tat gut, mit jemandem zu sprechen. „Ich habe es als Schicksalsschlag mit Sinn betrachtet." Ich zuckte mit den Schultern und stieß geräuschvoll die Luft aus der Nase. „Jedenfalls habe ich es versucht. Ich wollte nach vorn sehen, aber ich musste noch Moms komischen Andeutungen kurz vor ihrem Tod folgen und nach North Carolina fahren. Vielleicht war das ein Fehler. Es hat mich auf jeden Fall gehörig durcheinandergebracht, denn jetzt habe ich auf einmal einen Vater, der auf den Outer Banks lebt, und meine Tante ist meine Mutter. Und das erste Mal verliebt habe ich mich auch."

„Das ist eine echt verrückte Geschichte." Candice legte ihre Hand auf meinen Unterarm, es tat so gut! „Und was ist mit Dane? Meinst du wirklich, dass es okay war, ihm all diese Vorwürfe zu machen? Was hat er denn getan?"

„Er hat es mir unnötig schwer gemacht." Allein beim Gedanken an Dane wurde mein Hals eng. Seit dem Treffen im Café und unserem anschließenden Streit im Park herrschte Funkstille zwischen uns. „Hätte ich von Anfang an gewusst, dass er adoptiert war, wäre zumindest der Teil der Geschichte für mich einfacher gewesen. Es betrifft eben nicht nur einen selbst, wenn man Dinge totschweigt."

Candice erwiderte nichts, sondern drückte meinen Arm, bevor sie aufstand.

„Mach dich morgen schick. Sieben Uhr im *Lucky Life*." Sie verließ den Raum, und in mir breitete sich etwas wie Vorfreude aus, ein berauschender Nebel, der mir hoffentlich helfen würde, zu vergessen. Oder zu verdrängen. Vielleicht war verdrängen doch eine Lösung.

Mein dreiundzwanzigster Geburtstag fiel auf einen Samstag, und ich stand um fünf Uhr nachmittags frisch geduscht vor dem Badezimmerspiegel und empfand eine angenehm prickelnde Vorfreude. Es war zu lange her, dass ich unbekümmert ausgegangen war. Die Besuche bei Dane und Milton hatten zwar ihre perfekten Momente gehabt, waren aber immer von meiner Suche nach der Wahrheit überschattet gewesen. Heute wollte ich den Abend genießen, Cocktails trinken, lachen, einfach nur ich selbst sein, ohne mir über andere oder das, was mal gewesen war, Gedanken machen zu müssen.

Mein Körper glühte noch von der langen Joggingrunde, die ich vor Kurzem hingelegt hatte – ich hätte mit dem Duschen warten sollen. Über fünf Meilen war ich gelaufen, und das in einem Tempo, das für meinen Fitnesslevel zu schnell gewesen war, denn ich hatte in letzter Zeit zu wenig trainiert. Aber nach dem Sport würden die süßen Cocktails ein wenig von ihrer Sündhaftigkeit verlieren.

Ich rubbelte mich halbtrocken und verteilte in kreisenden Bewegungen eine Körperlotion, die nach Kokosnuss duftete, auf meiner noch feuchten Haut. Meine Waden und Oberschenkel fühlten sich an, als hätte dort jemand Eisenstangen implantiert.

Dolores hatte am Morgen angerufen und mir alles Gute gewünscht. Sie war knapp angebunden gewesen, sodass kein vernünftiges Gespräch in Gang gekommen war. Wir hatten uns wie Fremde voneinander verabschiedet, und immer noch nagte der unliebsame Gedanke an mir, dass es niemals möglich sein würde, nach all den Jahren jemals eine Mutter-Tochter-Beziehung zu führen.

Lynn hatte mir ein Video mit einem Geburtstagsständchen geschickt und Kristen eine Textnachricht mit guten Wünschen für das neue Lebensjahr.

Etwas in mir wartete auf eine Nachricht von Milton. Sogar von Dane, dabei war es absurd. Er musste mich für eine labile, hysterische Frau halten. Wahrscheinlich war es auf meine ungestillte Sehnsucht nach Liebe zurückzuführen, die mich seit meiner Kindheit unablässig verfolgte, dass ich mir die unwahrscheinlichsten Szenarien ausmalte. Dane, der plötzlich vor mir stand und sich entschuldigte. Mein Dad, der mich fest in den Arm nahm. Energisch verscheuchte ich die Bilder. Meine Hoffnungen waren irrational. Aber waren Hoffnungen das nicht immer? Weder Dane noch Milton wussten, wann mein Geburtstag war.

Wir nahmen Candices Wagen und stellten ihn auf einem kostenlosen Parkplatz außerhalb des Ortszentrums ab. Candice wohnte in Dexter, einer jener Michigan-Kleinstädte mit Einheitscharme: eine Hauptstraße mit Restaurants, Cafés, Bars und kleinen Läden, Fake-Backsteinfronten, eine Bankfiliale, eine *Dairy Queen*-Eisbude, ein Kino mit Leuchtreklame und ein Stadtpark mit einem Holz-Pavillon. Ich kannte das Restaurant nicht, das Candice ausgesucht hatte, und war sehr gespannt.

Wir gingen die Einkaufsstraße bis zu ihrem Ende und bogen in eine Seitengasse ab. Zwischen den Häusern lagen Gassen, in denen Mülltonnen und einige sich laut unterhaltende Typen herumstanden. Wir kamen an einem Friseur und an einem Öko-Teeladen vorbei.

Candice zückte ihr Handy. „Wir sind gleich da."

Das *Lucky Life* gefiel mir sofort. Mit seinen knallgelben Kunstleder-Sitzgruppen, den bunten Holz-Trennwänden und den orangefarbenen Hängeleuchten zauberte es eine äußerst einladende Atmosphäre. Wir blieben am Empfangstisch stehen, bis eine junge Frau uns begrüßte.

„Ich habe einen Tisch für vier reserviert", sagte Candice, und ich war verblüfft, stellte jedoch keine Fragen.

Positive Überraschungen konnte ich in meinem Leben jetzt gut gebrauchen, ich wollte nichts ruinieren!

Unser Tisch lag am Fenster. Candice rutschte auf der Bank durch, ich setzte mich ihr gegenüber. Kaum hatte ich meine schwarze Jacke ausgezogen und neben mir platziert, kam die Bedienung an den Tisch, aber Candice sagte, wir würden noch warten. Eine Frage brannte mir auf der Zunge, und ich wollte sie gerade stellen, da traten die beiden ein: Lynn in einem langen, schwarzen Strickkleid, das toll zu ihrem tiefschwarzen Haar passte, dazu eine Jeansjacke und eine goldene Kette mit einem Herzanhänger, Kristen in einer knallbunten Bluse und schwarzen Leggings. Ihr langes Haar war kunstvoll auf ihrem Kopf aufgetürmt.

„Wow!" Ich sprang sofort auf, ging auf die beiden zu und umarmte sie eine gefühlte Ewigkeit lang. Lynn trug ihr vertrautes, leicht herbes Parfüm. Kristen drückte mich so fest, dass ich glaubte, sie würde mich nie wieder loslassen.

Wir bestellten alle den gleichen Cocktail, der pappsüß und mit Ananasstücken und Kirschen dekoriert war, und anschließend unsere Hauptgerichte.

Kristen sprach über ihren neuen Job bei einer Softwarefirma und davon, dass sie eine junge Kollegin hatte, die ihr sehr gut gefiel. Ihre Erzählungen von ihren Morgenspaziergängen am Meer in Kalifornien machten mich beinahe neidisch, obwohl ich es ihr natürlich von Herzen gönnte! Lynn hatte sich für einen Jura-Masterstudiengang in Georgetown eingeschrieben und war auf der Suche nach einer Wohnung in DC. Erst als wir unsere Vorspeisen beendet hatten, merkte ich, dass ich mit Erzählen an der Reihe war, aber mir war nicht danach. Die Geschehnisse der letzten Zeit hatten mich völlig ausgebremst.

Da klingelte mein Handy, und ich zuckte zusammen. Alle Freunde, von denen ich es erwartet hatte, hatten mir bereits per Textnachricht oder auf Instagram gratuliert. Umständlich kramte ich mein Telefon aus der Handtasche und sah, dass es Dane war. Mein Atem stockte. Ich zögerte und ließ es weiterbimmeln, stellte es aber auf stumm.

„Willst du nicht rangehen?" Lynn, die neben mir saß, musste gesehen haben, wer der Anrufer war. „Er möchte dir bestimmt nur gratulieren."

„Woher soll er wissen, dass ich heute Geburtstag habe?"

„Vielleicht hat es ihm jemand geflüstert?" Lynn zwickte mir sanft in die Seite. Nach einem ausgiebigen Seufzer ging ich dran.

„Hey, Lisa." Seine Stimme klang gedämpft, als sei er fünf Millionen Meilen weit weg. Er ließ mir nicht einmal Zeit, um zu antworten, oder aber er hatte Angst, ich könnte auflegen. „Alles Gute zum Geburtstag."

Plötzlich schämte ich mich dafür, dass ich ihn hatte gehen lassen. Dass ich ihm nicht hinterhergerannt war. Dass ich keine perfekte Filmszene in meinem Leben inszeniert hatte. Ein ausgiebiges Räuspern. „Und hoffentlich findest du deinen Weg", fuhr Dane fort. „Im Leben, meine ich. Im Job und so weiter." Er klang ungewöhnlich nervös, und ich sehnte mich danach, ihn in den Arm zu nehmen.

„Ich bin gerade in einem Restaurant." Ich flüsterte automatisch hinter vorgehaltener Hand. Lynns, Kristens und Candices Blicke klebten an mir. Mir war auf einen Schlag siedend heiß.

„Bin schon weg, ich wollte dir nur alles Gute wünschen", sagte Dane.

„Das ist lieb von dir, danke."

Wir verabschiedeten uns und ich legte auf.

„Das wars?" Lynns Blick war ungläubig.

„Was?" Ich hob die Hände, als müsste ich mich meinen Freundinnen ergeben. „Ich kann jetzt nicht mit ihm reden. Ich sitze in einem Restaurant."

„Du redest gar nicht mit ihm!" Lynns Blick wurde giftig. „Ich habe neulich mit ihm telefoniert. Du hast den Kerl ganz schön fertig gemacht; was soll das, Lisa?"

Ich fand es unfair, mich an meinem Geburtstag dermaßen zu kritisieren.

„Du hast dich Hals über Kopf in Dane verliebt, dann legt euch das Schicksal Steine in den Weg, aber am Ende sind die Umstände so, dass es doch ein riesengroßes Happy End geben könnte. Und du machst das alles kaputt?"

„Vielleicht ist mir das alles einfach zu viel, okay!" Ich schrie. „Nach all dem, was ich innerhalb kürzester Zeit erfahren musste, war ein Limit erreicht. Ich glaube, ich habe keine Kraft mehr für eine Beziehung."

Lynn verdrehte die Augen und schüttelte den Kopf.

Der perfekte, entspannte Abend rückte plötzlich in die Ferne. Meine Vergangenheit verfolgte mich ohne Rücksicht auf meine Erschöpfung.

„Dann nehme ich ihn", sagte Lynn, aber ich war ausnahmsweise nicht zu Scherzen aufgelegt.

Die Bedienung trat mit zwei großen Tellern an unseren Tisch, und ich war unendlich dankbar, dass ich essen konnte und nicht mehr reden musste, auch wenn mir der Appetit ein wenig vergangen war.

Kristen bekam einen gigantischen Salat mit Croutons, die sie mit der Gabel an den Tellerrand beförderte, bevor sie zu essen begann. Lynn widmete sich ihrem Burger, Candice ihren Tagliatelle und ich meinem Fisch. Der schmeckte in North Carolina tausendmal besser als hier.

„Sucht vielleicht eine von euch nen Job?" Die Bedienung stand plötzlich wieder an unserem Tisch und zwinkerte uns zu. „Wir könnten Hilfe gebrauchen."

„Ne, danke." Kristen lächelte breit. „Wir sind nicht von hier."

„Okay. Aber falls ihr jemanden kennt oder es euch anders überlegt." Sie streckte mir ihre Visitenkarte entgegen, und ich nahm sie wie in Trance entgegen. *Loreen Armbruster* stand darauf unter dem verspielten Logo des Restaurants.

Nachdem die Bedienung gegangen war, musterte mich Kristen eindringlich, während sie in ihrem Salat stocherte, der nicht weniger wurde.

„Sag mal, warum benimmst du dich Dane gegenüber so komisch?", wollte sie schließlich wissen und sah mich aus verengten Augen an. Sie hatte den ganzen Abend ihr Handy kein einziges Mal gezückt. „Erinnerst du dich an unsere stundenlange Diskussion damals im Zelt im Yosemite Nationalpark?" Sie sprach weiter, ohne meine Antwort abzuwarten, aber vielleicht wusste sie, dass ich keine hatte. „Wir haben uns gefragt, warum all deine Beziehungen nach wenigen Wochen zu Ende waren und warum zum Teufel du dich nicht verlieben konntest."

Ich erinnerte mich genau an den Abend. Kristen und ich hatten vor unserem Zelt gesessen, jede in eine Fleecedecke gehüllt, während Lynn schon geschlafen hatte. Obwohl ich panische Angst gehabt hatte, ein Schwarzbär könnte aus dem dunklen Wald auftauchen und über unsere Vorräte herfallen, blieb ich Rücken an Rücken mit Kristen sitzen und legte den Kopf ab und zu in den Nacken, um den Himmel über der Lichtung zu bestaunen. Die Sterne funkelten wie ein Netz aus Zauberlichtern, und ich wollte daran glauben, dass es eine Bestimmung im Leben gab. Nach dem Abendessen philosophierten wir drei darüber, bis Lynn müde wurde und sagte, es wäre doch ohnehin müßig, wir würden niemals erfahren, ob es so wäre oder nicht.

„Natürlich werden wir es eines Tages kapieren", hatte Kristen gemeint und mir einen Blick zugeworfen, der sagen sollte: *Wir zwei, wir wissen, dass es so ist. Lynn hat doch keine Ahnung!*

„Huhu, bist du noch hier?" Kristens Stimme riss mich aus meinen Gedanken. „Wir wollen dir helfen, verstehst du das?"

Es war mein Geburtstag, und ich hatte keine Lust auf schwere Gespräche. Trotzdem wehrte ich mich nicht gegen Kristens Ausführungen, weil ich spürte, dass es von Herzen kam.

„Du hast dich Hals über Kopf in Dane verliebt." Kristen legte ihre Hand auf meinen Unterarm. „Wir haben es sofort bemerkt." Sie grinste. „Und er sich wahrscheinlich auch in dich. Jedenfalls deuten alle Indizien darauf hin! Dann kamen die Sache mit der Vergangenheitsenthüllung und die Angst, er könnte dein Halbbruder sein. Dann die vermeintliche Gewissheit in dieser Sache und die Erleichterung, dass es doch nicht so ist. Ich meine, was willst du mehr, Lisa?" Sie sah mir eindringlich in die Augen. „Alles hat sich auf magische Weise so gefügt, dass ihr ein Paar sein könnt! Und jetzt ziehst du den Schwanz ein?"

„Ich habe keinen Schwanz." Ich war im Schmoll-Stimmung. Und das an meinem Ehrentag!

„Hör auf damit!" Lynn schaltete sich ein. Sie beugte sich vor, und Candice hörte uns mit offenem Mund zu. „Heute ist dein Geburtstag, und wir wollen dich nicht foltern, aber oft sehen Außenstehende mehr als man selbst. Wir sind deine beiden besten Freundinnen, schon vergessen? Wir wollen dir nur helfen!" Sie warf Candice einen raschen Blick zu. „Sorry, Candice. Du bist auch eine supergute Freundin, aber wir drei sind ... du weißt schon. Unzertrennlich oder so etwas in die Richtung." Sie sah mich wieder an. „Du machst alles unnötig kompliziert, Lisa. Du kannst zu Dane auf die Outer Banks ziehen, und alles wird gut."

„Ach ja?" In mir brodelte es. „Und woher willst du das wissen? Vielleicht wird nichts gut, weil wir uns so gut wie gar nicht kennen, und weil Outer Bank Lovestorys zum Scheitern verurteilt sind."

„So ein Blödsinn!" Lynn funkelte mich an.

„Lass mich doch ausreden!" Ich nahm einen großen Schluck aus meinem Cocktailglas. „Ich bin mir nicht mehr sicher, ob es mir gutgetan hat, in den Staat meiner Kindheit zu reisen. Erinnerungen kommen hoch, reißen auf wie eben verheilte Wunden und beginnen wieder zu bluten, und ich kann es nicht stoppen." Ich war nah dran, loszuheulen. „Mein schlechtes Verhältnis zu Mom, also meiner Ziehmutter, ihr plötzlicher Tod, die Sache mit Dolores und Milton, das alles hat mir gehörig zugesetzt. Könnt ihr das nicht verstehen? Ich habe keine Kraft mehr für eine neue Beziehung."

„Aber es ist *die* Chance für euch!" Lynn klang beinahe weinerlich.

„Es wird noch viele Chancen geben", sagte ich und hasste den sachlichen Ton meiner Stimme. Es war nicht das, was ich bisher gepredigt hatte, aber das, was ich mir einreden wollte. „Ich kann nicht ständig wieder nach North Carolina reisen. Jetzt bin ich hier und beginne ein neues Leben."

„Ein neues Leben!" Kristens Gesicht war dunkelrot. „Als könntest du das alte abschütteln!"

„Lass sie in Ruhe." Lynn sagte es leise, aber bestimmt. „Es ist ihr Geburtstag. Wenn sie nicht will, dann ist es eben so."

„Amen", sagte Candice und suchte den Blick der Bedienung. „Eine neue Runde Cocktails bitte!", rief sie ein bisschen zu laut. „Hier müssen sich dringend ein paar Gemüter beruhigen!"

Alles, was danach kam, verschwamm zu einem einheitlichen Nebel. Nach zwei weiteren Cocktails konnte ich nicht mehr logisch denken. Zum Glück! Ich lachte mit meinen Freundinnen, und wir redeten über entspannende Belanglosigkeiten, aber die schweren Gedanken an Dane ließen mich nie ganz los. Als wir schließlich gegen Mitternacht das Restaurant verließen, wandte ich mich in der Tür der Bedienung zu und sagte: „Ich werde mich wegen der Stelle melden. Ich brauche nen Job."

Kapitel dreiundzwanzig

Vier Tage nach meinem Geburtstag stand ich mit einem Namensschild auf dem weißen Logo-T-Shirt des Cafés und einem knallgrünen Mikrofasertuch in der Hand hinter dem Tresen und hörte mir an, was Loreen, meine neue Chefin, mir zu sagen hatte. Sie sprach so schnell und zog so energisch eine Schublade nach der anderen auf, dass eine ungemütliche Hektik in der Luft lag. Sie war einer jener Menschen, die das bewusste Atmen nicht zu beherrschen schienen.

Ich war nur physisch anwesend, denn meine Gedanken kreisten um die Tatsache, dass ich genau dort gelandet war, wo ich niemals hatte sein wollen: in einem tiefen Loch nach dem Uni-Abschluss, ohne irgendeinen Plan, wie es weitergehen sollte, denn dass das hier nicht für immer sein würde, war mir klar. Wenigstens etwas, dessen ich mir sicher war.

„Hörst du mir zu, Lisa?" Loreen sah mich aus ihren hellen blauen Augen an. Zumindest hatte sie feine Fühler für das Befinden ihrer Angestellten.

„Ja, natürlich." Ich räusperte mich ein bisschen zu laut und spielte mit dem dicken Lappen. Er fühlte sich noch flauschig und neu an, und ich würde hier mein Bestes geben, schließlich war es ein Job, der mich zumindest eine Weile über Wasser halten würde.

„Helmut wird dir helfen, er kennt sich schon ganz gut aus. War drei Jahre hier, hatte einen Unfall, und ist seit vorgestern wieder an Bord."

„Er heißt *Helm*?" Das Amüsement in meiner Stimme war nicht zu überhören.

„Er ist Deutscher." Loreen schob die oberste Schublade mit Elan zu und begab sich auf die andere Seite des Tresens. „Wenn was ist, melde dich einfach bei mir. Ich bin meistens hinten im Büro." Mit diesen Worten verließ sie den Raum, nur der beißende Duft ihres Parfüms und ein Hauch von Hektik blieben zurück.

Sobald im Café etwas los war, stürzte ich mich in meine Tätigkeit. Ich nahm Bestellungen entgegen, gab sie weiter, brachte den Gästen ihre Getränke und Speisen, putzte Tische ab, räumte den Geschirrspüler in einem rasanten Tempo ein und aus, bei dem ich mich wunderte, dass nichts zerbrach, und lächelte, auch wenn mir nicht danach war. Darin wurde ich jeden Tag besser.

Helmut entpuppte sich als freundlicher Bartträger mittleren Alters, der mich wie eine Tochter behandelte. Nach all den Jahren, in denen ich mich nach einer männlichen Vertrauensperson gesehnt hatte, waren mein leiblicher Vater und Helmut aufgetaucht. Es war eine bittere Ironie des Schicksals!

Nach Feierabend spendierte mir Helmut manchmal einen Drink, und wir saßen eine Weile zusammen, weil ich sowieso nicht wusste, wo ich hingehen sollte. Dass ich immer noch in Candices Gästezimmer wohnte, passte mir nicht, aber momentan waren meine Einnahmen so gering, dass ich mir selbst in dieser Kleinstadt nichts leisten konnte. Ich würde mir noch ein oder zwei andere Jobs suchen müssen.

„Bist du nicht zu jung, um hier zu versumpfen?" fragte mich Helmut einmal mit seinem starken Akzent und legte das Kinn in die Hände. „Was hast du noch einmal studiert?"

„Ich habe einen Abschluss in *Liberal Arts*, also nichts."

„Sag so was nicht!" Helmuts Stirn legte sich in besorgte Falten. „Alles ist etwas."

„Na ja, wie man es nimmt." Ich nahm einen Schluck aus meinem Glas. „Ich habe nichts studiert, was mich für einen bestimmten Beruf fit machen würde und womit man viel Geld verdienen kann, sondern das, was mir Spaß gemacht hat. Ansonsten hätte ich Jura oder Wirtschaftswissenschaften oder sowas wählen sollen, aber da wird mir schon schlecht, wenn ich es bloß ausspreche."

Helmut musste lachen.

„Ich habe das gemacht, was mir mein Herz gesagt hat." Ich zuckte mit den Schultern. „Und das rächt sich jetzt wohl."

„Ach was!" Helmut lehnte sich nach hinten und betrachtete mich sehr eindringlich, als müsste er das nur lange genug tun, um mir sagen zu können, was beruflich aus mir werden sollte. Seine Anteilnahme rührte mich.

„Es ist gut, dem Herzen zuzuhören, Lisa. Es hat oft recht." Helmut lächelte mich an. „Du hast dein Leben noch vor dir!" Sein Blick wurde nachdenklich. „Im Gegensatz zu mir. Bei mir ist die Halbzeit wahrscheinlich schon längst überschritten. Nach meinem Unfall habe ich viel darüber nachgedacht, dass es ein verdammtes

Glück ist, dass ich noch am Leben bin. Ich habe zwei Ehen in den Sand gesetzt. Ein Kind gezeugt, das mich nicht einmal kennt." Seine Augen wurden feucht, und mein Hals schnürte sich zu. „Habe nie etwas gelernt, sondern mich immer nur von einem Gelegenheitsjob zum nächsten gehangelt, weil ich dachte, ich würde Musiker werden oder so, dabei war ich nur mittelmäßig." Während er nachdenklich den Kopf über sich selbst schüttelte, wuchs mein Mitleid. „Mit dreißig habe ich meine Gitarre dann verbrannt, in die Flammen gestarrt und gedacht: *Scheiß drauf! Es gibt auch andere Dinge im Leben.*"

Er sagte lange Zeit nichts mehr, sondern starrte phlegmatisch vor sich hin. Sein Blick erinnerte mich schmerzlich an Dolores. Er war von dieser bodenlosen Trauer durchtränkt, die mir als Kind Angst gemacht hatte und gegen die es laut Mom Medikamente gab. Ich glaubte nicht daran, denn dieser Schmerz saß so tief, dass alle Medizin der Welt ihn nicht heilen konnte. Nur die Liebe.

„Aber ich will dir keine Angst machen." Helmut sah mir wieder in die Augen. „Du bist noch so jung, du kannst alles tun."

„Ich glaube, das kann man immer", sagte ich, um ihm Mut zu machen. „Es ist nicht eine Frage des Alters."

„Aber eine Frage der Energie."

„Oh ja, an manchen Tagen fühle ich mich schon wie eine antriebslose Neunzigjährige!" Es war tatsächlich so, dass ich seit Moms Tod diese Tiefpunkte erlebte. Zum Glück gingen sie vorbei. Waren das Dolores' Gene?

„Ich wollte eigentlich nur sagen, dass man sich nicht an einem Traum festklammern sollte." Helmut leerte sein Bierglas in einem Zug. Ein Teil der ehemaligen Schaumkrone klebte an seinem dunklen Schnurbart. „Wenn man zu sehr an etwas festhält, dann macht es alles andere vielleicht kaputt. Mein Traum von der Musikerkarriere hat meine Familie zerstört. Meine Enttäuschung hat mich zu einem rastlosen Gelegenheitsjobber gemacht, der nicht mehr weiß, was zählt."

„Aber du weißt es, hör dir doch zu!" Ich mochte es nicht, dass er sich selbst runterzog, während er so gut darin war, mich aufzubauen. Nach unseren Gesprächen ging es mir tatsächlich stets eine Weile besser.

„Ja, in der Theorie weiß ich es. Aber die Theorie ist tückisch und oft fad. Das Leben ist echt und frisch, ich würde mich gern wieder den Möglichkeiten öffnen. Wenn ich eine junge Frau wie dich sehe, die den Kopf hängen lässt, dann macht es mich traurig. Ich spüre, dass dein Lächeln nicht echt ist."

„Sehe ich so traurig aus?" Ich war überrascht, denn ich übte jedes Mal, bevor ich mich auf den Weg ins Café machte, meinen Gesichtsausdruck vor dem Badezimmerspiegel.

„Du siehst aus, als müsstest du woanders sein", sagte Helmut nur, und ich wusste, dass er mit seinen Worten verdammt recht hatte.

Am Abend nach dem Gespräch mit Helmut lag ich wach und fand nicht zur Ruhe. Verbissen in den Wunsch nach einem unbekümmerten Leben wollte ich meine Vergangenheit abschütteln, um weitergehen zu können. Dabei wurde mir mit jedem neuen Tag klarer, dass es unmöglich war, weil ich jetzt in gewisser Weise eine andere Person war als noch vor wenigen Wochen.

Eine, die Familienmitglieder und eine große Liebe in North Carolina hatte. Eine, die nicht frei war wie Kristen und Lynn, sondern diesen Sog spürte, der noch immer von ihrem Herzensstaat ausging, und der jetzt mehr denn je seine Berechtigung hatte. Warum nur hatte ich solche Angst, mich der Realität zu stellen? Es war, als hoffte ich, meine Liebe zu Dane würde verwelken. Weil ich zu feige war, um zu ihr zu stehen. Weil ich es bisher immer aus Selbstschutz vermieden hatte, mich ganz einem Mann hinzugeben. Das war die Antwort auf die Frage, warum ich nie wahrhaftig verliebt gewesen war. Bei Dane war es trotz aller Vorsicht passiert, vielleicht, weil wir zusammengehörten. Der Gedanke war süß wie Zuckerwatte, und trotzdem schob ich ihn beiseite. Es war kitschig, so zu denken. Oder etwa nicht?

Gerade, als meine Augen feucht wurden, klingelte mein Handy.

„Er wird den Laden übernehmen", sagte Dane ohne ein Wort der Einleitung.

„Wer wird was?" Ich setzte mich im Bett auf, stopfte das Kopfkissen hinter meinen Rücken und fühlte eine warme Welle der Erleichterung, Danes Stimme endlich wieder zu hören, durch meinen Körper strömen.

„Dad war bei Chris. Davor habe ich mit ihm gesprochen, und es ist jetzt so, dass er ab Januar den früheren Laden deiner Oma Amber übernehmen wird. Ist das nicht toll?" In Danes Stimme schwang überschäumende Freude mit.

„Jetzt kann er endlich seine Kunstwerke dort verkaufen", sagte ich. Es kam mir vor, als würde das Schicksal einen Teil der Vergangenheit reparieren.

„Ja, das auch", erwiderte Dane. „Aber Dad hat sich verändert. Er hat auf einmal viel mehr Energie. Er freut sich so sehr, das habe ich noch nie erlebt!"

Etwas in mir wollte fragen, ob ich helfen könne, aber gleichzeitig hatte ich Angst vor den Konsequenzen.

„Wir werden das Geschäft komplett umgestalten und auch Künstler, die Dad über die Jahre kennengelernt hat, dazu einladen, bei uns auszustellen", sagte Dane. „Wir haben den ganzen Abend Pläne geschmiedet." Er machte eine lange Pause, und ich konzentrierte mich auf meinen Atem, der zu schnell geworden war. „Du fehlst mir, Lisa. Du fehlst uns." Ich biss mir auf die Unterlippe und fand keine Worte. „Warum möchtest du nicht zu uns ziehen? Du gehörst hierher."

Dane hatte recht, und ich wusste es. Trotzdem war die Vorstellung sonderbar, mit Milton Farrell, meinem leiblichen Dad, und seinem Adoptivsohn, der gleichzeitig meine große Liebe war, unter einem Dach zu leben.

„Mein Dad hatte damals keine Ahnung, dass Dolores schwanger war." Jetzt war die Euphorie aus Danes Stimme gewichen, und er klang betroffen. „Glaub mir, er wird dich mit der Zeit ins Herz schließen, Lisa, auch wenn er ein verschlossener Mensch ist."

„Und was ist mit Dolores?", fragte ich vorsichtig. In letzter Zeit hatte ich mir viele Gedanken darüber gemacht, ob es nicht vielleicht doch in unserer Verantwortung lag, ein Treffen zwischen den beiden zu organisieren. So wie ich Dolores kannte, würde sie niemals den ersten Schritt wagen. Oder war es nicht ratsam, sich einzumischen? „Möchte er Dolores wiedersehen?"

„Ich weiß nicht", sagte Dane. „Nachdem du nicht mit ihr auf die Outer Banks gekommen bist, habe ich den Gedanken fallengelassen."

Ich kaute auf meiner Unterlippe, die sich allmählich wund anfühlte.

„Ich wollte nur diese Neuigkeiten mit dir teilen, das ist alles", sagte Dane nach einer langen Pause. Es tat weh, dass er seinem Anruf diesen Dämpfer aufstülpte, dabei wusste ich, dass ich selbst es war, die sich bei unserem Treffen in Michigan sonderbar verhalten hatte. Ich wünschte mir, er würde mir sagen, er hätte meine Stimme hören wollen. Er würde mich bitten, zu ihm zurückzukehren.

Aber war es nicht auch so, dass man das Bedürfnis hatte, bewegende Momente mit genau den Menschen zu teilen, die einem am Herzen lagen? Etwas in mir zögerte. Eine Tür, die ich für verriegelt gehalten hatte, öffnete sich langsam wieder, aber ich traute ihr nicht. Ich hatte Angst, jemand könnte kommen und sie mir wieder vor der Nase zuschlagen.

„Ich freue mich für euch, ehrlich." Meine Stimme klang kraftlos. „Ich wünsche euch ganz viel Glück."

Wir redeten noch etwas länger. Ich erzählte von meinem Job und dass ich immer noch bei Candice wohnte. Dass ich vielleicht für ein paar Monate nach Kalifornien zu Kristen ziehen würde, sobald der unbarmherzige Michigan-Winter einsetzte. Dass ich Dolores bald anrufen würde, um mich nach ihrem Befinden zu erkundigen. Wie sehr ich die Outer Banks und Dane vermisste, ließ ich unerwähnt.

Nachdem wir uns verabschiedet und das Gespräch beendet hatten, legte ich mein Handy neben mich, wälzte mich unruhig im Bett und konnte noch weniger einschlafen als zuvor.

Als mein Telefon surrte, griff ich sofort danach, in der Hoffnung, es könnte noch einmal Dane sein. Aber was erwartete ich von ihm?

Dane hat übrigens am siebten Dezember Geburtstag

schrieb Lynn.

Dachte, das könnte dich interessieren. Schlaf gut, Mädchen aus North Carolina!

Ich lächelte, obwohl mir nicht danach war, legte das Handy auf den Nachttisch und schloss die Augen. Lynn wusste viel über Dane! Sie hatten sich in meiner Abwesenheit wohl gut verstanden. Als ich merkte, dass mir die altbekannte Eifersucht ihre kalten Hände an die Kehle legte, wusste ich auf einmal, was ich zu tun hatte.

Kapitel vierundzwanzig

Meine Finger tanzten nervös auf dem Lenkrad, während ich an einer roten Ampel stand. Im Kofferraum lag meine Sporttasche mit dem Nötigsten. Ich kam mir vor wie ein nicht genutzter Shuttle-Service zwischen Michigan und den Outer Banks, es war lächerlich! Doch nach dem Telefonat mit Lynn, die ich mitten in der Nacht aus dem Schlaf gerissen hatte, war die Entscheidung gefallen: für eine letzte Reise zu Dane und Milton, ehrliche Gespräche und eine Offenheit den eigenen Gefühlen gegenüber. Denn die war mir, so schien es, in letzter Zeit abhandengekommen.

Wie in Trance fuhr ich auf den Highway und trat aufs Gaspedal. Meine Gedanken wanderten zu dem Tag, an dem wir in der Nähe von Kitty Hawk am Strand gewesen waren, um Oma Ambers Asche aufs Meer hinausfliegen zu lassen. Der kräftige Wind riss sie sofort mit, als müsste er sie zu sich nehmen. Dorthin, wohin sie gehörte. Ich fror an jenem Herbstnachmittag, und Dolores legte überraschend sanft ihren Arm um mich, während Mom in gehörigem Abstand von uns stand und auf das Wasser starrte. Der Wind wühlte in meinen Haaren und versuchte vergeblich, unter meine Windjacke zu kriechen. Mein ganzer Körper bibberte immer wieder, weil ich unausgeschlafen war. In meinem Unterbauch zwickte und zog es, weil ich am Vorabend meine Periode bekommen hatte, und Oma Ambers Tod kam mir immer noch nicht real vor. Auch wenn ich sie zu der Zeit nicht mehr oft gesehen hatte, hatte es zwischen uns eine innige Verbundenheit gegeben, die nun zunichte gemacht worden waren. Meine kalten Hände ballten sich unwillkürlich zu Fäusten. Ich wollte daran glauben, dass der Tod nicht das Ende war, aber ich konnte es nicht.

Die Erinnerung an jenen Tag war lebendiger denn je, während mein Wagen dahinraste. Als mein Handy klingelte, zuckte ich zusammen. Automatisch fuhr ich auf die rechte Spur, um in einem gemächlicheren Tempo dahinzutreiben.

„Bist du schon unterwegs?" Es war Lynn.

„Jepp." Ich musste lächeln. War das ein Kontrollanruf unter Freundinnen?

„Ich wollte nur sicherstellen, dass du dir nicht zu viele Gedanken machst. Bei dir weiß man nie!"

„Vielleicht hätte ich mit Kristen reden sollen."

„Bloß nicht! Mit der habe ich gestern gesprochen, sie hat wohl jetzt eine Freundin, die genau auf ihrer Wellenlänge ist."

Ich überholte den Umzugswagen vor mir, dessen Fahrer einzuschlafen drohte.

„Wir werden uns jetzt nicht mehr gegenseitig auf die Finger sehen können", sagte ich. „Erinnerst du dich an den Kerl, den ich ganz am Anfang des Studiums in der Eisdiele kennengelernt habe?"

„Klar!" Lynn wusste immer sofort, wovon ich sprach. Unsere Leben waren jahrelang wie ein offenes Buch der

Freundschaft gewesen. Es schmerzte ein wenig, dass es nicht mehr so war. Der Kerl war verflucht attraktiv gewesen, aber Lynn hatte mich vor ihm gewarnt. Und tatsächlich: Wenige Wochen, nachdem ich seine Anbagger-Versuche abgewehrt hatte, hieß es, er hätte mit Drogen zu tun.

„Dane ist perfekt für dich, glaub mir!" Lynn klang zweihundertprozentig überzeugt, und es tat mir gut, denn in mir trieb immer noch die Vorsicht ihr Unwesen.

Wir sprachen über Lynns Studienpläne, ihre nervigen Eltern, die immer alles perfekt machen wollten, den Mischlingshund mit den Kulleraugen, den ihre Mom einfach so aus dem Tierheim mitgebracht hatte, obwohl Lynns Dad nie ein Haustier gewollt hatte, die neuesten Serien auf Netflix und dann noch einmal über Dane.

„Du schmeißt dich da jetzt hinein, Lisa! Wie in die Wellen am Strand. Du darfst nicht zögern. Einfach durch, und dann schwimmst du draußen auf dem Meer. Es wird toll werden!" Lynn klang so zuversichtlich, dass es beinahe auf mich abfärbte.

„Ich werde es versuchen", sagte ich.

Nachdem wir aufgelegt hatten, fühlte ich mich leichter als zuvor.

Kurz bevor ich North Carolina erreichte, setzte heftiger Herbstregen ein. Meine Scheibenwischer zuckten nervös über die Windschutzscheibe, und ich drosselte mein Tempo. Den Rest der Strecke gelang es mir, meine schweren Gedanken zu verdrängen, während ich laut Musik hörte und in mir die Gewissheit zunahm, dass ich diesmal nicht zögern würde, Dane meine Gefühle zu zeigen.

Ohne vorher angerufen zu haben, bog ich schließlich in Danes Straße ein. Der Himmel war wolkenverhangen, aber wenigstens prasselte der Regen nicht mehr herab. Ein Hund bellte gequält. Meine Beine waren schwer wie Blei und mein Kopf war wie mit Watte vollgestopft.

Danes Pick-up stand in der Einfahrt. Mein Hals wurde rau und trocken. Trotzdem stieg ich hoch erhobenen Hauptes aus und sagte mir, dass es kein Problem war, hier einfach so aufzukreuzen, schließlich war Milton mein Dad und Dane meine große Liebe!

Ich klingelte und wartete. An der Decke der Veranda hing ein mir unbekanntes Windspiel, dem der aufkommende Sturm Töne entlockte, die mich beunruhigten. Ich räusperte mich, als ich nahende Schritte vernahm.

Milton öffnete die Tür und sah mich aus zusammengekniffenen Augen an. Hatte ich ihn bei einem späten Mittagsschlaf gestört?

„Lisa?" Er schob die Tür ganz auf. „So eine Überraschung. Wir sind gerade bei der Arbeit, aber komm doch erst mal rein."

Ich folgte seiner Aufforderung und blieb im Flur stehen, unschlüssig, ob ich ihn umarmen sollte. Als er mir die Hand reichte, schüttelte ich sie und lächelte ihn an.

Wir betraten die Küche, in der es nach Zwiebeln roch. In der Spüle türmten sich Teller, und auf der Kochinsel lag ein Schneidebrett mit Gemüseresten. Als ich Stimmen aus dem Wohnzimmer hörte, wandte ich neugierig den Kopf in die Richtung.

Auf dem Couchtisch war ein Plan ausgebreitet, der über die Tischkanten hinausging. Auf dem Boden lagen Cola-Dosen, und vor dem Fernseher stand eine Schale mit Chips. Drei Personen redeten wild durcheinander, über das große Papier gebeugt und mit einer Begeisterung, die ansteckend gewesen wäre, hätte ich nicht sofort ein schlechtes Gefühl gehabt.

Dane saß mit dem Rücken zu mir auf der Ottomane und hatte mein Klingeln wohl überhört. Sein Haar war frisch geschnitten, im Nacken ganz kurz, und ich sehnte mich danach, mit meinen Fingern darüberzustreichen.

Rechts vom Tisch kniete ein junger Mann mit einer schwarzen, dickrahmigen Brille und sah zu mir herüber. Auf dem Sofa saß eine junge Frau mit langem, dunklem Haar, das wie ein wilder Wasserfall lockig über ihre Schultern fiel. Sie beachtete mich nicht, sondern studierte weiterhin den Plan. Mein Magen zog sich zusammen.

„Wir planen gerade den Umbau des Ladens." Milton legte mir zu meiner Überraschung eine Hand auf die Schulter. „Wir können jede Hilfe gebrauchen." Er zwinkerte mir zu. „Falls du deshalb gekommen bist." So gutgelaunt hatte ich meinen Dad noch nie erlebt! „Wir haben Besuch", verkündete er dann, und alle drei sahen erschrocken zu mir herüber, als hätte ich sie eben einer anderen Welt entrissen. Die Frau hatte auffallend große Augen und einen tiefrot geschminkten Mund. Ich mochte sie nicht, obwohl ich sie nicht einmal kannte.

„Lisa!" Dane erhob sich und trat auf mich zu. Ohne zu zögern nahm er mich in den Arm, aber es fühlte sich wie eine Begrüßung unter Freunden an. Es versetzte meinem Herzen einen Stich, dabei wusste ich, dass ich selbst schuld daran war. „Was machst du denn hier?"

Während ich versuchte herauszuhören, ob er erfreut, enttäuscht oder einfach nur überrascht war, stellte er mir die Frau als Jacqueline und den jungen Mann als Eric vor. Beide waren *im Team*, was auch immer das heißen mochte.

„Wir sind gleich fertig", sagte Dane mit einem gewohnt lockeren Lächeln. „Setz dich doch zu uns."

Also nahm ich neben Jacqueline auf dem Sofa Platz. Ihr süßes Parfüm war ein wenig aufdringlich.

Auf dem überdimensionalen Plan war der Grundriss von Oma Ambers Laden zu sehen. Mit roten und schwarzen Linien waren geplante Möbel eingezeichnet, neben dem Couchtisch lagen Muster für Bodenbeläge und Wandfarben. Es schienen jede Menge Kreativität und Begeisterung in dieses Projekt zu fließen, und ich fragte mich, ob ich überhaupt benötigt wurde. In meinem Kopf hatte sich der Wunsch festgesetzt, bei der Neugestaltung von Oma Ambers Laden mitzuhelfen, aber jetzt war ich mir nicht mehr so sicher, ob es eine gute Idee war. Dane und Milton schienen schon längst genügend helfende Hände gefunden zu haben.

„Ich habe ein bisschen Werbung für unseren neuen Laden gemacht und geschrieben, dass wir Hilfe brauchen, und da haben sich die beiden gleich gemeldet", sagte Dane, als könnte er meine Gedanken lesen. „Jacqueline war mit mir in der High School und kennt sich im Marketing aus."

Das wurde ja immer besser!

„Eric hier ist ein handwerkliches Genie!" Dane klopfte dem Brillenträger auf die Schulter und strahlte. „Wir sind ein gutes Team."

Ich nickte nur und starrte auf den Plan, weil ich niemandem in die Augen sehen wollte. Dabei war es lächerlich, dass mich die Gegenwart der anderen Helfer derart störte, schließlich war ich diejenige, die sich aus Danes Sicht vermutlich widersprüchlich verhielt. Was hatte ich erwartet?

Milton brachte mir ungefragt ein Glas Wasser, das ich dankend annahm, während in mir der Wunsch keimte, hier so schnell wie möglich, aber höflich wieder zu verschwinden, ohne die Beleidigte zu spielen. Milton ging neben Dane in die Hocke und betrachtete die gesammelten Ideen.

Etwa eine halbe Stunde später bedankten sich Dane und Milton bei den beiden Gästen für ihre Unterstützung und begleiteten sie zur Tür. Ich reckte den Hals, um sehen zu können, ob es Anzeichen für eine Liaison zwischen dieser Jacqueline und Dane gab. Als sie sich zum Abschied umarmten, wurde mir heiß.

„Darf ich dir noch etwas anbieten, Lisa?" Milton stand plötzlich wieder neben mir. „Hast du Hunger oder Durst?"

Es klang rührend fürsorglich, wie ein echter Dad, und ich bejahte. Wenig später brachte er mir ein belegtes Sandwich und Chips. Dabei sah er mich auf eine sehr liebevolle Art an, mein Dad.

Dane begann, das Geschirr in die Spülmaschine einzuräumen, während Milton und ich am Tisch saßen. Immer wieder wanderte mein Blick zu Dane, aber er sah nicht in meine Richtung. Ich war so müde, dass ich mich nach einem Bett sehnte, sagte aber nichts.

„Was führt dich wieder hierher?", fragte Milton endlich, und es kam mir wie eine Erlösung vor. Eine Einladung, mein Herz auszuschütten, hier und jetzt, doch etwas in mir hatte immer noch Bedenken.

„Es hat sich falsch angefühlt, wieder so weit weg zu sein." Ich sagte es so locker wie möglich und las trotzdem in Miltons Blick, dass er genauso wie ich wusste, dass es nur die halbe Wahrheit war.

„Ich mache meinen Abendspaziergang mit Cindy." Milton stand auf und holte die Leine aus der Garderobe. Cindy sprang bereits vor der Haustür auf und ab. Kaum war die Tür ins Schloss gefallen, setzte sich Dane zu mir.

„Ich habe nicht erwartet, dass du so plötzlich wiederauftauchst." Sein Blick war ernster als mir gefiel.

„Ich wollte nicht stören." Ich klang erschöpft. „Du scheinst ja genügend Helfer zu haben." Müde aß ich den letzten Bissen meines Sandwiches. „Nach deinem Anruf habe ich gedacht, dass ich hier gebraucht werde."

„Wirst du auch." Dane nahm meine Hand, und ich ließ es zu. Seine Finger strichen über mein Handgelenk. Dann stand er auf, umrundete den Tisch und stellte sich hinter meinen Stuhl. Er legte seine Hände auf meine Schultern und massierte mich sanft. Der Druck seiner Finger war nicht zu leicht und nicht zu stark; er war perfekt. „Entspann dich." Erst jetzt merkte ich, wie verspannt mein Nacken war, und ich schloss die Augen.

Als sich die Verhärtungen meiner Muskeln allmählich lockerten, ließ Dane mich los.

„Danke", sagte ich und drehte mich auf dem Stuhl um. Er stand immer noch da und wirkte unschlüssig.

„Du solltest mit Milton reden", sagte er schließlich und verhakte seine Finger hinter dem Rücken, als müsste er sich zurückhalten, mich weiterhin zu berühren. Mich anders zu berühren.

„Meinst du, er hat väterliche Gefühle für mich?" Nervosität klang in meiner Stimme mit. Sie zitterte wie Herbstblätter, die sich nur noch mit Mühe am Baum festhalten können.

Dane zuckte mit den Schultern. „Er ist niemand, der seine Gefühle nach außen kehrt, das musst du wissen." Er lächelte. „Oder du weißt es ja eigentlich schon."

„Hm", war alles, was mir dazu einfiel. Eine innere Stimme sagte mir, dass ich an der Reihe war, das Wesentliche auszusprechen.

„Es tut mir leid, dass ich so komisch war." Kaum hatte ich diesen Satz beendet, wurde Danes Blick aufmerksamer.

„Wollen wir uns setzen?" Er machte eine Armbewegung in Richtung Couch.

Wir nahmen in einigem Abstand voneinander Platz, und es fühlte sich an, als müssten wir von vorn anfangen, ein neues Spiel beginnen, dessen Regeln wir nun kannten, nicht aber den Ausgang.

„Ich war nicht fair zu dir." Mein schlechtes Gewissen meldete sich zu Wort. „Im Park, da habe ich dich gehen lassen, obwohl es falsch war. Ich war einfach nur wütend. Mit der Wahrheit über deine Herkunft hast du nur eine zusätzliche Sache auf den Tisch gebracht, die für mich neu war."

„Ich verstehe es."

„Es ist anstrengend, ständig neue Gefühle zu haben. Ich bin von einem Extrem ins nächste gestolpert, immer mit dem Wunsch, eine Lösung für dieses Wirrwarr zu finden. Eine, die es allen recht macht."

„Die gibt es nicht." Dane lächelte ein wenig traurig. Diese Grübchen! „Aber hier geht es jetzt doch hauptsächlich um uns, oder?" Ich war ihm dankbar, dass er mir unter die Arme griff. Ich wusste genau, was ich sagen wollte. Was ich sagen *musste*.

„Natürlich." Es war so einfach, sein Lächeln zu erwidern.

„Du hast viel durchgemacht in letzter Zeit, Lisa. Das weiß ich. Das weiß auch mein Dad." Dane rutschte ein Stück näher an mich heran und räusperte sich. „Wir haben Verständnis dafür, dass du verwirrt warst und es wahrscheinlich immer noch bist, aber du kannst nicht mit meinen Gefühlen spielen. So stark bin ich nun auch wieder nicht."

Seine Worte rührten mich zutiefst. „Ich wollte nie mit deinen Gefühlen spielen." Ich nahm seine Hand und streichelte sie. „Heute verstehe ich, dass ich in Sachen Liebe immer sehr ängstlich gewesen bin. In meiner Familie gibt es keine glücklichen Liebesgeschichten, und das macht mir immer noch Angst."

„Pst!" Dane legte mir den Zeigefinger auf die Lippen und nahm mich in den Arm. Zunächst lehnte ich mich gegen seine Schulter, dann musste ich schluchzen, und meine Tränen kullerten hemmungslos über meine Wangen, bis Dane sie wegküsste. Der folgende Kuss löste all die Knoten in meinem Bauch auf, und als Dane mich noch enger an sich heranzog und schließlich in sein Schlafzimmer führte, wehrte ich mich nicht.

Kapitel fünfundzwanzig

Am nächsten Morgen weckten mich Danes Fingerkuppen, die sanft über meinen Oberarm strichen. Verschlafen blinzelte ich ihn an.

„Ziehst du bei uns ein?", fragte er und küsste meine Augenbraue, dann meine Nase und meinen Mund.

„Ist es für Milton okay?"

„Natürlich." Er lächelte sanft. Alles erschien mir selbstverständlich: bei ihm zu sein, eine Mutter und einen Vater zu haben, in deren Nähe und auf den Outer Banks zu sein. Selbst James Taylors Lied würde seinen schmerzlich melancholischen Ton verlieren, denn ich war angekommen. Mein Leben hatte wieder eine Richtung und die Vergangenheit nichts Bedrohliches mehr.

„Ja, es wäre schön, immer bei dir sein zu können." Ich streichelte Dane über die Wange. „Bei euch." Die Vorstellung, jede Nacht neben ihm zu verbringen, war wunderschön. Es war an der Zeit, dass ich mir erlaubte, bedingungslos zufrieden zu sein.

Am nächsten Tag fuhr ich zu Dolores und übernachtete einmal bei ihr. Sie wehrte sich nicht dagegen, dass ich sie mit auf die Outer Banks nahm.

„Amber hat immer daran geglaubt, dass es die perfekte Familie gibt." Dolores' Stimme klang gedämpft.

Sie saß in sich zusammengesackt neben mir auf dem Beifahrersitz, während ich vor Miltons Haus parkte. Mit der Geschichte, dass wir Oma Ambers Laden wieder aufblühen lassen würden, hatte ich meine Mutter umgestimmt. Obwohl sie nicht den Eindruck machte, als sei das hier die vielleicht wichtigste Reise ihres Lebens, war sie bei mir, kurz davor, ihre Jugendliebe wiederzusehen, nach über zweiundzwanzig Jahren! Meine Aufregung wuchs mit jeder Sekunde.

„Aber es gibt sie nicht." Dolores' Worte rissen mich aus meinen Gedanken.

„Wie bitte?" Ich schaltete auf *Parken* und wandte mich ihr zu.

„Ich sagte, dass es keine perfekte Familie gibt." Dolores legte eine Hand auf meine. Ihre Haut war kühl und trocken. Wir sahen uns in die Augen, und mir fiel auf, dass sie in meinem Kopf oft immer noch *Tante Dolores* war, zuweilen nur *Dolores*, aber nur selten *Mom*. Vielleicht zerstörte die Zeit Dinge, und es war unmöglich, sie wieder zu flicken.

„Bist du bereit?" Ich erzwang ein Lächeln. Auf Dolores' Behauptung wollte ich nicht eingehen, denn ich war der Überzeugung, dass es durchaus funktionierende Familien gab. Wenn man selbst in einem Chaos großgeworden war, dann war diese Vorstellung sicherlich nicht einfach. An manchen Tagen wunderte ich mich darüber, dass ich es schaffte, an das Perfekte im Kleinen zu glauben. Die Welt war weit davon entfernt, perfekt zu sein, aber wir konnten uns unsere eigene, kleine, manchmal makellose Welt bauen. Eine, in der die Magie zu Hause war.

„Ich bin nicht bereit, mein Schatz." Dolores' Augen glänzten. Heute trug sie eine grüne Bluse mit Perlmuttknöpfen, eine schwarze Stoffhose und kleine goldene Ohrringe. Ihr Haar war brav hinter die Ohren gesteckt, und ihre Wimpern waren dezent getuscht. „Ich war noch nie bereit in diesem Leben, und das hat vieles kaputt gemacht."

Ich stieg aus, und da Dolores keine Anstalten machte, es mir gleichzutun, umrundete ich den Wagen und zog ihre Tür auf. Sie hatte die Beine übereinandergelegt, als wollte sie nicht aussteigen.

„Es wird alles gut werden." Es war ein Lynn-Satz, dem ich Glauben schenken wollte. Ich berührte den Arm meiner Mutter. Ich musste es mir immer wieder sagen, wie etwas, das man auswendig lernt und irgendwann verinnerlicht.

„Ist er sonderbar?" Dolores sah mich an, als würde ich alle Weisheiten dieser Welt kennen. „Ich meine, Amber fand Milton damals komisch und hat mir gesagt, ich hätte es mit dem Teufel zu tun. Was wusste ich schon, ich war so jung!"

„Er ist kein Teufel, ganz im Gegenteil. Milton ist ein netter Kerl."

„Du magst ihn?" In Dolores' Augen leuchtete eine leise Hoffnung auf.

„Er ist der Vater, den ich nie hatte." Ich umklammerte ihren Arm. „Steig bitte aus, Mom."

Sie sah mich lange an. „Wir wollen nicht mehr über die Vergangenheit reden, sondern im Jetzt leben."

Dane begrüßte mich mit einer innigen Umarmung und einem Kuss, als hätten wir uns eine Ewigkeit nicht gesehen. Dolores stand ein Stück hinter mir und knetete ihre Hände.

„Und du musst Lisas Mom sein!" Dane trat auf sie zu und drückte sie, was sie sichtlich überraschte, denn sie zögerte, bevor auch sie ihre Arme um ihn schlang.

Wir traten ein, und Cindy schnüffelte schwanzwedelnd an Dolores, die sofort ihre Finger durch ihr Fell gleiten ließ. Da es draußen noch angenehm warm war, stand die Terrassentür offen. Milton erhob sich von einer der Liegen und kam auf uns zu. Dane hatte diesen übertrieben romantischen Plan gehabt, ein Treffen in einem Holzpavillon am Strand zu organisieren, mit Rosen, die sich über ihren Köpfen rankten. Ich hatte ihn darauf hingewiesen, dass Dolores und Milton nicht heiraten würden.

Dolores stand mit gesenktem Kopf in Miltons Küche, wie jemand, der sich verlaufen hatte und dem der Mut fehlte, nach dem richtigen Weg zu fragen.

„Dad, Dolores ist hier", sagte Dane, als hätte Milton das nicht schon längst bemerkt. Manchmal sagte Dane unwesentliche Dinge, nur um etwas zu sagen. Dann lächelte er ein wenig unbeholfen, weil es ihm wahrscheinlich auffiel. Ich hakte mich mit einem Lächeln bei ihm ein und sah Milton und Dolores an, die sich wie versteinert gegenüberstanden. Auch Milton war schicker gekleidet als sonst, in einer beigen Stoffhose und einem Batikhemd. Keiner von beiden sagte etwas, bis Milton die Hand ausstreckte. „Schön dich zu sehen, Dolores."

Ich hatte mir ausgemalt, wie sie sich um den Hals fallen und in tränenreichen Küssen versinken würden, aber die Realität war, wie so oft, ernüchternd. Hier trafen sich zwei Menschen, deren leidenschaftliche Liebe verboten worden war und die eine gemeinsame Tochter hatten, mit der sie kaum Zeit verbracht hatten. Es musste sich höchst sonderbar anfühlen.

„Wir machen einen Spaziergang." Dane nickte seinem Dad ermutigend zu. „Der Kuchen steht im Kühlschrank."

Wir nahmen den sandigen Pfad zum Strand. Der Herbstwind war kräftig und wehte mir das Haar ins Gesicht. Dane hielt meine Hand, und in mir loderte ein befreiendes Glücksgefühl.

„Du hast einen Kuchen gebacken?" Ich sah Dane neugierig an, während wir uns dem Wasser näherten. Der Himmel war heute nicht ganz klar, aber die Sonne noch kräftig genug, sodass man barfuß gehen konnte. Am Ende des Stegs zogen wir unsere Schuhe aus, banden die Schnürsenkel zusammen und hängten sie an das Geländer.

„Nein, das war der Bäcker." Dane drehte mich zu sich und strich mir eine im Wind tanzende Haarsträhne hinters Ohr. „Aber lass uns nicht über Kuchen reden." Er zog mich an sich und küsste mich innig und lange. Sein Mund war vertraut und warm, seine Nähe so wohltuend, dass ich das Gefühl hatte, taumeln zu müssen. Hundert Küsse später gingen wir am Wasser entlang, ließen das inzwischen kühle Meer an unseren Knöcheln lecken, lauschten den Wellen und sahen den Schnepfen zu, die flink auf und ab liefen und ab und zu mit ihren Schnäbeln im Sand pickten.

„Ich will nie wieder weg", sagte ich plötzlich, blieb stehen und blickte auf das Meer hinaus. Es war beruhigend, seine Weite aufzusaugen. Es war schön, kein Ende, keine Grenze zu sehen.

„Und wenn ich mit dir eine Reise machen möchte?" Dane trat hinter mich, legte seine Arme um mich und verflocht seine Finger vor meinem Bauch. „Ich möchte mehr von Amerika sehen."

„Ich auch." Ich lehnte meinen Kopf gegen seine Brust. „Klar können wir verreisen, aber das hier ist mein Zuhause und wird es für immer bleiben." Ich lächelte zufrieden. „Das hier ist *unser* Zuhause", korrigierte ich mich. „Es ist ein gutes Gefühl, das endlich wieder zu spüren." Ich drehte mich zu Dane um und verschränkte meine Hände in seinem Nacken. Das Bedürfnis, ihn ständig und überall zu berühren, war inzwischen übermächtig.

Nach einem erneuten Kuss gingen wir weiter, bis zu einem Steg am Strand, der zu einigen Läden führte. Wir kauften uns ein Eis und stellten uns an das Geländer, mit dem Blick auf das Meer und dem Gefühl, angekommen zu sein.

Auf dem Rückweg wurde ich nachdenklich. „Glaubst du, die beiden empfinden noch etwas füreinander?" Meine Hand in Danes fühlte sich geborgen an, so, wie ich es mir immer gewünscht hatte. Ich konnte allein stehen, aber ab und zu tat die Nähe eines geliebten Menschen gut.

„Ich denke nicht, dass man Liebe aufwärmen kann", sagte Dane sachlich. Manchmal war er überraschend romantisch, und dann wieder ein staubtrockener Realist! „Deswegen sollte man sie genießen, so lange sie da ist." Er legte einen Arm um meine Schulter und zog mich fest an sich heran.

„Ist das eine Drohung?" Ich zwickte ihm sanft in die Seite.

„Ist es nicht. Wir lassen niemanden zwischen uns kommen, auch nicht die Zeit."

„Das hast du sehr poetisch gesagt!"

„Machst du dich über mich lustig?"

„Würde ich niemals tun!"

Wir lachten und gingen weiter, immer am Wasser entlang, bis wir zu der Stelle kamen, an der wir damals mit Lynn und Kristen mitten in der Nacht gebadet hatten.

„Fehlen dir die beiden sehr?" Dane musste denselben Gedanken gehabt haben.

„Natürlich. Jeden Tag." Ich setzte mich in den Sand, zog die Knie an und umfasste sie. „Wir schreiben uns fast täglich. Sie sind zwar weit weg, aber es fühlt sich nicht so an."

Auch Dane ließ sich in den Sand fallen, grub seine Hände hinein und ließ die Körner zwischen seinen braungebrannten Fingern hindurchrieseln. Die Sanduhr des Lebens lief immer weiter, und man konnte die Zeit niemals zurückdrehen, nur in der Erinnerung.

Kaum hatte Dane die Haustür, die tagsüber immer offenstand, aufgeschoben, hörte ich Dolores' Stimme ungewöhnlich laut: „Weißt du noch, wie der Wind meinen Schlüpfer gestohlen hat und du versucht hast, ihn einzufangen?"

Ich musste bei der Vorstellung grinsen, dass auch Dolores und Milton einmal jung und verrückt gewesen waren.

„Scheinen sich ja blendend zu verstehen!" Dane zuckte mit den Schultern, bevor wir die Küche betraten. Die beiden saßen sich mit bunten Kaffeetassen gegenüber, und in der Mitte des Tisches stand ein runder Kuchen mit knallgrüner Zuckerglasur, auf dem zwischen pinkfarbenen Streuseln in weißen Buchstaben *Welcome Dolores* stand. Meine Augen weiteten sich bei dem Anblick, aber ich sagte Dane nicht, dass er meiner Meinung nach ein wenig übertrieben hatte.

„Wollen wir zum Laden gehen?", fragte Milton und sprang auf, als wäre er ein junger Mann. „Wir haben extra auf euch gewartet!"

Chris war früher als ursprünglich geplant mit seiner Sally nach Kalifornien gezogen, und Milton und Dane hatten bereits mit den Umbauten begonnen. Momentan war die Baustelle noch ein Chaos, aber man konnte erkennen, in welche Richtung es gehen sollte: Freundliche, helle Holzlatten lehnten an der Wand, die bereits apfelgrün gestrichen war. Der Boden war noch verdeckt, aber Dane zeigte mir die dezenten, grünlichbraunen Fliesen, die verlegt werden sollten.

„Kaum wiederzuerkennen!" Dolores strich über das Holz. „Amber würde sich freuen, könnte sie das hier sehen."

„Und, hast du es dir überlegt?" Zu meiner Überraschung legte Milton einen Arm um Dolores' Schulter. „Es würde mich sehr glücklich machen."

Obwohl ich vor Neugierde zu platzen drohte, hielt ich mich mit Fragen zurück, denn die beiden wirkten sehr harmonisch in ihrer Blase wiedergewonnener Vertrautheit, während Dane hinter dem Tresen nach etwas suchte.

Ich drehte mich zum Schaufenster um, wo bald unter anderem Miltons Kunstwerke zu sehen sein würden. Alle Touristen würden sehen, was er aus Strandgut zaubern konnte, und er würde bestimmt mehr Bilder verkaufen denn je. Ein zufriedenes Lächeln huschte über meine Lippen.

Am Abend gingen wir in ein kleines, etwas abgelegenes Restaurant, das das ganze Jahr über weihnachtlich geschmückt war und die größten Portionen servierte, die ich in meinem bisherigen Leben gesehen hatte. Dolores saß neben einem dickbäuchigen Deko-Weihnachtsmann und leerte ihren Teller Spaghetti mit Fleischbällchen-Tomatensauce im Rekordtempo. Milton lobte seinen mehrstöckigen Burger, der mit einem Berg Chips und Krautsalat serviert wurde, und Dane und ich teilten uns eine Fischer-Platte. Dolores und Milton sprachen nicht mehr über die Vergangenheit, sondern über die Aussicht, Ambers früheren Laden wieder aufblühen zu lassen, mit authentischer Kunst und keinem solchen Kitsch wie die Deko hier. Milton sagte das so laut und mit einer ausladenden Handbewegung, dass er den leicht missmutigen Blick der Bedienung erntete.

Nachdem wir unseren Nachtisch verspeist hatten, ergriff Milton Dolores' Hand und sagte mit einem Glänzen in den Augen: „Niemals hätte ich gedacht, dass wir beide eine Tochter haben." Sein Blick war dankbar, beinahe demütig, und als ich Dolores ansah, waren ihre Augen feucht.

Nach dem Essen fuhren wir für einen Abendspaziergang zum Strand. Meine Eltern gingen in eine Richtung, Dane und ich in die andere. Nach einigen Schritten drehte ich mich um und sah den beiden hinterher. Sie gingen Hand in Hand, und ich machte mir klar, wie ständig in letzter Zeit, dass das dort meine Eltern waren. Ich musste es mir täglich vorsagen, damit ich die Realität begriff. Sie waren beide lebendig und hier, bei mir. Teil meines jetzigen Lebens, egal, was in der Vergangenheit vertuscht worden war. War die Gegenwart nicht viel wesentlicher?

„Du kannst es immer noch nicht glauben, oder?" Dane legte einen Arm um mich, und ich lehnte meinen Kopf an seine Schulter. Das Meer flüsterte mir beruhigend zu, und eine tiefe Dankbarkeit erfüllte mich.

„Es ist fast zu schön, um wahr zu sein."

„Manchmal meint es das Schicksal gut mit uns." Er küsste meine Schläfe. Die Vertraulichkeit zwischen uns hatte etwas Tröstendes. Ich musste an früher denken, wenn Oma Amber in mein Kinderzimmer gekommen war, um meine Decke noch einmal einzustecken und mich auf die Stirn zu küssen. Die Geborgenheit war ein Geschenk gewesen, das ich im Nachhinein nicht schlechtreden wollte. Ich hatte nicht das Recht, über ihre Entscheidungen zu urteilen.

Wir schlenderten weiter, bis die Sonne im Meer versank. In mir hatte sich der innige Wunsch verfestigt, mit Dane eine USA-Reise zu unternehmen. Jetzt, da Milton Dolores an seiner Seite hatte, war er freier denn je.

Er konnte Milton für eine längere Zeit zurücklassen. Manchmal fügten sich die Dinge auf wunderbare Weise.

Kapitel sechsundzwanzig

Meine Hände waren eiskalt, als ich meinen Wagen auf dem großen Parkplatz in der Nähe von Candices Wohnung abstellte. Die Kronen der Bäume, die den Platz säumten, waren teilweise schon kahl, und als ich ausstieg, wehte mir ein strenger Wind ins Gesicht. Der Herbst war hier deutlich fortgeschrittener als in North Carolina, und ich fror in meiner zu dünnen Jacke.

Die Gewissheit, dass diese eine meiner letzten Reisen nach Michigan sein würde, war übermächtig. Sie stimmte mich auf der einen Seite melancholisch und erfüllte mich auf der anderen mit Freude, weil ich endlich wieder eine Richtung in meinem Leben hatte.

Zielstrebig und mit großen Schritten machte ich mich auf den Weg. Ich wusste, was ich heute zu erledigen hatte. Zwei Dinge standen auf meiner Liste, und ich hatte keine Angst vor ihnen. Lediglich die zweite Aufgabe, die ich mir selbst gestellt hatte, erinnerte mich an meine Verletzlichkeit.

Ich betrat das *Lucky Life*, immer noch mit Wackersteinen im Magen, die jedoch nicht mehr so schwer wogen wie damals, als ich meine Suche begonnen hatte. Mit einem Kribbeln im Bauch schob ich die Eingangstür auf und trat in den mir vertrauten Innenraum des Restaurants. Die Zeit, in der ich hier gearbeitet hatte, erschien mir jetzt nicht mehr so schwer wie damals. Vielleicht war die Erinnerung ein Magier, der das Schlechte wegzaubern konnte, um dem Guten Platz zu machen. Vielleicht lag es aber auch daran, dass ich mich maßlos auf die Zukunft freute. Auf meine Zukunft mit Dane, meiner Mom und meinem Dad.

Helmut begrüßte mich überschwänglich. Obwohl es relativ spät am Abend war und die meisten Tische bereits besetzt waren, nahm er sich kurz Zeit für mich.

„Lisa! Wie schön, dich zu sehen!" Er drückte mich fest, sein Bart kitzelte an meinem Hals. Hätte Helmut mich nicht immer wieder hartnäckig darauf hingewiesen, wie mutlos ich aussah und dass es falsch war, sich so gehen zu lassen, hätte ich vielleicht niemals den Mut gehabt, Dane meine Liebe zu gestehen und zu ihm auf die Outer Banks zu ziehen.

„Ich habe einen Job für dich", verkündete ich. Meine Stimme klang wie fröhliches Vogelgezwitscher. Ich war wieder die Lisa aus den ausgelassenen Momenten meiner Kindheit, eine, die ich in letzter Zeit schmerzlich vermisst hatte.

„Ich habe doch einen Job." In Helmuts freudigen Blick mischte sich Unverständnis.

„Das schon, aber du weißt doch, dass der Weg nie zu Ende ist." Ich zwinkerte ihm zu. „Und so richtig glücklich hast du übrigens auch nie auf mich gewirkt. Jetzt bin ich an der Reihe, dich in die richtige Bahn zu lenken."

„So ist das also!" Helmut sah mich interessiert an. „Entschuldige bitte, ich muss mich um die neuen Gäste kümmern." Mit diesen Worten wandte er mir den Rücken zu, um auf einen Tisch zuzugehen, an den sich ein Paar mittleren Alters gesetzt hatte.

„Wann hast du Feierabend?", rief ich ihm hinterher.

„Dann komme ich wieder."

„Sei um Mitternacht hier, das sollte reichen!"

Es war bereits stockdunkel, als ich auf dem Friedhof stand und auf Moms Grabstein starrte. Seit der Beerdigung war ich nicht mehr hier gewesen, weil ich zu viele andere Dinge im Kopf gehabt und bald darauf meine folgenschwere Reise nach North Carolina angetreten hatte. Die Fahrt mit Lynn und Kristen schien inzwischen Jahre zurückzuliegen, so intensiv und ereignisreich waren die vergangenen Wochen gewesen!

Hey, Mom, dachte ich. *Hey, nicht wirklich Mom.*

Ich hielt die Tränen zurück, legte meine kalten Handflächen an meine Wangen und ging in die Hocke. Wir hatten ein Foto in einem Rahmen auf das Grab gestellt, eines, auf dem Elaine mit Mitte dreißig zu sehen war, irgendwo am Strand von New Jersey, mit einem dunkelblauen Kapuzenpullover und einem erzwungenen Lächeln, während der Wind ihr das Haar quer über die Stirn fegte. Sie war eine attraktive Frau gewesen. Nicht so hübsch wie Dolores, aber eine, die sich nicht über ihr Äußeres beschweren konnte. Aber was war das schon, das Äußere? Bloß eine Hülle! Heute wusste ich, dass viel mehr in Elaines Innerem in Scherben gelegen hatte, als ich jemals geahnt hatte. Womöglich hatte es nach außen gestrahlt, und sie hatte es nicht verbergen können.

„*Ich weiß jetzt alles*", flüsterte ich. Die Trauer würgte mich, und es war mir eine Zeitlang unmöglich, zu

schlucken. *Danke, dass du mich auf den Weg geschickt hast. Sonst hätte ich Dane niemals getroffen. Ich hätte auch nicht meinen leiblichen Vater kennengelernt und auch nie herausgefunden, dass Tante Dolores meine Mom ist.* Ich seufzte unwillkürlich und fuhr vorsichtig mit dem Zeige- und Mittelfinger über den Grabstein. *Warum hast du mir nie etwas von alldem gesagt?*
Ich hatte mir in dem Tumult der letzten Zeit keine Ruhe gegönnt, um zu spüren, wie sehr ich Elaine vermisste. All die Erinnerungsfetzen, die unsere Leben miteinander verbanden, kamen plötzlich in mir hoch. Elaine auf meiner Bettkante, wenn ich Fieber hatte. Ihre kühle Hand auf meiner Stirn. Elaine bei dem ersten Schultheaterstück, in dem ich eine Hauptrolle spielen durfte. Ihr euphorischer Beifall und ihre glänzenden Augen. Elaine am Abend in der Küche, wie sie abwechselnd im Topf rührte und einen Zug von ihrer Zigarette nahm, um sie anschließend in den Aschenbecher zu legen, den wir zusammen bei einem Garagenverkauf erstanden hatten. Er war blau gewesen mit roten Punkten. Einer in der Reihe der Aschenbecher, die sie aus Versehen oder Absicht zerbrochen hatte. Es lag nicht in unserer Hand, zu entscheiden, an welche Details aus unserem Leben wir uns erinnerten. Die Bilder, die jetzt, da ich neben Elaines Grab hockte, vor meinem geistigen Auge auftauchten, bildeten eine Kette voller Überraschungen. Ich lächelte zaghaft. Elaine an Tagen, an denen das Leben ihr wie ein Spiel vorkam und an solchen, an denen es ihr zu viel zu werden schien. Sie war immer in meiner Nähe gewesen, denn trotz allem war sie es gewesen, die mich großgezogen hatte! Zwar mit Oma Ambers Hilfe, aber auf eine selbstlose Art. Sie

war so sehr Mutter gewesen, wie es für sie möglich gewesen war. Ihre eigene Lage hatte es ihr nicht leicht gemacht, für mich zu sorgen. Sie war von einer zerrissenen Familie in die nächste gestolpert und hatte niemanden gehabt, der sie gestützt hätte. Es war an der Zeit, ihre Situation zu verstehen.

Ich verzeihe dir, Mom. Meine Finger hielten in der Bewegung inne, und ich presste meine Handfläche auf den kalten Stein. Tränen drängten aus meinen Augenwinkeln. *Mir ist jetzt klar, wie wichtig das im Leben ist.*

Ich saß noch eine Weile so da, bis meine Beinmuskeln protestierten und die Herbstkälte unbarmherzig unter meine Jacke kroch. Mit einer Schere, die ich mitgebracht hatte, stutzte ich die Bodendecker ein wenig, dann nahm ich den Bilderrahmen in die Hand und betrachtete das Foto noch einmal intensiv. Niemals würde ich Elaine vergessen, und egal, wie die Umstände nun waren, sie würde immer meine Mutter bleiben.

Als ich ins *Lucky Life* zurückkehrte, lehnte Helmut bereits am Tresen und winkte mir freundlich zu. Er lud mich zu einem Drink ein, und ich bot ihm einen Job in unserem Laden auf den Outer Banks an. Milton und Dane waren gleich von meiner Idee begeistert gewesen.

„So weit weg?" Helmut hustete, weil er sich an seinem Bier verschluckt hatte. „Ich bin noch nie weiter als nach Ohio gereist!"

„Genau deshalb!" Ich legte meine Hand auf Helmuts. Seine Haut war rau von der ständigen Berührung mit Wasser.

„Ich weiß nicht, Lisa." Er runzelte die Stirn.

„Überleg nicht zu lange, sonst ist die Stelle besetzt!" Ich streichelte ihm über den Unterarm. „Wir würden uns sehr über dich freuen."

Kapitel siebenundzwanzig

Mit Schmetterlingen im Bauch stand ich auf dem Holzsteg in Duck und blickte auf das nur leicht aufgewühlte Meer hinaus. Es war der Jahreszeit entsprechend kühl geworden; ich schlug den Kragen meines Mantels hoch. Für den Strand war ich heute mit meiner Stoffhose und den Pumps zu schick gekleidet, aber immerhin war es ein besonderer Tag. Einer, den ich mir vor wenigen Monaten nicht einmal im Traum ausgemalt hätte.

„Aufgeregt?" Dane trat zu mir und legte den Arm um meine Hüfte.

„Ein bisschen schon."

„Es wird toll werden! Es ist vielleicht nicht die beste Jahreszeit, um unseren Laden zu eröffnen, aber das ist egal. Ab März wird hier die Hölle los sein!"

Wenig später kam ein junges Pärchen auf uns zu, Typ Ganzjahres-Surfer, er mit langem, fransigem Haar, sie mit dem freundlichsten Lächeln nach Lynn. Lynn und Kristen hatten es leider nicht geschafft, zum heutigen Anlass anzureisen, was ich nachvollziehen konnte.

Beide waren in einem neuen, aufregenden Lebensabschnitt gefangen, da war es nicht so einfach, kurz auszubrechen.

„Hey, wie cool, dass ihr den Laden mit so viel Pfiff eröffnet habt!" Die junge Frau streckte zuerst mir, dann Dane eine Hand entgegen und stellte sich als Estella vor. „Der alte war sooo touristisch, und der hier sieht authentisch aus."

Die beiden traten ein. Wir folgten ihnen und erhielten alle unseren Willkommenssekt, von dem Helmut schon sichtlich zu viel getrunken hatte. Mit hochroten Wangen lehnte er am Tresen und grinste mir zu. Er würde die Buchhaltung übernehmen – Milton hatte keine Ahnung von Zahlen und Dane Vertrauen in Helmut, der im Winter einen entsprechenden Kurs besucht hatte.

„Wow!" Estella bestaunte Miltons Kunstwerke, die dicht an dicht an den Wänden hingen. „Die sind ja super!" In dem Laden hatten sich etwa zwanzig Personen versammelt.

„Also ich weiß nicht, Milton!" Meine Mom stand direkt vor der Theke und deutete auf einen Stapel Visitenkarten in der Hand. „Warum hast du mir das nicht früher gesagt?" Sie stupste ihm in die Seite, und er lachte laut auf.

„Weil du sonst dein Veto eingelegt hättest!"

Da klingelte eine helle Glocke, die Dane vom Tresen gehoben hatte. Er konnte gar nicht mehr aufhören zu lächeln.

„Willkommen!", rief er schließlich, nachdem die Gäste verstummt waren. „Ich freue mich, dass so viele gekommen sind, und das, obwohl wir uns nicht in der

Hochsaison befinden." Er hob sein Glas und warf mir einen kurzen, liebevollen Blick zu. „Mit diesem Geschäft möchten wir ein Stück Ursprünglichkeit nach Duck zurückbringen. Es hat eine lange Geschichte und soll nun wieder echte Kunst anbieten, von lokalen Künstlern wie meinem Dad, Milton Farrell."

Die Gäste applaudierten begeistert. Dane nahm einen Schluck Sekt, alle anderen taten es ihm gleich. Stolz beobachtete ich Dane, der sichtlich in seinem Element war.

„Hier gibt es genügend Souvenirläden, aber wir möchten euch etwas anbieten, das sich davon unterscheidet und Charakter hat."

Anerkennendes Nicken und Murmeln.

„Und jetzt lade ich euch ein, mit uns auf den Steg zu treten, damit wir unseren Schriftzug über der Tür enthüllen."

Langsam bewegte sich die Menschentraube durch den schmalen Eingangsbereich und ergoss sich vor der Tür auf dem Steg. Ich blieb bei Dane, der mir einen langen Kuss auf den Mund drückte.

„Ich bin so glücklich", flüsterte ich.

Als Letzte traten wir hinaus und drehten uns zu Dolores und Milton um, die je einen Zipfel eines weißen Bettlakens zwischen den Fingern hielten, das die Schrift über der Tür verdeckte.

„Seid ihr bereit?", fragte Dane laut, und wieder klatschten alle wild. Meine Mom war sichtlich nervös. Ihr Blick irrlichterte umher, um dann auf mir zu ruhen. Sie lächelte mich an. Auf Danes Kommando ließ sie das Laken los, und Milton zog kräftig an seinem Ende. Kurz blies der Wind das Tuch auf, bevor es zu Boden fiel und wir alle auf die aus Holz geschnitzten Buchstaben blickten. Milton hatte sie in seinem Atelier angefertigt und ein großes Geheimnis daraus gemacht. Warme Tränen überfluteten meine Augen, als ich dort *Dolores' Den* las.

Um mich herum waren so viele geliebte Menschen, dass ich sprachlos vor Glück war. Mein Umfeld hatte sich drastisch verändert, die Akteure waren ausgetauscht worden, und ich selbst war ein ganzes Stück reifer geworden. Wieder einmal musste ich an Lynn und Kristen denken und daran, dass sie mir trotz allem fehlten. Aber was spielte die Entfernung schon für eine Rolle? Die gemeinsamen Erlebnisse hatten uns schon längst so fest zusammengeschweißt, dass nichts und niemand einen Keil zwischen uns treiben konnte!

„Du musst hinter die Kasse!", rief Milton, denn zwei Gäste hatten sich bereits Bilder ausgesucht.

„Schon gut!" Dolores klang amüsiert. Sie hatte sich gewünscht, den Platz besetzen zu dürfen, im Wechsel mit mir und Dane.

Nachdem der Andrang sich gelegt hatte, stellten Dane und ich uns ans Holzgeländer. Es war unser liebster Platz – und der, an dem wir uns das erste Mal geküsst hatten.

„Ich habe da was vorbereitet." Er zog ein gefaltetes Stück Papier aus der Hosentasche. Im Gegensatz zu mir trug er Jeans und ein Poloshirt, was für ihn schon schick war.

Langsam faltete er es auseinander, während in mir die Neugierde brannte, und hielt es mir schließlich unter die Nase. Es war eine Liste mit den fünfzig Bundesstaaten der USA, mit einem Kästchen hinter jedem einzelnen, von denen nur zwei mit einem Haken versehen waren: North Carolina und Michigan.

„Ich habe nur die Staaten gezählt, in denen wir zusammen waren", sagte er. „Wir werden alle gemeinsam bereisen, nur du und ich, und wir starten im Frühjahr. Dolores, Milton und Helmut haben hier alles im Griff. Ist schon perfekt abgesprochen." Ich war baff. „Wir werden natürlich nicht alle restlichen achtundvierzig auf einmal schaffen, aber es wird ein Anfang sein. Und wenn wir dann in ein paar Jahren sämtliche Kästchen abgehakt haben, dann reisen wir nach Europa! Bevor wir im Abstand von zwei Jahren unsere fünf Kinder bekommen. Den Zeitplan hat natürlich Lynn erstellt."

Ich lächelte, und unsere Münder verschmolzen in einem langen, innigen Kuss.

Nachdem wir uns voneinander gelöst hatten, sahen wir uns tief in die Augen. Der Wind hatte nachgelassen; die Luft war so ruhig wie ich. „Ist es das, was du auch tun willst?", fragte Dane. Ich nickte und lächelte.

Nachwort

Familiengeheimnisse haben mich schon immer fasziniert: Es gibt sie in jeder Familie, manche bleiben für immer verborgen, andere werden eines Tages aufgedeckt.
Lisas Geschichte ist lange Zeit in mir gereift. Mir war klar, dass es eine Liebesgeschichte, eingebettet in einen Familienkonflikt, werden sollte und dass ich als Sommersetting die Outer Banks in North Carolina wählen möchte, wo ich selbst viel Zeit verbringen durfte. Insgesamt habe ich über fünf Jahre in den USA gelebt, deswegen ist mir die Kultur vertraut und nur deshalb spielen manche meiner Romane dort.
Lisa ist in ihrem Leben an dem spannenden Punkt zwischen Ausbildung und Beruf angekommen. Just in diese Zeit fällt der unerwartete Tod ihrer Mutter. Mit dieser Ausganssituation begann meine Planung für einen komplizierten Plot. Familienzusammenhalt, Freundschaft und der Mut, neu anzufangen, sind wichtige Themen in diesem Roman. Ich denke, man kann mit viel Zuversicht immer das Beste aus jeder Situation machen und ich hoffe, dass Lisas Geschichte diese Botschaft trägt.

Danksagung

Auch wenn ich als Autorin viele Stunden allein mit meinem Text verbringe, ist ein Buch am Ende ein Werk, an dem viele Menschen mitgefeilt haben.
Vielen Dank an dieser Stelle an das Team des dp Verlages. Ihr seid erfahren, gut organisiert, unkompliziert und immer freundlich. Die Zusammenarbeit mit euch macht viel Spaß.
Danke an meine Lektorin Stefanie Lasthaus, die meinem Roman den letzten Schliff verliehen hat. Der Austausch war sehr angenehm und bereichernd.
Ein herzliches Dankeschön auch an meine langjährige Freundin Monika, der ich dieses Buch gewidmet habe. Du hörst dir immer geduldig meine Romanideen an, wenn wir zusammen spazieren gehen, und bei dieser Story hast du mir geholfen, der verwickelten Geschichte die nötige Logik einzuhauchen.
Danke an alle Leser:innen und Blogger:innen für eure Likes und Kommentare bei Facebook und Instagram, ohne euch würden viele Bücher kaum gesehen werden.
Danke an meine Familie, die meine Autoren-Eigenheiten akzeptiert und mir den Rücken freihält.
Und zuletzt ein dickes Dankeschön dafür, dass mir die Ideen für neue Geschichten oft aus dem Nichts zufliegen und ich sie nur noch einzufangen brauche. Natürlich ist das Weiterspinnen einer Idee sehr viel Arbeit,

doch die Inspiration ist magisch. Ebenso wie all die Protagonisten, die mir ihre Geschichten zuflüstern. Hört bitte niemals damit auf!